DOZE

WILLIAM GLADSTONE

DOZE

21.12.12
UM NOVO COMEÇO

Tradução
Marcelo Barbão

Planeta

Edição original em inglês publicada pela Vanguard Press (EUA).

Título original
The Twelve

Capa adaptada do projeto original

Design de capa
Ervin Serrano

Infografias de capa
Stone calendar - Mike Warren / Alamy
Pyramid ruins - Michele Falzone / Alamy

Projeto gráfico e diagramação
Osmane Garcia Filho
Julia Buchhorn

Revisão
Vivian Miwa Matsushita

CIP-BRASIL. CATALOGAÇÃO-NA-FONTE
SINDICATO NACIONAL DOS EDITORES DE LIVROS, RJ

G452d

Gladstone, William, 1949-
Doze / William Gladstone ; tradução Marcelo Barbão. – São Paulo : Planeta, 2012.
320p. : 23 cm

Tradução de: The twelve
ISBN 978-85-7665-784-2

1. Ficção americana. I. Barbão, Marcelo. II. Título.

11-8095. CDD: 813
CDU: 821.111(73)-3
031807

2012

EDITORA PLANETA DO BRASIL
Av. Francisco Matarazzo, 1500
Ed. New York – 3º andar – conjunto 32B
05001-100 – São Paulo – SP – Brasil
www.editoraplaneta.com.br
vendas@editoraplaneta.com.br

Este livro é dedicado aos doze que carregaram a energia das antigas profecias para o benefício de toda a humanidade.

Uma nota do autor

Caro leitor:

De acordo com os anciãos maias e estudiosos que se debruçaram sobre o calendário maia, 21 de dezembro de 2012 marca o fim desse calendário e o começo de uma nova era. Essa nova era terá uma vibração diferente da atual. Cobiça e materialismo terão um papel menor nessa nova era. Haverá uma grande ênfase na harmonia entre todos os seres vivos. Indivíduos talvez nem percebam mudanças específicas em suas vidas no dia 21 de dezembro de 2012, mas estas serão enormes e aumentarão com o tempo.

Alguns estudiosos acreditam que haverá mudanças galácticas específicas e até uma alteração magnética e eletrônica nos polos da Terra. A maioria dos verdadeiros especialistas maias não acredita que as mudanças acontecerão na forma de levantes que serão prejudiciais ao planeta ou aos seres humanos.

Os Anciãos Maias acreditam que existe o livre-arbítrio e, assim como em meu romance *Os Doze*, que a humanidade vai escolher seu destino em 21 de dezembro de 2012. As decisões e afirmações que você fizer nessa data, podem criar o ponto decisivo que levará à harmonia planetária. A escolha está em suas mãos.

Com amor,
William Gladstone

Prefácio

O ano de 2012 foi estabelecido como o fim do calendário maia. Há lendas antigas dos Hopi, dos xamãs tibetanos e até daqueles que acreditam que canalizam a sabedoria dos mundos antigos, ou mitos de Lemúria e Atlântida, todas apontando 2012 como o começo ou o fim da vida como a humanidade conheceu durante os últimos milhares de anos.

Há muito tempo o cristianismo espera o retorno de Cristo, que será marcado pelo fogo do fim dos tempos, bem como pela promessa de "Paraíso na Terra". Os judeus esperam pela vinda do Messias, e muitas tradições espirituais aborígines anteciparam a transformação do planeta de alguma forma mágica.

Tudo no ou ao redor desse ano sagrado de 2012.

Se você conseguiu uma cópia deste livro e está disposto a lê-lo, então sem dúvida é um dos muitos escolhidos que podem ajudar a determinar se o resultado desse fim dos tempos será a destruição planetária ou a transformação de toda a humanidade.

Capítulo Um

O Big Bang

12 DE MARÇO DE 1949

O Big Bang que ocorreu em 12 de março de 1949 não foi o evento que levou à criação da vida no universo — o descrito por Stephen Hawking e muitos outros cientistas — mas o que criou Max Doff.

Naquela auspiciosa noite de inverno, com o céu cheio de estrelas, exatamente às 23h11 e 45 segundos, no quarto de sua casa suburbana de estilo rústico na Avenida Benedict em Tarrytown, Nova York, Herbert e Jane Doff experimentaram o mais delicioso orgasmo mútuo de seu longo casamento que durou quarenta e cinco anos.

Para Herbert, ele durou catorze segundos.

Para Jane, foi muito mais significativo. Enquanto seu corpo físico estremecia com ondas de prazer sensual pulsando fundo dentro de sua alma, ao mesmo tempo ela teve uma experiência fora do corpo, onde estava cercada por magníficas cores roxo e azul.

O tempo parou e ela entrou num estado de entrega total. Nunca tinha experimentado nada como aquilo em sua vida e sabia com certeza que, naquele exato momento, ela e seu marido tinham criado a criança que tanto desejavam.

Herbert e Jane já tinham um filho de 18 meses, Louis, que nascera com o cordão umbilical ao redor do pescoço. Foi graças às heroicas medidas da equipe de médicos que ele sobreviveu ao trauma de seu nascimento.

Desde o começo, Louis sofreu de cólicas, era irritadiço, hiperativo e incontrolável. Felizmente para Jane, Herbert tinha uma bem-sucedida editora e podia pagar por uma babá em tempo integral para ajudá-la a cuidar da criança, e já ajudava muito. E os dois queriam uma criança normal.

Pois foi às 23h12, na noite de 12 de março de 1949, que Herbert conseguiu relaxar, completamente satisfeito, e observar espantado o estado de felicidade de Jane. Ele a abraçou por três minutos, enquanto ela experimentava um orgasmo por todo o corpo, muito mais profundo do que qualquer clímax.

O escritor argentino Jorge Luis Borges escreveu que, se um único casal fizesse o amor perfeito, todo o universo mudaria, e aquele casal se tornaria *todos* os casais. O Dalai Lama disse que o caminho tântrico para a iluminação é o caminho da alegria e do toque. Sua crença também afirmava que duas pessoas que se amassassem perfeitamente salvariam a humanidade e levariam todos os seres ao nirvana.

Até onde ele sabia, nunca havia existido tal casal, nem tal cópula.

Em 12 de dezembro de 1949, cinco minutos depois das 16h, Max Doff nasceu com os olhos abertos e um sorriso em seu rosto.

Por causa do caos que aconteceu no nascimento de Louis, Jane tinha sido aconselhada a agendar uma cesárea. Apesar de ser um trauma para Jane, significaria um nascimento mais fácil para o bebê, estabelecendo para Max o precedente de uma vida de facilidades.

Havia, no entanto, uma sombra sobre as circunstâncias felizes de seu nascimento. Aquela sombra era seu irmão, Louis, vinte e sete meses mais velho, forte o suficiente e já caminhando para ser completamente perigoso para o bem-estar de seu irmão mais novo.

No terceiro dia de vida de Max, Jane e Herbert o levaram para casa e, sentados na grande cama de seu quarto, apresentaram Louis a seu irmão mais novo.

Em segundos e antes que pudessem impedir, Louis agarrou Max e começou a apertar forte seu pescoço. Recuperados do choque, Jane rapidamente soltou o apertão de Louis e empurrou o filho mais velho, enquanto Herbert protegia o recém-nascido.

Quando foi impedido, Louis soltou uma série de gritos fortes e começou a bater primeiro em Jane depois em Herbert, que precisou tirá-lo do quarto.

Max sobreviveu à apresentação a seu irmão mais velho, mas esse foi o primeiro de uma longa lista de episódios explosivos. Ficou claro desde o começo que ele achava essa violência estranha, pela forma como era frequente e sempre focada sobre ele.

Em todos os outros aspectos, no entanto, sua vida era relativamente tranquila e Max era uma criança bem pacífica.

Quando jovem, Max era adorável. Tinha os cabelos castanho-avermelhados, cílios compridos e negros, olhos castanhos profundos e um rosto com proporções quase perfeitas, principalmente quando sorria — algo que acontecia quase o tempo todo.

Max não era nem gordo nem magro, mas tinha boas proporções. Era atlético e forte, apesar de ter ossos pequenos, com pulsos e tornozelos delicados.

Não ficava alarmado na presença de estranhos e parecia acreditar que todo mundo só tinha amor e afeição por ele. E, com a exceção dos incidentes com Louis, isso foi verdade durante toda a sua infância.

Por alguma razão desconhecida, no entanto — por causa do trauma provocado pelos ataques de Louis ou alguma predisposição genética — Max não desenvolveu a fala de uma forma normal. Era capaz de emitir sons como qualquer outra criança, mas não conseguia formar palavras.

Na verdade, ele parecia entender o que as pessoas diziam para ele e tinha uma forma quase telepática de conversar com sua mãe e até com seu tormento, Louis, mas suas habilidades de se comunicar iam até aí.

Essa condição dava a seu irmão potencial infinito para abuso.

— Retardado, vai pegar outra bolacha na cozinha — Louis mandava.

— Ei, bobo, venha aqui ou vai se ver comigo! — ele gritava.

Ele se achava esperto por ter diminuído a palavra "boboca" — que era o apelido principal que tinha dado a seu irmão mais novo. E apesar de Jane e Herbert terem proibido "retardado", pelo menos na presença deles, relutantemente permitiam a palavra "bobo" e esperavam, em vão, que Louis se cansasse disso.

Quando seus pais não estavam ouvindo, Louis não se importava com as regras e sempre dizia coisas como: "Se você não me der esse caminhão, retardado, vou te dar uma surra". Ou: "Sai do meu caminho, retardado".

Jane e Herbert também concluíram, por causa da falta de desenvolvimento da linguagem de Max, que seu filho era mentalmente atrasado. Quando ele tinha quatro anos, decidiram contratar uma fonoaudióloga para o filho e ela rapidamente percebeu que estava lidando com um menino extremamente inteligente, que parecia compreender tudo.

Mesmo assim, foi só quando completou seis anos que Max começou a falar sentenças completas e imediatamente mostrou comando sobre a língua, de uma forma muito avançada para sua idade. Um dia, como se fosse mágica, Max simplesmente falou.

— Acho que quando formos a Martha's Vineyard neste verão, deveríamos alugar a casa amarela com lagoa e barco próprios — ele falou. — Adorei aquele lago no verão passado e gostaria de voltar lá.

Quando se recuperaram do choque, Jane e Herbert ficaram muito felizes.

Nessa mesma época, Max conseguiu notas muito altas em testes de inteligência, acabando com todos os medos que seus pais tinham.

Ao mesmo tempo que essa mudança de eventos foi uma completa e bem-vinda surpresa para Herbert e Jane, foi terrível para Louis, que se tornou até mais isistente em seu papel de nêmesis da infância de Max.

Max sabia desde o começo que havia um objetivo em sua vida e um destino importante que ele havia sido chamado a cumprir. No entanto, essa compreensão não era algo tangível. Havia uma voz em sua cabeça que falava sobre a razão para a qual ele tinha nascido, mas não havia nenhuma palavra — só cores e vibrações poderosas. Seu mundo interno, esse playground secreto, estava cheio de beleza e elegância, e deixava Max muito feliz.

Ele parecia ser capaz de aprender sobre qualquer assunto, mas tinha uma particular atração pela arte da matemática e exibia uma misteriosa capacidade e proficiência com números, que estavam sempre viajando por sua mente, vibrando numa multidão de cores. Mesmo antes de conseguir falar, ele era capaz de multiplicar números com três dígitos em sua cabeça.

E esse talento adotou um componente tridimensional. Ele imaginava caixas colocadas de forma vertical, horizontal e em tangentes sem fim. Via cada caixa como um universo completo em si mesmo e contemplava o formato, a direção e a falta de começo ou fim dentro de cada caixa e conjunto de caixas.

Tais exercícios lhe davam muito prazer, como a maioria das coisas na vida. No entanto, havia uma lembrança constante de que nem tudo era perfeito.

Louis.

Apesar da violência ou do sadismo que ele experimentava nas mãos de seu irmão mais velho, Max considerava Louis seu melhor amigo. A estranha ligação entre os dois fazia com que Max sentisse grande empatia por seu irmão, e parecia que os dois se lembravam do paraíso maravilhoso que tinha sido o útero.

Desde o momento de seu nascimento, Max aceitou que onde estivesse era o lugar exato em que deveria estar na vida e ele aceitava completamente essa ideia.

Louis, por outro lado, sentia ódio por ter sido forçado a abandonar aquele perfeito estado de ser e que o mundo o tivesse recebido com uma forca. Ele tinha vindo a esse mundo esperneando, gritando, e permanecia num constante estado de revolta.

Que Max não se sentisse assim deixava Louis com ainda mais raiva e ele estava determinado a transformar a vida do irmão em algo tão triste quanto a sua própria, usando a força e o medo. Mesmo quando eram bebês, Louis atacava o irmão, empurrando-o no chão e agarrando-o pelo pescoço, largando quando Max começava a chorar. Quando os adultos vinham correndo, já tinha se afastado e eles nunca percebiam o nível de violência. Como Max não se expressava, os adultos não sabiam o que estava acontecendo.

No final, Max aprendeu a se fingir de morto. Ele achava impossível resistir, já que Louis tinha uma força sobre-humana quando estava com raiva e seria preciso mais de um adulto para subjugá-lo, isso se estes soubessem o que estava acontecendo.

E apesar de sua inerente inclinação para ser otimista, Max percebia que a violência constante começava a ter efeito. Ele nunca se sentia seguro em casa e sabia que todo sucesso que tivesse na escola ou em qualquer aspecto da vida acabaria em sofrimento. Com o aumento dos ataques, ele considerou seriamente acabar com sua vida para poder escapar de seu tormento.

Aos sete anos, pensou em se esfaquear no estômago com uma faca de manteiga. Enquanto em seu mundo interno secreto, tinha visto o potencial para a sua existência e estava animado com as possibilidades que existiam, o mundo exterior se apresentava como um obstáculo aparentemente impossível de ser superado.

Decisão tomada, ele pegou a faca.

Enquanto apertava a ponta suave em sua barriga, ele se lembrou daquela calma voz interior de sua primeira infância. Então colocou a faca de lado, percebendo naquele momento que tinha um propósito — uma verdadeira missão — e mesmo que encontrasse obstáculos em seu caminho, ele teria a coragem de enfrentar o que aparecesse.

Depois que aprendesse a escapar dos apertões no pescoço dados por seu irmão.

Quando era pequeno, apesar de sua falta de discurso coerente, Max exibia qualidades de liderança, responsabilizando-se por qualquer grupo.

Quando cresceu, ele se mostrou excelente em todos os assuntos na escola e sentia muito prazer em aprender. Era bom em esportes e aos doze anos era o corredor mais rápido de Westchester County nos 50 metros. Max brincava que era por ter de fugir de Louis que tinha se tornado um bom corredor.

Quando se formou na oitava série, ele era o melhor aluno, presidente do conselho de estudantes e capitão do time de futebol americano, de luta livre e de beisebol. Tinha um sentido extraordinário para antecipar onde a bola ou os oponentes poderiam estar, por isso sempre parecia estar no lugar e no momento certo e nunca pensou que poderia cometer um erro.

Ele queria ser perfeito em tudo que fizesse... e, por isso, era. Mas essas expectativas não o levavam à ansiedade experimentada pela maioria das crianças.

Não havia dúvidas de que era amado por seus pais e, graças ao sucesso do pai, ele tinha uma vida material abundante. Assim, apesar dos tormentos causados por seu irmão, Max conseguiu sobreviver à pré-adolescência.

Então, quando tinha quinze anos — numa quinta-feira, 19 de fevereiro de 1965, às 15h15, no consultório do Dr. Howard Gray — Max Doff morreu.

Capítulo Dois

A morte de Max Doff

1965

Jane e seu filho Max chegaram ao complexo de consultórios do Tarrytown Medical Center precisamente às 14h44 naquela fatal tarde de fevereiro. Fazia frio e havia neve no chão — não era uma neve limpa e fresca, mas aquela que se recongela depois de derreter, e que não parecia nada convidativa no momento. As estradas estavam bastante boas, apesar do uso de sal, mas elas tinham uma camada de sujeira que era pouco agradável para os olhos e os ouvidos.

Era bom que as estradas estivessem vazias. Jane Doff era uma terrível motorista. Não tinha nenhuma confiança atrás do volante e havia se envolvido em um terrível acidente apenas dois anos antes — um evento que mudara sua vida.

Jane Lefkowitz era uma mulher bonita. Com 1,65 m, pele perfeita e um corpo lindo, seus cabelos eram negros e cacheados, incrivelmente macios, olhos negros e um sorriso cativante que era irresistível. Ela lembrava Mary Pickford, Norma Shearer e outras estrelas de cinema dos anos 1920 e 1930.

Tinha apenas dezesseis anos, e acompanhava sua irmã Mona, de vinte e quatro, num cruzeiro até Cuba. Filha de imigrantes russos, Mona era vista como uma "tia" com poucas chances de se casar. A mais velha das três irmãs, Mona não era bonita como Jane e não atraía pretendentes tão facilmente. Mas era 1939 e seus pais eram do velho mundo, então ela devia ser a primeira a se casar, ou suas irmãs teriam de ficar solteiras também.

Assim era a tradição nas famílias russas ou pelo menos na família Lefkowitz.

O pai de Jane, Arnold Lefkowitz, tinha uma vida modesta trabalhando como vendedor de ovos em Newark, Nova Jersey — uma profissão que desgostava sua esposa Gladys. Um homem profundamente intelectual, ele era especialista na Torá e conhecido de rabinos em todo o mundo. Mas isso não era suficiente para compensar o grau a que Gladys tinha "decaído" no mundo.

Sua família era dona de uma loja própria na Europa, e seu pai era médico, algo de bastante prestígio. Assim, Gladys se considerava uma pessoa entendida, sofisticada e boa demais para seu humilde marido.

Gladys nunca trabalhou, mas era uma dona de casa excelente, gerenciando e controlando todo o dinheiro gerado por seu marido, Arnold. Apesar dos custos do cruzeiro, ela usou a jarra de dinheiro "para os dias problemáticos" que escondia na terceira prateleira em cima da geladeira, tirou a quantia necessária — quase todo o fundo — e enviou não só Mona, mas também sua irmã Jane, num cruzeiro de dez dias de Nova York até Havana, Cuba.

Jane deveria cuidar de sua irmã, com quem realmente não se dava muito bem. Mas ela não ia reclamar, porque era uma oportunidade para ver um pouco do mundo. Ela sonhava em viajar, em ser escritora e em viver numa casa em Devon, na Inglaterra.

E não seria apropriado para Mona viajar sozinha, já que isso daria oportunidade para as pessoas fofocarem sobre seu comportamento e caráter moral.

Algo que era muito sério.

Mona precisava encontrar um noivo nesse "cruzeiro para solteiros", apesar de ninguém ousar chamá-lo assim. O tempo estava correndo e o futuro de Mona — e o de Jane e de sua irmã Miriam também — estava em jogo.

O cruzeiro tinha sido organizado para que houvesse interação entre os vários homens e mulheres solteiros no barco. No primeiro jantar, Jane e Mona se sentaram à mesa do capitão.

Herbert Doff, um jovem bem-vestido e bonito, de vinte e quatro anos — a mesma idade de Mona — também estava sentado à mesa. Ele tinha 1,72 m, cabelos negros e ondulados, e olhos castanhos brilhantes, brincalhões, um pouco gordinho pela indulgência de vinho e comida, mas no geral em forma e fisicamente forte.

Um cientista brilhante, Herbert parecia encaminhar-se para uma promissora carreira como químico. Mas uma explosão no laboratório de química da Union Carbide o havia deixado parcialmente surdo e, depois disso, foi obrigado a tirar uma licença de seis meses. Durante esse período, Herbert passou o tempo indo a jogos, saindo com jovens curvilíneas e geralmente resolvendo as necessidades da vida — como a renovação da carteira de motorista.

Essa última atividade tinha levado a uma mudança profunda na sua carreira.

Herbert percebeu que havia poucas apostilas de teste de direção e, com bastante tempo livre, começou a imprimi-las e vendê-las para quem precisasse.

Como um bom número de pessoas fracassavam no exame escrito e eram forçadas a tentar de novo, ele contratou uma secretária para datilografar e mimeografar cem cópias da apostila, com as respostas dos testes de múltipla escolha já incluídas.

Herbert apresentava-se então na entrada do órgão onde os testes eram realizados em Manhattan e rapidamente vendia todas as apostilas — por um dólar cada. Imprimiu mais mil apostilas e recrutou amigos e estudantes para vendê-las por toda Nova York, trabalho pelo qual eles recebiam 25 centavos por cada cópia vendida.

Isso continuou por vários meses, com Herbert acumulando um lucro de vários milhares de dólares por semana — o que era um dinheiro muito bom nos anos 1930 e muito mais do que ele conseguiria ganhar como químico.

O desemprego ainda era alto, pois o país lutava para sair da Grande Depressão. Na época, o serviço militar não era uma exigência, mas um privilégio e uma solução para o desemprego. O salário dos recrutas e a oportunidade de continuar seus estudos eram determinados por seu desempenho no exame de admissão nas Forças Armadas. Como o exame — da mesma forma que o manual para teste de direção — era um documento em domínio público, produzido com dinheiro dos impostos, Herbert viu outra oportunidade para aumentar sua renda ajudando os outros.

Ele completou o que era a parte de matemática e inglês, depois reproduziu a prova e assim nasceu a apostila chamada "Exercícios Práticos para o Exame das Forças Armadas". E Herbert estava a caminho de fazer seu primeiro milhão.

Em 1938, 1 milhão de dólares era uma fortuna e, com certeza, muito mais dinheiro do que um homem solteiro poderia gastar sem cometer loucuras, algo que Herbert certamente não faria. Ele adorava a boa vida — refeições sofisticadas, bom vinho, a companhia de lindas mulheres — sendo isso o motivo para estar no cruzeiro.

Ele estava namorando Lisa, uma loira voluptuosa de olhos azuis, nos últimos seis meses e ela esperava conseguir um anel de noivado, garantindo, assim, uma vida de conforto e prazer. Apesar de gostar de Lisa, Herbert *não queria* se casar com ela.

Acima de tudo, ele não estava pronto para o casamento. E, além disso, apesar de Lisa ser uma garota divertida, não era alguém com quem Herbert se visse tendo filhos.

Mas não conseguia juntar coragem para olhar direto para ela e dizer isso, então decidiu desaparecer. Era uma fuga covarde, mas ele acreditava que sua ausência curaria o desejo matrimonial de Lisa — pelo menos em relação a ele — e ela poderia continuar sua vida.

Então, contou que ia até Havana a negócios e preparou uma série de cartões-postais pré-escritos que seriam enviados a ela de Cuba durante seis meses, detalhando os compromissos profissionais cada vez mais complexos que ele estava encontrando, impedindo seu retorno.

Herbert voltaria para Nova York, claro, e esperava que, no fim desses seis meses, Lisa tivesse desistido dele e encontrado outro homem.

Assim, ele estava na mesa do capitão e no momento em que se sentou ao lado de Mona e Jane, apaixonou-se loucamente, desesperadamente, completamente e para sempre... por Jane.

Sua beleza era impressionante e, apesar de Jane saber que era bonita, ela não ostentava. No entanto, isso fazia com que a garota emanasse um sentimento de confiança e conforto que automaticamente o atraiu ainda mais. Durante o curso do jantar, ele descobriu sua idade e percebeu que ela era muito jovem para que pudesse fazer a corte. Então começou a prestar mais atenção em Mona, que tinha a idade apropriada, e ficou bastante encantado com seu charme.

Quando o barco atracou em Havana, casais recém-formados saíram para passear pelas ruas e visitar as praias e os cassinos da quente capital. Herbert conseguiu que as irmãs o acompanhassem num passeio de carruagem pela cidade. Levou-as a shows, a jantares e comprou flores e presentes. Eram um trio inseparável durante toda a estadia e retomaram seus lugares na mesa do capitão na viagem de volta, Herbert sentado firmemente entre as duas irmãs, sempre atencioso com Mona.

Na volta, a família Lefkowitz ficou encantada pelas histórias das duas irmãs sobre um potencial pretendente para Mona. Assim, foi um choque quando Herbert ligou e pediu permissão para cortejar Jane.

Nem Gladys Lefkowitz nem Mona perdoaram Herbert por rejeitar a filha mais velha. Mesmo anos depois, quando Mona estava casada e tinha dois filhos, Herbert era considerado alguém escandaloso, que a tinha enganado para conseguir acesso a sua irmã jovem e bonita.

Com o passar dos anos, Jane ficara ainda mais linda. Em 1953, quando já era mãe de três filhos, ela e Herbert estavam jantando no Hotel La Mamounia em Marraqueche, Marrocos. Winston Churchill estava sentado na mesa ao lado e não conseguia tirar os olhos dela. Finalmente, ele convidou Jane e Herbert para acompanhá-lo, uma situação que ela resolveu com tranquilidade. Apesar de ter sido criada com simplicidade, sempre sentia-se confortável perto de todo tipo de pessoa.

Tinha uma alma gentil e uma estranha empatia, quase telepática, que lhe dava a habilidade de deixar as pessoas tranquilas, não importava quem fosse. Foi o que aconteceu com o velho estadista. Eles conversaram como se se conhecessem havia anos, enquanto Herbert escutava, orgulhoso.

Tudo terminou para Jane em 16 de junho de 1963, às 16h22 da tarde, na Sleepy Hollow Drive em Sleepy Hollow, Nova York, a cerca de 30 quilômetros ao norte de Nova York.

Ela levava Louis para comprar refrigerantes para a festa de comemoração da formatura de Max, escolhido para ser o orador da turma na cerimônia no dia seguinte. Como toda a Hackley School participaria, haveria centenas de pessoas na plateia. Jane sentiu que deveria fazer um gesto de reconhecimento pelas incríveis conquistas acadêmicas de Max.

O filho mais novo estava em casa, preparando seu discurso. Jane parou seu carro branco no cruzamento de três ruas. Um Chevy marrom se aproximou, dirigido pela Sra. Allison Broadstreet.

A mão era de Jane, mas ela hesitou.

Em vez de parar completamente, a Sra. Broadstreet confundiu o acelerador com o freio, pisou fundo e chegou aos 65 quilômetros por hora — que, por sorte, não era rápido o bastante para matar Jane e Louis, mas seria suficiente para jogar Louis para fora do carro e deixar sua mãe com ferimentos na cabeça e no rosto.

Eles foram levados ao hospital e Jane precisou de quarenta e três pontos para fechar os cortes em cima de seu olho esquerdo. De acordo com os médicos, a única outra consequência do acidente foi uma concussão.

Max fez seu discurso no dia seguinte, como planejado, na cerimônia de graduação da Hackley School. Seu irmão, Louis, que não sofreu ferimentos, foi o único membro da família que participou do evento, já que, como estudante da Hackley, sua presença era obrigatória.

Herbert preferiu permanecer ao lado de Jane. Ela voltou para casa logo depois e ainda era bonita como sempre para seu marido e, na verdade, para todas as pessoas, menos, infelizmente, para si mesma.

Jane sofreu uma sequela menor — a incapacidade de controlar os nervos do lado esquerdo de seu rosto. Ela ainda conseguia sorrir, mas tudo tinha mudado, e seria incapaz de ignorar essa anomalia. Nunca tinha sido vaidosa e quase nem prestava atenção em sua beleza. A vida tinha sido boa para ela. Tinha sido abençoada com Herbert, seus filhos, uma casa confortável, amigos e uma vida abastada. Sempre tinha se sentido cuidada, amada e vivendo num perpétuo estado de graça. Depois de seu acidente, no entanto, tudo isso desapareceu. Ela ficou abatida e perdeu a paixão pela vida.

Com quarenta e um anos na época do acidente, Jane começou a duvidar de seu valor. Seu sonho de ir para a Inglaterra não se realizou. Sua identidade estava inextricavelmente ligada à de Herbert, a quem amava muito, mas viver na sombra desse homem poderoso e bem-sucedido tinha criado uma sensação de inferioridade, e ela começou a alimentar um ressentimento dele.

Perdeu toda a crença em si mesma. Nunca fora religiosa e até duvidava que Deus existisse, principalmente depois do acidente. Com os sentimentos de arrependimento e desapontamento tomando conta de sua mente, ela começou a fumar muitos cigarros e a beber vodca para acalmar a dor.

Seu médico era o Dr. Howard Gray. Seus filhos também estudavam na Hackley School e Howard e sua esposa, Zelda, geralmente jantavam e saíam com Herbert e Jane. Como sua amizade já existia havia muitos anos, parecia muito natural que, quando Jane voltasse do hospital e fosse diagnosticada com depressão clínica, Howard fosse chamado para ajudar.

Quando ela era jovem, Jane passava duas semanas todo verão nas praias de Nova Jersey. Ela adorava essas viagens e, quando teve seus filhos, ela sempre organizava as férias de verão para si, Herbert e as crianças em Cape Cod, Long Island Sound ou até em Martha's Vineyard — qualquer lugar onde pudesse passar horas olhando para as ondas. Não importava a hora, se era noite ou dia, o transe hipnótico do mar — seus sons, seu inchaço, as correntes marítimas, seu recuo, o movimento constante — envolvia Jane e a colocava em um estado de felicidade.

Assim, quando ouviu o diagnóstico de depressão, Howard Gray recomendou que Jane alugasse uma casa por um mês e aproveitasse sua paixão pelo oceano.

Jane concordou, sob a condição de que ninguém a fosse visitar durante o que ela chamava de estado "defeituoso", afligida pelo sorriso distorcido resultante do acidente e por sua depressão. Ela não queria nenhum visitante — nem seus filhos, nem Herbert, nem mesmo alguém para limpar a casa. Ela queria ficar completamente sozinha, sem que ninguém a atrapalhasse.

Mas o Dr. Gray dava umas passadas de vez em quando. Ele aconselhou que por mais que Jane precisasse de descanso e do mar, o isolamento em que insistia viver não era muito saudável. Como estava prescrevendo analgésicos e pílulas para dormir, ele fazia a viagem para ver Jane a cada fim de semana.

No começo, ficava num motel na praia ali perto, mas logo começou a passar as noites de sábado na casa, levando Jane para comer fora e caminhando com ela pela praia. Aos poucos, ele começou a incentivá-la a voltar a interagir com as pessoas, fazendo com que percebesse que ainda era linda e que continuava merecendo todo o amor que sempre havia preenchido sua vida.

O inevitável aconteceu e Howard se apaixonou por Jane. O amor floresceu de forma espontânea, e nem ele nem ela puderam resistir — nem desejaram. Howard era infeliz no casamento, mas tinha dois filhos e responsabilidades; e não era o tipo de homem que tinha casos ou abusava da santidade do relacionamento paciente-médico.

Ele justificou o que estavam fazendo como um ato de cura, uma forma de reafirmar a Jane, de um jeito muito íntimo, que o acidente não tinha diminuído sua beleza. Ela ainda era uma mulher vibrante e sexy que precisava de garantias — até amor — de outro homem além de Herbert, que, até aquele verão, tinha sido o único com quem tinha feito amor. Howard teria deixado sua esposa e filhos se Jane quisesse. Mas ela não quis. Seu amor por Herbert não diminuíra, assim como seu amor por seus filhos.

Mas o amor de Jane por si mesma *tinha* diminuído. Seu caso com Howard terminou no fim do verão — uma época quente e úmida que durou de setembro até o meio de outubro. Estava aparentemente curada e voltou a sua vida normal, embora sua vida nunca mais pudesse ser totalmente normal. Nunca se sentiu novamente parte da família e com Max em particular havia uma distância que antes não existia.

Os cigarros, as bebidas e a perda da admiração e da vida num estado de graça mudou Jane de uma forma que era facilmente observável por todos — *principalmente* para Max. A forte conexão que ele e sua mãe tinham antes desaparecera, deixando um vazio solitário.

Quando a mãe deles voltou, Max e Louis sabiam apenas que algo tinha mudado.

A mãe começou a fazer tricô e ela produzia todos os formatos e tamanhos de chapéus e luvas, até suéteres, que frequentemente eram imperfeitos, mas sempre quentes e cheios de amor.

O Dr. Gray continuou a ser o médico dos Doffs e sempre fazia comentários inteligentes para os garotos. Era o tipo de médico de família que conhecia bem o histórico de todos os membros. Fazia visitas quando poucos médicos ainda mantinham essa prática.

Então, no dia 19 de fevereiro de 1965, Max pegou uma gripe forte, com sintomas de bronquite que dificultaram sua respiração. Ele faltou na escola por três dias, mas seus sintomas estavam piorando, não melhorando. Os sucos, as sopas e as pílulas não estavam ajudando.

— É melhor trazê-lo aqui — disse o Dr. Gray, quando Jane ligou aquela tarde. Era exatamente 14h44 quando ela e Max entraram na sala de espera do consultório do médico.

Doente como estava, os sentidos de Max pareciam fortalecidos e, quando ele se sentou, notou todos os detalhes — a pintura de George Washington com seus homens cruzando o rio Potomac na parede, as revistas *National Geographic*, com suas capas amarelas, a mesa marrom onde estavam as revistas, as cadeiras verdes nas quais ele e sua mãe se sentaram pelo que pareceram horas, mas foram somente alguns minutos e o limpo uniforme branco da enfermeira Ethel, que cumprimentou Max enquanto o acompanhava até o consultório do médico.

Demorou uns poucos minutos para o Dr. Gray examiná-lo. Ele encostou um estetoscópio no peito de Max e pediu para que respirasse. Max ofegou e depois tossiu tomado pela dor.

A enfermeira Ethel mediu sua temperatura e notou que a febre era moderada.

O Dr. Gray decidiu dar a Max uma injeção de penicilina que sempre usava em pacientes com os mesmos sintomas. Seria capaz de acabar com a gripe em no máximo dois dias, ele explicou. Depois pediu para Max levantar a manga da camisa. O garoto, por sua vez, odiava injeções, mas estava cansado da dor na garganta, e por isso se resignou à agulha no braço. Sentiu uma pontada, um pouco de dor e acabou.

— Sente-se aqui — o Dr. Gray disse a Max. — Volto num minuto.

Max não percebeu quanto tempo o Dr. Gray ficou fora, ou se ele chegou a sair da sala de exames. O que Max se lembra foi que se sentiu, de repente, num estado de extrema felicidade.

Experimentou a sensação de que era uma criatura de pura luz, flutuando com outros seres de luz no brilho mais ofuscante que já tinha visto. Seu corpo pulsava com sentimentos de amor e toda pulsação trazia ainda mais luz ao redor e dentro dele.

Ele entrou num estado de completa euforia.

De repente, no meio da luz brilhante apareceu um conjunto de cores lindas, vibrando e flutuando ao redor dele, como objetos individuais. Quando as cores começaram a vibrar mais forte, Max viu o nome de uma pessoa dentro de cada um deles. Contou doze cores e doze nomes — não conhecia nenhum deles.

Então, tão rápido quanto apareceram os nomes e as cores retrocederam e a luz pura branca voltou. Com a mudança, Max sentiu seres que havia conhecido muito tempo antes, que o cercaram com amor e o cumprimentaram como se fosse um amigo querido ou um parente que agora voltava para casa.

Era um estado de calma silenciosa; eufórica, mas tranquila; gentil, mas pulsante com alegria — um movimento ativo e natural, sem nenhum tipo de restrição — uma sensação de ego, mas sem corpo físico.

E então, Max morreu.

Capítulo Três

As vidas de Max

1965

Max Doff caminhou entusiasmado dentro do túnel de luz.

Quando fazia isso, sua consciência foi distraída por uma série de barulhos altos, e sua atenção foi atraída por um homem tomado de emoção e medo. O homem falava alto.

Estava de joelhos com as mãos apertadas contra o corpo, que estava caído no chão de uma pequena sala. Max se perguntou por que o homem estava tão bravo, depois percebeu que era um médico e estava nervoso porque o corpo não estava respondendo a suas palavras ou tentativas de ressuscitação.

Depois, viu que era seu próprio corpo caído ali. Perturbado pelo estado de ansiedade do médico, ele tomou a decisão consciente de voltar. Assim, num corajoso ato de altruísmo, afastou-se do túnel de luz que mostrava o que parecia um mundo familiar e confortável, voltando-se para o drama humano de ser Max.

Quando reentrou em sua forma corporal, abriu os olhos, e o medo e o pânico diminuíram no rosto do Dr. Gray.

— Achei que tínhamos perdido você — disse o Dr. Gray sem nenhuma ideia do sacrifício que Max tinha feito por compaixão ao médico.

Mas a dor de Dr. Gray não foi a única coisa que tinha motivado Max.

Mais do que nunca, tinha sido impulsionado por algo ainda maior — por uma missão de grande importância... e que exigia que vivesse.

Max ainda se sentia mal e ficara um pouco espantado com a experiência de morrer. Ele permaneceu mais umas duas horas no centro médico, sob observação, e Jane o acompanhou.

— Mãe, você não tem ideia de como é lindo sair do próprio corpo — ele contou. — Havia esses seres de luz e eles estavam cheios de amor.

— Só posso imaginar o que você experimentou — respondeu Jane e o abraçou forte. — Parece um pouco o que sinto quando olho as ondas do mar, onde imagino cada onda como uma força de amor e vida. Mas conte mais sobre esses doze nomes que você viu — ela pediu.

— Bem, eram nomes que nunca tinha visto antes e alguns pareciam estar em outros idiomas. O único nome de que me lembro é o último, que era bem estranho: Urso Corredor. Cada nome tinha cor e vibração específicas — ele continuou. — E quando se combinavam, havia um arco-íris completo de cores e uma sinfonia de vibrações. Era tudo tão mágico e maravilhoso. Você acha que eu deveria me lembrar dos nomes? — Max perguntou, de repente preocupado de que pudesse ter perdido uma grande oportunidade de entender.

Jane o acalmou.

— Eles talvez não tenham nenhuma importância, e se tiverem, não há nenhum sentido em permitir que isso cause alguma dor a você. Viva sua vida e veremos o que acontece. — Ela fez uma pausa e olhou em seus olhos. — O mundo é vasto e estranho, e você nunca vai entender tudo que ocorre.

Com isso, ela deu um beijo na testa de Max, depois um abraço e esperou até o Dr. Gray sentir-se seguro e permitir que ele fosse para casa.

Depois que o médico ficou convencido de que o ataque não se repetiria, Max foi liberado da clínica.

Ele aceitou o conselho de sua mãe e seguiu com sua vida, continuando a brilhar nos esportes, ganhando incríveis habilidades de liderança em todas as atividades e conquistando excelência acadêmica, principalmente em matemática.

No entanto, suas conquistas vinham de forma tão fácil que ele começou a procurar desafios adicionais e com isso em mente se inscreveu num programa de intercâmbio para estudar na Espanha durante um ano. Esse país sempre o fascinou, em parte por causa da influência de seu professor de espanhol, Fernando Iglesias.

Señor Iglesias, como pedia que seus alunos o chamassem, era a pessoa mais improvável para se tornar professor, mais ainda para inspirar os estudantes da forma como fazia. Era o filho mais novo da quinta família mais rica de Cuba. Com outros quatro clãs, a família Iglesias controlava a política, era dona das fazendas de açúcar, das estradas de ferro, dos cassinos e de tudo que valia a pena. Fernando tinha empregados que o atendiam em tudo que precisasse. Era assíduo frequentador de festas, de uma forma que só um cubano entenderia, era o que falava — uma variação do *Carnaval* brasileiro com incrível entusiasmo e intensidade, um amor pela beleza e uma apreciação pela grande arte.

Apesar de não precisar, Fernando estudou direito, porque a advocacia era considerada uma carreira digna para ele, enquanto esperava herdar sua fortuna. No entanto, ele era um idealista e queria ver reformas — em particular a remoção de Fulgencio Batista, o ditador e repressor de Cuba. Quando era estudante, forneceu fundos significativos para um jovem idealista chamado Fidel Castro. Foi só depois que Castro subiu ao poder que Fernando percebeu que tinha apoiado um ditador igualmente totalitário.

Quando Fernando estava pronto para fugir de Cuba, só permitiram que levasse $ 5 e a roupa do corpo.

Ele chegou a Miami e conseguiu emprego como garçom num restaurante de Howard Johnson. Falava um inglês eloquente, e com seu nível cultural, candidatou-se ao posto de professor de espanhol em várias escolas particulares na Costa Leste. Sua educação refinada se encaixou nas exigências da Hackley School em Tarrytown, Nova York, então, em 1964, ele ensinava espanhol para o nono grau nessa escola particular, só para garotos.

Señor Iglesias não tinha nenhuma experiência como professor, mas possuía um rico conhecimento da vida em sua cultura latina. Consequentemente, Max descobriu que seus métodos de ensino eram pouco ortodoxos, mas sempre dramáticos, excitantes e mágicos. Sua filosofia era "nada é impossível". Levava seus estudantes até Nova York para participar de festas com outros exilados cubanos, nas quais os jovens, de olhos arregalados, eram expostos a comidas exóticas, música excitante e lindas mulheres.

Quando o Pavilhão Espanhol na Feira Mundial de 1964 abriu em Queens, Nova York, o *Señor* Iglesias organizou uma viagem para toda a classe, incluindo passes para o *backstage*, para conhecer os dançarinos ciganos de flamenco. Max ficava espantado ao perceber como um simples professor, que não tinha virtualmente nenhum dinheiro, podia sentir tanto prazer e animação na vida cotidiana.

O amor de Fernando por sua cultura nativa era bastante contagioso, e Max logo adotou uma profunda afeição por todas as coisas hispânicas, incluindo histórias sobre os incas e maias, e como os conquistadores espanhóis destruíram, rápida e aparentemente sem grandes esforços essas civilizações tão desenvolvidas. E assim, em 9 de setembro de 1966, com dezesseis anos e cheio de entusiasmo e admiração, Max embarcou com um grupo de estudantes, no USS *Aurelia,* que viajaria até Southhampton, Inglaterra, e passaria por Barcelona, determinado a aprender mais sobre a cultura que Cortés e Pizarro tinham espalhado.

Na chegada, foi colocado sob os cuidados da família Segovia, que consistia na matriarca, a viúva de Segovia, seus três filhos, e a empregada e cozinheira, Julieta, que estava com a família desde o nascimento do filho mais velho, Alejandro.

Alejandro era um rapaz de vinte e oito anos, extraordinariamente bonito e amante de festas, que conhecia modelos e artistas, incluindo Salvador Dali. Era arquiteto, mas não muito bem-sucedido e estava sempre brigando com a mãe sobre dinheiro e as realizações nada impressionantes de sua carreira.

Roberto, o segundo filho, tinha vinte e quatro anos e estudava arquitetura. Não tinha a fabulosa beleza de Alejandro, mas era dono de um rosto agradável, apesar de ser mais gordinho. Ficou noivo de sua namorada do colégio enquanto Max vivia com a família. A garota se chamava Cristina e era muito mais alta e magra do que Roberto. Eles formavam um casal incrível: ambos eram doces, inteligentes e gentis.

Max passava muito tempo com Roberto, jogando cartas e discutindo gastronomia, música e arquitetura. Como Roberto adorava comer, ele apresentou Max a uma grande variedade de delícias espanholas, catalãs e bascas.

No entanto, Max passava a maior parte do tempo com a irmã mais jovem, Emilia, que tinha vinte anos, idade mais próxima à sua. Ela estudava literatura na Universidade de Barcelona, então eles conversavam durante horas sobre os grandes autores e poetas do mundo e aprofundavam assuntos filosóficos. Emilia era uma verdadeira irmã para Max, e apesar das semelhanças, a ideia de um relacionamento romântico nunca entrou em questão. Na verdade, ela tinha um namorado rico, Quitano, que vivia em Madri, mas a visitava todo fim de semana e levava Emilia e Max ao teatro, balé, bons restaurantes e concertos.

Mas a *señora*, a viúva Segovia, era quem realmente impressionava.

Seu marido criara uma empresa de seguros médicos muito bem-sucedida, mas morreu prematuramente, deixando-a com três crianças pequenas, com idades que iam de quatro a oito anos. Em 1956, a Espanha não concedia direitos iguais para as mulheres e poucas — se é que alguma — eram donas de empresas. Como a lei espanhola proibia que mulheres solteiras fossem proprietárias de empresas, a *señora* mantinha seu nome formal como viúva Segovia.

Era uma empreendedora natural e, além de administrar a companhia de seguros, tinha comprado uma lavanderia, vários armazéns e uma casa de veraneio na praia de Costa Brava — a costa espanhola ao norte de

Barcelona. Acreditava em trabalho duro e tinha inculcado essa ética em Roberto e Emilia, mas não em Alejandro, que estava mais atraído pelo glamour e pelo mundo da arte.

A viúva Segovia era forte, algo que a mãe de Max, Jane, nunca conseguiu ser. A espanhola não era bonita, mas tinha uma energia infindável e um excelente gosto estético.

Julieta, que trabalhava como empregada e cozinheira da família, era quase uma segunda mãe para as crianças. De família pobre, nascida em uma pequena vila na área rural de Aragão, ela tinha começado a trabalhar para a família quando tinha apenas dezesseis anos e se aproximava dos cinquenta quando Max chegou à casa da família. Frequentemente levava Max para fazer compras no mercado ao ar livre, onde o ensinava a escolher vegetais frescos e apontava quais galinhas vivas seriam melhores para a refeição.

"Este chico es más listo que el diablo", ela dizia para quem quisesse ouvir. "Este garoto é mais inteligente que o diabo!", dizia com tanto orgulho, mostrando claramente que adorava sair com "esse garoto" e isso fazia Max sorrir.

Em seus nove meses em Barcelona, Max aprendeu a falar espanhol de forma tão natural quanto a de qualquer castelhano. Sentia uma conexão amorosa com o povo espanhol, de uma maneira que nunca conseguiu ter com quem falava inglês — que, para ele, sempre permaneceu uma língua lógica e de ginástica mental, mas não de emoções profundas.

Viajou por todas as grandes cidades da Espanha, tornou-se um especialista no arquiteto Antoni Gaudí, de Barcelona, visitou o local de nascimento de El Greco, maravilhou-se com a criação de La Alhambra, em Granada, comeu crustáceos na Galícia, caminhou por ruas antigas da Salamanca de Unamuno e ficou ainda mais apaixonado pela cultura espanhola e seu amor pela vida, sua intensidade e sua paixão. Tudo parecia muito familiar para ele. Sentia-se em casa.

Acreditava que ali era seu lugar. Na Espanha, Max aprendeu a viver sem medo. Ele podia caminhar em completa segurança em qualquer lugar da cidade, a qualquer hora do dia ou da noite. Franco governava o país com mão de ferro e, até no distrito da luz vermelha, a prostituição era o único crime, que na verdade era semirregulado, com farmácias vendendo camisinhas a cada esquina e quartos de hotel baratos na parte de cima de todos os bares.

Apesar de Max ter completado dezessete anos naquele inverno, ele ainda parecia ter catorze, e até as prostitutas achavam que ele era muito jovem. Uma noite, ele e três amigos decidiram que era hora de perder a virgindade. Todos os seus amigos foram bem-sucedidos e, apesar de suas camisinhas, pegaram infecções para provar. Por causa de sua aparência, Max foi rejeitado pelas prostitutas, e depois ficou feliz por isso.

Max dormia bem na casa da viúva Segovia e tinha sonhos prazerosos, exceto por uma noite, quando bebeu muito conhaque depois de um jogo de beisebol. Após dois anos de derrotas e ajudada pela destreza de Max, sua equipe espanhola ganhou um jogo contra seus arquirrivais. Todos os dez jogadores insistiram em pagar uma rodada de conhaque para o time inteiro. Levando a dez copos de conhaque num intervalo de duas horas.

Naquela noite, Max sonhou que estava lutando contra um grupo de dragões verdes que soltavam fogo pela boca. Tinha uma espada e conseguia matar todos que se aproximavam dele, mas havia um exército inesgotável de criaturas.

Depois de matar o que parecia ser centenas — se não milhares — de dragões, Max olhou para o céu e viu um ser divino, que falou com ele.

— Você quer parar de lutar contra os dragões? — a voz perguntou.

— Quero. É cansativo e já estou me sentindo exausto — admitiu Max.

— Bem, você pode parar quando quiser.

— Mas, se eu parar, os dragões continuarão vindo e irão destruir o mundo.

— Seu pensamento está correto — a presença divina reconheceu, falando em espanhol. — Mas você nunca será capaz de derrotar todos os dragões. São infinitos. Tem certeza de que quer continuar? — a voz perguntou.

Max simplesmente deu de ombros e voltou a matar dragões.

Então, ele acordou.

Tinham falado para Max que ele saberia que era proficiente em espanhol quando sonhasse nessa língua. Como Max nunca se lembrava de seus sonhos, essa foi uma experiência incomum e agradável.

Também mostrou que ele tinha alcançado seu objetivo de aprender espanhol, antes de voltar para matar qualquer dragão que pudesse estar esperando por ele enquanto se preparava para completar sua educação e estivesse pronto para a faculdade e a vida adulta.

Capítulo Quatro

"Compreender a compreensão"

1968

Max frequentou a Phillips Andover Academy em seu último ano, mas não se destacou — principalmente em suas atividades extracurriculares. Em vez disso focou em seus estudos, nas faculdades que pretendia entrar e no aprendizado do sexo e do amor.

Teria poucas dificuldades para ingressar na faculdade que quisesse e depois de receber um bom número de cartas de aceitação, decidiu ir para Yale.

Enquanto isso, Max desenvolveu uma doce e silenciosa relação com Lizzie, de quinze anos, que tinha conhecido num baile no country club exclusivo de Sleepy Hollow. Max dançou com muitas das vivazes e bem-vestidas garotas naquela noite, mas Lizzie era diferente. Quando ele perguntou qual era seu livro favorito, ela respondeu *Candy* — um romance explícito, quase pornográfico, que estava nas listas de mais vendidos da época.

Max ficou intrigado com uma garota tão jovem e tão ousada com ele e sentiu-se atraído por seus olhos místicos, seu corpo delicado e feminino, e seu sorriso sedutor. Antes de a noite terminar, ele decidiu que queria namorar Lizzie.

A menina vivia perto da casa de Max, mas como ele estava no Andover a maior parte do tempo, seus encontros estavam restritos às férias escolares. De qualquer forma, o romance floresceu.

Eles davam longas caminhadas ou ficavam no quarto de Max, localizado em cima da garagem, com uma entrada separada, onde tinham privacidade completa.

Ele chamava o relacionamento de "sem palavras", porque ele e Lizzie raramente falavam quando estavam sozinhos. Beijavam-se e olhavam direto nos olhos um do outro por até cinco horas. Mas os dois eram virgens e ainda não se achavam prontos para avançar em sua intimidade.

Esse cortejo a longa distância durou todo o último ano de Max em Andover. Depois, no verão antes de Max ir para Yale, os dois foram passar um fim de semana em Nova York, ficando no apartamento vazio de seu pai na esquina da Rua 18 com a Irving Place, em frente à Pete's Tavern. Foi quando Max e Lizzie mutuamente decidiram explorar a intimidade física superior do que já era um amor intenso e emocional.

Depois que começaram a fazer amor, nunca mais pararam. Um sucesso dos Beatles na época era "Why Don't We Do It in the Road?" e, claro, Lizzie e Max fizeram isso — lá e em quase todos os lugares.

Quando Max entrou em Yale, em setembro, ficou mais difícil conseguir se encontrar com Lizzie, mas ele escrevia regularmente. Ela não era tão rápida em suas respostas, então o rapaz não percebeu quando ficou aparente que a garota não estava mais interessada nele.

Ela ainda tinha dezesseis anos e cursava o ensino médio, e ter um namorado na faculdade não fazia sentido, por isso escreveu uma carta de despedida a Max, que a recebeu em 12 de dezembro de 1968, seu décimo nono aniversário.

Max ficou devastado quando recebeu a carta. Caiu num estado de profunda tristeza.

Sua depressão foi exacerbada pelo fato de ele não ter se adaptado a Yale — não gostava de morar num quarto na College Avenue, com caminhões passando a noite toda, acordando-o ou impedindo que dormisse. Ele não gostava de ter uma namorada que estava longe e indisponível. Não gostava de ter aulas com seiscentos estudantes e professores que nem sabiam seu nome.

Cursando matemática, ele não gostou das aulas nos quais seu professor australiano usava símbolos diferentes dos que tinha aprendido no ensino médio. Num mundo que estava de cabeça para baixo por causa da Guerra do Vietnã e da proliferação de drogas entre seus companheiros — até entre os professores — ele questionava a relevância de se formar matemático.

Seus outros estudos ofereciam pouco conforto. Ele estudou Piaget e aprendeu que, de acordo com os estágios de desenvolvimento, era impossível que uma criança aprendesse e examinasse conceitos abstratos. Isso o deixou espantado, porque não conseguia ignorar a realidade de suas visões e experiências na infância.

Então começaram os problemas políticos — o assassinato dos Kennedys, Kent State, Abbie Hoffman e, finalmente, o assassinato de Martin Luther King. No meio desse caos, sua própria âncora emocional tinha sido removida e ele não tinha nada em que se agarrar.

Naquele outono, Herbert e Jane se mudaram de Scarsdale, Nova York, para Greenwich, Connecticut, para ficar mais perto de Max — só quarenta e cinco minutos de Yale.

Consolidação era a palavra de ordem e Herbert tinha sido contratado pela Litton Industries, uma grande companhia que decidira incorporar pequenas editoras num modelo mais amplo de empresa midiática. Litton começou a comprar as pequenas editoras e Herbert recebeu uma oferta... depois outra.

Ofertas de concorrentes começaram a aparecer. Os preços eram altos. Finalmente um dos compradores encontrou a forma de quebrar a resistência de Herbert. Perfect Film, uma empresa de fotos instantâneas, prometeu o cargo de chefe de divisão para Herbert. Ele poderia usar o dinheiro da Perfect Film para comprar *outras* editoras.

Herbert não tinha vontade de vender sua editora, mas gostava muito da ideia de administrar uma empresa maior, então começou a se preparar. Isso incluía sair do estado de Nova York e ir para Connecticut onde — em 1968 — havia menos taxas sobre o lucro e nenhum imposto estadual.

Consequentemente, Max não tinha mais seu quarto em cima da garagem ou qualquer base real, emocional ou de outro tipo, quando voltou "para casa" no Natal. Jane estava quase sempre bêbada ou dormindo e, por causa da possível venda de sua empresa, Herbert raramente estava disponível para Max.

Max estava sozinho.

Foi uma época difícil e muitos jovens tinham medo de serem chamados pelo Exército e enviados para o Vietnã, onde a situação estava se deteriorando cada vez mais. Como o número de alistamento de Max era 321, ele não estava preocupado com os militares, mas também não via muitos motivos para ficar em Yale.

— Mãe, eu realmente não vejo nenhuma razão para isso. Os professores não são tão bons quanto os de Andover, os do intercâmbio ou mesmo os de Hackley — ele reclamava. — Eu vejo uns três ou quatro filmes por noite e o resto do tempo passo entediado com as aulas.

— Esforce-se mais para se relacionar com seus professores e os outros estudantes e tenho certeza de que terá uma experiência melhor — aconselhou Jane. — O mais importante é não desistir, sua educação é muito importante.

— Vou ficar, se isso a deixa feliz — ele concedeu. — Mas parece uma perda de dinheiro e tempo.

— Confie em mim — ela implorou.— Você terá mais poder na sua vida adulta se conseguir aguentar agora e se formar. E acredite em mim, você *vai* querer esse poder. Então prometa que vai continuar e se formar. Por favor, Max.

Sem querer desapontar sua mãe, ele prometeu.

Apesar de seu senso de alienação, Max tinha amigos na faculdade, como Archibald Benson — que fazia parte do grupo de estudantes que foi para Barcelona — Chris Garvey e Carl Becker.

No começo do feriado de dez dias na primavera, Chris e Carl fizeram a sugestão para Max de que ele devia experimentar um de seus brownies com haxixe e ele sentiu que tinha pouco a perder. Em 1968, muitos estudantes em Yale tomavam drogas. Era parte da cultura da faculdade, que também incluía as mudanças radicais na música e na moda.

Para deleite de Chris e Carl, um faminto Max devorou os brownies, mas, em vez de ficar chapado, ele inesperadamente caiu num sono profundo que durou quarenta e oito horas completas.

Max acordou cheio de energia e novas ideias. Durante os dez dias do feriado, devorou todos os livros exigidos em seus cinco cursos acadêmicos. Não sentiu necessidade de dormir, tirava sonecas de vinte minutos ou uma hora, mas nada além disso.

Ele voltou ao campus de Yale, e na noite anterior à sua prova de filosofia, escreveu a versão final de um trabalho que tinha sido pedido pelo professor Robert Fox, com quem compartilhava várias características físicas. O tema era: "De acordo com os modelos de pensamento de Whitehead, escreva uma crítica sobre o sistema de educação de Yale".

Alfred North Whitehead era considerado o mais importante pensador de sistemas do mundo e tinha explicado como todo o conhecimento estava contido dentro dos limites e possibilidades dos sistemas nos quais os seres humanos interagiam. Max percebeu num instante que a maior limitação dos sistemas era o ser humano.

Ele também percebeu que apenas sendo *completamente* humano e permitindo que os sentimentos e emoções entrassem num reino analítico de investigação científica a compreensão verdadeira poderia ser conseguida. Era evidente que Yale estava mal nesse ponto, concluiu. A universidade tinha compartimentalizado cada aspecto de cada assunto, dividindo-os em especialidades, com os instrutores e palestrantes falando um com o outro, mas não com alguém de fora do sistema fechado. Os estudantes estavam aprendendo cada vez mais sobre cada vez menos e não se aproximavam — na verdade, se afastavam — do objetivo de Whitehead, que era "compreender a compreensão".

Ao mesmo tempo que se preparava para escrever o trabalho, Max terminou de ler *Soul on Ice*, de Eldridge Cleaver, a história do movimento dos Panteras Negras e do ódio sentido pelos negros que tinham sido oprimidos pelas restrições e injustiças do sistema legal dos Estados Unidos na primeira metade do século XX. A linguagem de Cleaver era cáustica, até mesmo violenta.

Influenciado por essa linguagem e achando-a eficiente, Max escreveu seu ensaio filosófico de dezoito páginas com termos igualmente fortes e incorporou elementos de seu próprio estado emocional, incluindo detalhes de sua insônia, sua depressão e como esse fatores relacionavam-se com sua descoberta de "compreender a compreensão".

O ensaio foi escrito com cuidado. Ele revisou os objetivos e as práticas de Yale. O lema da universidade — *Lux et Veritas*, luz e verdade — era, em sua estimativa, bom, e de acordo com a crítica da educação de Whitehead. Se alguém conseguisse compreender a compreensão, Whitehead propunha, então conseguiria entender qualquer coisa.

Como matemático, Max acreditava que a única forma de isso ser conquistado seria escapando do sistema humano, e ele expressou essa teoria no ensaio.

Fechou com a fórmula "A é e não é igual a A", como a equação importante na explicação de como penetrar o impenetrável domínio intelectual de "compreender a compreensão". Era como a pedra mágica de um alquimista, um que transformaria chumbo em ouro ou transformaria qualquer situação de ignorância em outra de conhecimento.

Whitehead acreditava que, em todo momento educacional, estudantes e professores deveriam focar na mais alta experiência de aprendizado possível. Assim, estava claro para Max que a experiência de aprendizado mais alta para seus colegas seria ler e depois discutir esse trabalho incrível.

Primeiro, no entanto, achou que deveria conversar com o Professor Fox, que também era chefe do departamento de filosofia, para ver se ele aceitaria escolher esse caminho mais elevado e simplesmente adiar a prova. Com isso em mente, Max chegou à sala de aula mais cedo e subiu ao palco de madeira. Ficou ao lado do pódio, olhando o grande recinto.

Por causa de sua semelhança com o professor — cabelos castanhos encaracolados e desgrenhados, jaqueta, calças de bom corte e camisa sem gravata — muitos dos estudantes assumiram que Max era o Professor Fox. Dois alunos se aproximaram dele com perguntas sobre a prova. Max calmamente pediu que se sentassem e não se preocupassem.

— Talvez nem haja prova final — ele disse, misterioso.

Como resultado, começou um burburinho por toda a sala quando o Professor Fox apareceu, um ou dois minutos antes de o exame começar. Diante dos estudantes espantados, Max entregou triunfante o ensaio "A é e não é A".

— Passei a noite toda escrevendo este ensaio — explicou Max friamente — e acho que alcancei o objetivo final de Whitehead: "compreender a compreensão".

Enquanto o professor folheava o trabalho, ele continuou:

— A turma se beneficiaria mais da leitura deste ensaio do que da prova — afirmou.

O Professor Fox ouviu em silêncio e depois respondeu.

— Você pode ter, realmente, experimentado essa descoberta incrível — ele falou —, mas eu não tive a oportunidade de ler o trabalho ainda, e como você está seguindo o ditame de Whitehead de que cada indivíduo deve, a todo momento, seguir o que acredita ser o curso mais alto de aprendizado educacional, devo aplicar a prova.

Embora não fosse o que esperava, Max recebeu a notícia calmamente e respondeu.

— Entendo. Talvez em outro momento. Só queria oferecer-lhe a oportunidade.

— Bom, você não precisa fazer a prova neste momento, se não quiser. Escreveu um ensaio bem mais longo do que o exigido e, por ter ficado acordado a noite toda — como diz — para completá-lo, isso poderia colocá-lo em desvantagem.

— Não, estou bem — respondeu Max. — Posso me sentar para fazer a prova agora, não estou tão cansado.

Mas, quando ele cruzou o púlpito e foi se sentar, percebeu que, para ser verdadeiro com o pensamento de Whitehead, realmente *deveria* passar o tempo contemplando a visão da compreensão da compreensão e não perder tempo respondendo perguntas sobre Spinoza e Kant, para tirar um A que impressionasse os outros.

Então Max se virou para o Professor Fox e falou.

— Acho que o senhor está certo. Provavelmente é melhor deixar a prova para outro momento. Obrigado, senhor.

Com isso, saiu da sala.

Quando deixou o edifício, ficou pensando nos detalhes de seu trabalho, e o entusiasmo foi crescendo dentro dele. Cruzou com seu professor de sociologia, Eugenio Rodriguez. Animado com sua revelação e ansioso por compartilhá-la, Max parou-o e entusiasmado começou a conversar.

— Acabei de entender os modos de pensamento de Whitehead e descobri o segredo de "compreender a compreensão" — ele falou, rapidamente.

Tomado pelo entusiasmo do jovem, o Professor Rodriguez ficou intrigado e adotou o papel de advogado do diabo.

— Essa compreensão irá nos levar à Lua? Permitirá que resolvamos qualquer um dos atuais problemas sociais? — ele perguntou.

Max hesitou por um momento e depois, vindo de um nível de abstração que sugeria que as pessoas que se recusavam a se limitar ao sistema humano não poderiam realizar nada, respondeu alegremente.

— Preciso pensar um pouco mais sobre isso, mas acho que *vai* resolver essas questões e muitas outras!

— Continue pensando, então — respondeu o Professor Rodriguez — e me avise quando descobrir a resposta.

E continuou caminhando na direção do prédio.

Intrigado pela sugestão do professor, Max decidiu respirar o ar fresco de janeiro, achando que isso ajudaria a organizar seus pensamentos. Com o som da neve sendo esmagada a cada passo, ele começou a contemplar as várias aplicações de "A é e não é A" e o que "compreender a compreensão" poderia realmente significar para cada ser humano no planeta.

Talvez houvesse aplicações práticas. A lei da impenetrabilidade, que afirma que não existem dois objetos no mesmo lugar ao mesmo tempo, talvez deixasse de ser verdade sempre. Isso alteraria a natureza da física e permitiria o desenvolvimento de novas tecnologias, que superariam as limitações da velocidade da luz e outras constantes, resultando em grande avanços na viagem espacial e na colonização de outros planetas.

A percepção de que "A é e não é A" mudou os parâmetros para toda a lógica, e as conclusões que a teoria puramente lógica poderia fornecer. A percepção mudou os axiomas sobre os quais a matemática geral se baseava, e assim teria um impacto em todas as investigações científicas.

A mente de Max começou a girar.

Poderia ser a resposta para nossa própria existência... o propósito da nossa vida, ele meditou. *Estamos todos conectados e não só de forma superficial.*

Quando contemplava esses conceitos, foi abordado pelo Professor Fox, que o estava procurando. O professor olhou para ele com admiração e receio.

— Seu trabalho é brilhante, Max, mas não tenho certeza se o entendi — ele falou. — Pedi a Gordon Howell, o estudante de pós-graduação responsável por sua seção de filosofia, que dê uma olhada nele. Gordon quer vê-lo no escritório do reitor o mais rápido possível.

— Isso não faz nenhum sentido para mim — disse Gordon Howell rispidamente. — Não entendo sua tese. Você afirma que, de alguma forma, sentimentos devem ser parte de qualquer análise do lado esquerdo do cérebro. Isso não é nem lógico, nem prático.

Olhou diretamente para Max.

— E você parece muito bravo, não só com Yale e seus professores e colegas, mas com toda a humanidade.

— Você não está entendendo — disse Max, a exasperação tomando conta de sua voz. — Estou bravo com a *hipocrisia* dessa instituição, não com a instituição em si. Há muitas coisas maravilhosas em Yale, mas estou falando sobre os mais altos níveis de verdade. Você precisa reler meu trabalho e verá que, de acordo com Whitehead, o que eu digo é verdade: "A é e não é A".

Nesse momento, outro homem entrou na sala e Max reconheceu o Reitor Bridges. Este entregou um formulário a Max.

— Max, falei com o Professor Fox e o Sr. Howell — ele disse tranquilamente. — Parece que você precisa de um descanso e talvez alguns dias sem frequentar as aulas também. — Ele apontou para o papel que Max segurava. — Por favor, assine esse formulário de licença e poderá voltar a Yale quando estiver recuperado.

Max hesitou por um momento, depois percebeu que era melhor estudar independentemente o efeito de "A é e não é A" em todo o aprendizado humano. Então voltou a olhar para o reitor.

— Onde devo assinar? — perguntou.

Um momento depois, ele estava oficialmente de licença de Yale.

Um homem grande, com cabelos negros encaracolados, entrou na sala e se apresentou como o Dr. Weinstein, do Serviço de Saúde Mental de

Yale. Disse a Max que tinha conseguido que ele ficasse na enfermaria, onde pílulas para dormir poderiam ser receitadas.

Enquanto Max pensava nisso, o Dr. Weinstein explicou que tinha visto os efeitos do abuso de drogas em muitos estudantes, entre eles o comportamento errático e a insônia forçada devido ao uso de estimulantes para ajudar os alunos a estudar para as provas.

Max, ele falou, era um caso clássico.

Então, sem qualquer confusão, Max seguiu o Dr. Weinstein até seu carro. Foi levado para a enfermaria, onde tomou pílulas para dormir.

Trinta minutos depois, chamou a enfermeira e perguntou se ela poderia conseguir alguns livros da biblioteca para ele. A mulher informou que não seria possível e disse que ele precisava dormir.

— Pelo menos traga-me papel e caneta — ele rogou. — Tenho algumas ideias na minha cabeça que preciso escrever. Isso irá me ajudar a dormir.

Ela não se sentia confortável com a ideia, mas fez o que ele pediu.

Assim, Max passou as seguintes quatro horas escrevendo e analisando como "compreender a compreensão" poderia alterar todas as ações e pensamentos humanos. Colocou no papel suas ideias sobre a natureza das relações humanas.

Se "A é e não é A", então todas as relações são e não são o que parecem. Um homem pode ser um filho e, ao mesmo tempo, não ser um. Uma esposa pode ser uma esposa e, ao mesmo tempo, não ser uma. Um estudante pode ser um estudante e, ao mesmo tempo não ser um.

No início, as declarações pareciam óbvias, mas Max viu como a maioria das pessoas não iria entender o que isso implicava. Para Max, significava que toda programação humana estava baseada em falsas premissas, falsos axiomas que muito frequentemente levavam à confusão e à perda de oportunidades para as mais altas e melhores interações entre humanos.

Ele podia ver como "compreender a compreensão" ajudaria a resolver conflitos políticos e econômicos. Uma vez que as falsas premissas eram reveladas, estruturas completamente novas poderiam ser criadas — estruturas que não exigiriam distinções hierárquicas.

Ele continuou a focar nas implicações para a matemática e a filosofia. "A é e não é A" resolvia nós filosóficos fundamentais. Explicava paradoxos e permitia um nível mais alto de abstração para sistemas matemáticos cada vez mais complexos.

Max estava num mundo próprio, deleitado com suas formulações matemáticas e a excitação de suas ideias. Isso continuou a impedir que ele dormisse, apesar dos fortes medicamentos que já tinha consumido.

O Dr. Weinstein passou para vê-lo e prescreveu uma dose ainda mais forte de pílulas para dormir, que finalmente derrubou Max. Vinte minutos depois da visita do médico, o rapaz caiu num sono irregular.

Acordou na manhã seguinte e estava pronto para deixar a enfermaria. Começou a se vestir, mas a enfermeira o impediu.

— Por favor, espere até eu falar com o Dr. Weinstein — ela disse rapidamente. — Você não pode sair sem a permissão dele.

— Mas eu me sinto bem — ele protestou. — Já descansei e quero ir até a biblioteca para investigar o impacto daquilo que descobri.

A enfermeira insistiu para que ele ficasse e, vendo como ela ficou nervosa, Max voltou para a cama. Não queria deixá-la alarmada.

Quando o Dr. Weinstein chegou, disse a Max que teria de ficar em seu quarto até que seus pais — que estavam na Europa — viessem buscá-lo quando voltassem, alguns dias depois. Informou a Max que se ele resistisse, seus pais tinham autorizado que fosse contido, e até mesmo levado a uma instituição mental, exclusivamente para sua segurança e proteção.

— Se você fizer mais alguma tentativa de sair, é exatamente o que vai acontecer — disse o Dr. Weinstein e seu tom indicava que aquilo não estava aberto para discussão.

Max ficou assombrado.

— Mas meus pais nunca autorizariam esse comportamento — ele afirmou.

— Bom, autorizaram — respondeu o médico — e vou interná-lo se for preciso. — Então sua voz abrandou. — Realmente gostaríamos de mantê-lo fora de uma instituição mental, se possível. Max, você teve um ataque psicótico. Isso acontece e, ironicamente, é mais comum com nossos melhores estudantes. Há muita pressão por entrar em Yale e você não precisa sentir-se envergonhado por isso, mas *deve* cooperar e permitir que o tratemos. Você tomou Thorazine e outras drogas antipsicóticas — ele continuou. — Elas o ajudarão a dormir e a superar as suas ilusões. Você deve cooperar — ele repetiu —, assim conseguirá se recuperar, e não tenho dúvidas de que poderá voltar a estudar no próximo semestre e continuar sua carreira na faculdade sem qualquer perda de créditos.

Mesmo assim, Max não conseguia aceitar o que estavam fazendo com ele.

— Mas não estou tendo delírios. Eu simplesmente compreendi a compreensão. Isso é completamente injusto! — ele protestou.

Com isso, no entanto, ficou claro que a conversa tinha terminado. O médico lançou um olhar vago quando saiu do quarto e isso fez com que Max percebesse que o Dr. Weinstein *realmente* achava que havia algo mentalmente errado com ele.

Controlando seu tumulto interno, ele refletiu sobre as questões de saúde mental inerentes a sua família. A irmã mais nova de sua mãe, Miriam, tinha sido internada num hospital psiquiátrico quando era jovem. Por mais estranho que fosse o destino, foi lá que ela conheceu seu marido, Michael, que também era paciente. Michael tinha sido considerado instável, mas terminou comprando um grande pântano em Nova Jersey, que acabou vendendo por milhões de dólares para a empresa que construiu o estádio Meadowlands.

A bisavó paterna de Max cometeu suicídio jogando-se do topo do edifício onde morava no Brooklyn, quando descobriu que seu genro, o avô de Max, não estava "comendo *kosher*" e na verdade trazia bacon para sua cozinha.

Havia outras pessoas consideradas instáveis em sua família, mas exceto por sua tia, nenhuma delas tinha sido hospitalizada.

Em meio a seu espanto, Max parou para considerar se talvez ele pudesse estar realmente mentalmente instável. Apesar de concluir que não estava, reconheceu que seu teorema "A é e não é A" tinha um elemento esquizofrênico inerente — um tipo de loucura controlada, mas que poderia ser considerada loucura mesmo assim.

Em seus três dias na enfermaria Max experimentou uma intensa fraqueza e outros efeitos colaterais dos medicamentos. Ele começou a dormir cada vez mais, mas seu entusiasmo pelo potencial de sua equação continuou inabalável.

Seu pai chegou para buscá-lo, e assim que entrou no quarto, Max tentou discutir sua descoberta, mas Herbert não mostrou nenhum interesse. Ele falou de forma decidida e apontou para os pertences de Max.

— Apenas me siga até o carro e vamos sair daqui — disse bruscamente.

Quando chegaram em casa, Jane o recebeu carinhosamente e explicou que o Dr. Weinstein tinha arranjado uma consulta com um psiquiatra da cidade. Também explicou que nem ela nem Herbert iam conversar com ele sobre "compreender a compreensão" ou qualquer de suas ideias filosóficas, por temerem agravar o problema. Somente o Dr. Austin, o psiquiatra que tinha sido escolhido, teria a permissão de discutir suas descobertas.

Essas condições frustraram Max, mas para não deixar seus pais bravos, concordou, depois foi ao seu quarto se deitar.

Na manhã seguinte, Jane levou Max para conhecer o Dr. Austin, um homem grande, com cabelos brancos e óculos. Seu filho era um músico profissional que trabalhara com Jerry Jeff Walker no disco que incluía uma das músicas favoritas de Max — "Mr. Bojangles". Esse fato singular criou uma empatia entre médico e paciente que não seria possível de outra forma.

O Dr. Austin tinha escrito um livro bem recebido sobre as forças psicológicas que criaram Adolf Hitler, assunto que também intrigava Max. O médico tinha um orgulho do fato de que sua casa em Tarrytown pertencera a Mark Twain, que, sem dúvida, escrevera algumas de suas obras-primas no escritório do Dr. Austin.

O psiquiatra explicou que já tinha lidado com pensadores grandiosos e não havia dúvida de que Max sofria de uma condição que poderia ser traduzida como "grandiosidade". Mesmo assim, o rapaz passou suas primeiras cinco sessões tentando explicar as nuances de sua equação "A é e não é A" e por que isso era uma descoberta importante.

Mas o Dr. Austin não acreditava em Max.

Ele continuou aumentando a dose de Thorazine, até Max se sentir grogue a maior parte do tempo. E ele devia visitar o Dr. Austin cinco dias por semana até segunda ordem.

Foi só no fim de maio que o Dr. Austin sentiu um progresso significativo e reduziu as sessões a três dias por semana.

Max também sentiu que algum progresso tinha sido feito. Ele aprendera a responder as perguntas de tal forma que o Dr. Austin não pensasse que ele estava delirando ou sofrendo de "pensamento grandioso".

Max nunca mencionou sua experiência de quase morte ou as doze cores e os doze nomes. Simplesmente achou que isso não era necessário. Max sabia que se tratava de uma experiência extraordinária e que isso era perfeitamente aceitável para ele — mesmo que as outras pessoas não entendessem.

Então, foi assim que Max deixou aquilo de lado.

Apesar de sua aparente melhora e aceitação, nunca parou de pensar que "A é e não é A" não era brilhante e sempre considerou que suas ideias iam mudar o mundo. Max *realmente* entendeu que precisava mostrar maior discrição no modo como apresentava suas ideias. No entanto, isso não significava que elas eram menos válidas.

Em setembro, Max estava de volta a Yale. Só havia uma condição:

Ele não podia mais frequentar os cursos de filosofia.

Capítulo Cinco

Detido na Bolívia

1970

Cuidadoso para não ser visto fora dos caminhos intelectuais comuns em Yale, Max manteve para si muito do que pensava, completou seus trabalhos, praticou esportes e manteve um perfil discreto, de forma a agradar seus pais, professores e aqueles que temiam por sua estabilidade mental.

Claro, ele sabia que ainda compreendia a compreensão, e tudo que isso implicava, mas evitava os cursos de filosofia. Conseguiu se inscrever em um curso de antropologia cultural sobre Claude Lévi-Strauss e estruturalismo, que lhe forneceu um caminho tortuoso para a contemplação das singulares continuidades do cérebro humano por diferentes culturas e épocas.

Na primavera de 1970, Max conheceu Paul Hazelton, um estudante de ciência política com especial interesse na América Latina. Paul tinha participado de um programa chamado *Projecto Amistad*, no Peru, idealizado por estudantes universitários norte-americanos que queriam um programa ainda mais direto do que o Peace Corps, de modo que permitisse um contato imediato entre estudantes norte-americanos e o povo da América Latina.

A ideia era enviar quarenta estudantes universitários até Arequipa, no Peru, para trabalhar na construção de escolas, na implementação de programas de serviço social e auxiliando de todas as formas necessárias seus anfitriões no Centro Cultural Peru-Estados Unidos, em Arequipa.

Os estudantes ficariam hospedados nas casas de famílias da cidade, como parte do intercâmbio cultural.

Como Max já era fluente em espanhol, ele pensou que o *Projecto Amistad* seria um programa de verão ideal para ele. Poderia experimentar novas aventuras enquanto praticava seu espanhol.

A viagem não poderia ter começado de forma mais auspiciosa. A família em Arequipa à qual Max tinha sido enviado era parecida com a família que o acolhera em Barcelona, já que a *Señora* Rodriguez era viúva e tinha dois filhos: Alberto, de quinze anos, e Javier, de dezessete. A irmã da *Señora* Rodriguez também vivia com eles. Todos estavam tentando aprender inglês e manter a boa situação econômica, o padrão de classe média alta que tinham quando o *Señor* Rodriguez estava vivo. Como todas as famílias, com exceção das mais pobres, em Arequipa na época eles tinham vários empregados — dois jardineiros, uma cozinheira e duas empregadas — apesar da casa não ser grande.

O quarto de Max oferecia uma vista completa do brilhante centro branco de Arequipa, com sua arquitetura colonial. Pela lei, todos os prédios tinham de ser pintados de branco, e quando o sol estava brilhando, a cidade virtualmente cintilava com uma luz cegante de tirar o fôlego. O pôr do sol, com os tons laranja e rosa do começo da noite, deixava uma impressão igualmente inesquecível.

Com a espetacular montanha vulcânica El Misti ao fundo, contra um céu azul, brilhante e sem nuvens, Arequipa era uma das cidades mais bonitas que Max já tinha visto. Como na Espanha, sentiu uma profunda conexão com esse país e seu povo, e também um grande conforto.

Ele ainda não tinha superado completamente o rompimento com Lizzie, mas não se sentia mais emocionalmente devastado quando conheceu a incrivelmente intensa e exoticamente linda Carolina, que tinha vinte e três anos, e vivia a cinco minutos da casa dos Rodriguez. Carolina era prima de Javier e Alberto, e a única filha do irmão da mãe deles, que tinha tido doze filhos antes do nascimento da menina.

Apesar de sua idade, Carolina nunca tinha ficado sozinha com um garoto. Seu pai era professor na universidade e estava escrevendo um livro sobre matemática. Ele conheceu Max na casa de sua irmã, na festa de boas-vindas ao visitante estrangeiro. Ficou intrigado por Max ser tão bom em matemática e organizou para que ele ensinasse álgebra em uma das escolas locais.

Feliz com as habilidades de Max, o professor decidiu que o rapaz era a pessoa ideal para traduzir seu livro para o inglês. Desta forma, Max ganhou acesso à casa de Carolina e, assim, à própria garota.

Seu interesse na irmã causou suspeita nos outros filhos, que tinham certeza de que isso não podia ser boa coisa, mas o pai deles estava tão feliz com as capacidades de Max que ignorou as preocupações dos filhos. Mesmo quando Carolina sugeriu que deveria levar Max para conhecer a cidade, ele consentiu, com a condição de que um dos irmãos os acompanhasse.

Depois de duas expedições como essa, Carolina convidou Max para acompanhá-la ao cinema. O filme era o recém lançado *M*A*S*H,* de Robert Altman. Os irmãos não podiam acompanhá-los, mas mesmo assim o pai de Carolina consentiu. Parecia bastante inocente que o jovem casal fosse ver um filme junto e por sugestão de Carolina, Max comprou dois ingressos na seção *butaca* do cinema Colonial Palace.

Sem que Max soubesse, *butaca* era na verdade uma sala particular, com cortinas que separavam completamente os dois do resto do cinema. Carolina e Max podiam ver a tela se quisessem, mas ninguém conseguia vê-los.

Max não se lembra de nenhuma cena do filme.

Naquelas duas horas, Carolina procurou explorar cada centímetro de seu corpo e assimilar o que tinha sido proibida de observar e experimentar nos primeiros vinte e três anos de sua vida.

A partir de então, Max ficou abismado com a intensidade de Carolina e, durante sua estada de oito semanas em Arequipa, não conseguiu ficar com as mãos, boca ou mente focada em outra coisa que não fosse sua beleza peruana. A intensidade do caso levou-o a um estado de euforia, mas com um distanciamento que ele achou tanto desconcertante quanto libertador.

Foi nesse estranho estado de distanciamento que ele foi procurado por outro participante do *Projecto Amistad*, Rolf Ines, que pediu a Max que o acompanhasse até a selva boliviana, para caçar jaguares. Rolf era holandês, já tinha completado o serviço militar na Holanda e, com vinte e seis anos, era o membro mais velho do projeto. Tinha mais de 1,80 m e era um pouco desengonçado, usava óculos, vestia-se bem e estava sempre com os cabelos castanhos curtos e penteados, o que o destacava, porque ter cabelo comprido era comum naquela época.

Rolf era estudante de engenharia civil na Vanderbilt University, no Tennessee, e seu conhecimento tinha sido bastante útil na construção de escolas e casas que o grupo ajudou a levantar por toda a Arequipa naquele verão de 1970.

Foi o ano em que um terremoto balançou todo o norte do Peru, e Rolf tirou uma licença de duas semanas para ajudar na reconstrução da região. Era um rapaz divertido e intrépido. Um de seus objetivos pessoais nessa viagem era caçar jaguares depois de completar as tarefas do *Projecto Amistad*. Por isso, estava procurando uma companhia que falasse espanhol, já que seu conhecimento da língua era praticamente inexistente, mesmo depois de semanas de interação com os locais.

Ele considerava Max um excelente candidato para acompanhá-lo e já tinha mapeado duas possíveis locações para a caçada. Uma delas era a cidade peruana de Iquitos, no Amazonas, e a outra era a região de Yungas, na Bolívia.

— Max, você já pensou em caçar jaguares nas selvas do Peru ou da Bolívia? — Rolf perguntou a Max enquanto bebiam Pisco Sours no bar do Centro Cultural Peru-Estados Unidos.

— Não posso dizer que já pensei nisso — respondeu Max. — Nunca segurei uma arma, muito menos atirei, mas adoro a ideia de visitar uma selva de verdade. No que você está pensando?

— Já pesquisei tudo — Rolf disse entusiasmado. — Visitei o consulado boliviano e eles me contaram sobre um lugar na selva chamado Caranavi, onde você pode contratar guias, alugar equipamentos e caçar jaguares. Não é muito caro, então eu cubro os gastos da caça, se você me acompanhar. Você sabe que meu espanhol não é muito bom, então seria ótimo ter você como meu intérprete e, é claro, sempre podemos nos divertir juntos.

— Pode contar comigo — Max respondeu impulsivamente. — Parece ótimo. — Eles ergueram seus copos de Pisco Sour para selar o compromisso. —

Mas eu só tenho 100 dólares para toda a viagem, então precisaremos manter o baixo orçamento o tempo todo — acrescentou Max.

— Exceto pelo dinheiro guardado para a caçada, meu orçamento também está apertado — admitiu Rolf. — Não se preocupe. Já planejei tudo e podemos até visitar Cuzco, Machu Picchu e outros ótimos lugares pelo caminho.

— Excelente — respondeu Max radiante. — Eu estava mesmo com vontade de ir a Machu Picchu, ao Lago Titicaca e a Tiahuanaco, se possível.

— Estão todos no itinerário — afirmou Rolf, antes de engolir o resto da bebida.

Dois dias depois, a dupla partiu no trem para Puno e depois de um dia lá, continuou até Copacabana.

O modo mais barato de transporte de Puno para Copacabana era via *colectivo*, um serviço privado de micro-ônibus Volkswagen que podia levar até doze passageiros em cada viagem. No entanto, quando Rolf e Max chegaram à estação, os nove micro-ônibus já estavam completamente lotados.

Um dos motoristas os analisou e falou que conseguiria lugar em seu micro-ônibus. Ele começou a falar bem rápido em quéchua para os passageiros que já estavam sentados e de repente dois indígenas se levantaram, saíram do veículo e subiram no teto — provavelmente em troca de uma passagem mais barata.

A estrada era de terra, cheia de poeira e buracos — uma viagem realmente selvagem, que exigia que os passageiros no teto se segurassem com força para não cair.

Os ocupantes do micro-ônibus eram de pequenas vilas ao redor do Lago Titicaca. Esse era o lar de povos antigos, os incas originais que, por séculos, tinham dominado os Andes e uma grande parte — se não toda — a América do Sul.

Eles não falavam uma palavra em espanhol, só os idiomas nativos aymara e quéchua. Muitos estavam indo para o festival de música que durava dois dias e era realizado todo mês de agosto, no qual tocavam os mesmos instrumentos, cantavam as mesmas canções e repetiam os mesmos passos de dança dos avós de seus avós e até de ancestrais mais remotos.

Os indígenas acreditavam que toda vida era sagrada. Eles veneravam as pedras, as árvores e não viam nenhuma distinção entre seres animados e inanimados. Para eles, havia vida em todo objeto, e procuravam vencer o tempo através da recriação ritual de sua música sagrada. Eles também procuravam ter uma desinibida orgia de dança, música, *chicha* — cerveja de milho — e folhas de coca.

Todos no ônibus já estavam inebriados ou chapados antes mesmo de a viagem começar.

Com a exceção do motorista, era o que Max e Rolf esperavam.

Quando o micro-ônibus cruzou a fronteira do Peru com a Bolívia, Max pediu ao motorista para parar, assim eles poderiam carimbar os passaportes. O motorista contou que os guardas de fronteira não estavam checando passaportes.

— Eles sabem que centenas de pessoas do nosso povo vão cruzar e voltar depois do fim do festival amanhã — explicou. — Eles nos conhecem e sabem que está tudo bem.

Isso fez sentido para Max e Rolf, então não reclamaram.

Duas horas depois, o ônibus parou na beira do Lago Titicaca, na cidade de Copacabana. Era quase noite, mas havia uma multidão na praia e nas praças, com grupos tocando e dançando por todos os lados. As flautas e os instrumentos de corda criavam vibrações extraordinárias, que faziam todo mundo querer dançar, não com o abandono selvagem do Carnaval no Rio, mas com passos mais profundos e religiosos, um tipo de loucura mística que continha a essência do prazer, que parecia encarnar nesses povos orgulhosos apesar de subordinados.

Homens e mulheres estavam enrolados em cobertores e ponchos coloridos de lã de alpaca e ovelha. As mulheres usavam chapéus de diferentes tamanhos e formatos. Cada pequena cidade era conhecida pelo formato do chapéu — o estilo era uma marca de identidade e de herança única de lugar e propósito.

Hipnotizados pela música e energia das pessoas, Max e Rolf caminharam por essa atmosfera altamente carregada como se estivessem num sonho. Comeram milho frito, carne de porquinho-da-índia e outros pratos de vendedores de comida, e acabaram com muito sono.

Como todos os hotéis estavam lotados, um fazendeiro hospitaleiro deixou que dormissem em seu curral com as alpacas, no meio do feno. Jogou por cima um par de lindos cobertores multicoloridos.

Rolf pensou que seriam ótimos para fazer ponchos e, sabendo que precisariam de roupas mais quentes para a caminhada pelas montanhas antes de descer até a selva, comprou os cobertores.

No dia seguinte, Max e Rolf voltaram ao centro da cidade, usando seus novos ponchos coloridos. Compraram grandes chapéus, semelhantes a sombreiros mexicanos, para completar o visual e pareciam bem ridículos. Longe de se misturarem, ficou mais evidente que eram gringos.

Andando pela praia, conheceram duas garotas de dezessete anos, bem atraentes, que tinham vindo com suas famílias e amigos para participar do festival de música. Elas viviam em La Paz e tinham conseguido que o ônibus escolar as trouxessem.

As garotas flertaram com os dois gringos que representavam mundos que elas não conseguiam nem imaginar. Convidaram Rolf e Max a irem com elas na viagem de ônibus de volta a La Paz e os dois aproveitaram a oportunidade, sabendo que a companhia das garotas faria com que a viagem fossem bem mais agradável.

Na manhã seguinte, logo depois do nascer do sol e de outra noite dormindo com as alpacas do fazendeiro, Rolf e Max subiram no ônibus escolar. A viagem foi tranquila, apesar de passarem por umas vinte barreiras policiais na estrada. Os guardas sempre reconheciam o ônibus e o motorista, deixando-o passar sem incidentes.

Eles chegaram a La Paz no final da tarde, se despediram, agradeceram às garotas e às suas famílias, e decidiram parar num café ao ar livre perto da estação de ônibus. Como um nativo da Holanda, Rolf gostava bastante de cerveja e a boliviana era superior, tendo sido criada por alemães que vieram à Bolívia especificamente para instalar cervejarias.

Com a frescura da água montanhosa dos Andes, as cervejas locais eram extraordinárias e servidas em garrafas com o dobro do tamanho das norte-americanas.

— Essas são as melhores cervejas que já tomei — garantiu Max. — Melhores até que as peruanas *arequipeñas*. — Ele e Rolf pediram outra rodada para acompanhar as comidas que estavam desfrutando.

— Acho que você tem razão — concordou Rolf enquanto virava seu copo.

De repente, Max pulou da cadeira.

— Oh, meu Deus — ele falou. — É Archie Benson.

— Archie, Archie, aqui — gritou Max, gesticulando intensamente para chamar a atenção do amigo. — O que você está fazendo aqui? — perguntou enquanto seu amigo vinha na direção da mesa com uma jovem atraente ao seu lado.

Apresentações foram feitas e Archie explicou.

— Acho que você nunca conheceu minha esposa, Elizabeth, não é mesmo, Max? A gente se casou em junho, logo depois do fim das aulas, e estamos aqui na América do Sul numa missão especial de investigação para as Nações Unidas. Tiramos o semestre para completar nosso projeto.

— Mas o que *vocês* estão fazendo aqui? — Archie perguntou.

— Só visitando, mas Rolf aqui quer ir até Yungas para caçar jaguares. — Max sorria enquanto falava.

— Bem, a gente acabou de voltar de Yungas — declarou Archie. — A melhor forma de chegar lá é pular no que eles chamam de "barco banana". É um caminhão que vem da selva cheio de bananas e quando a entrega é feita, o caminhão volta vazio no dia seguinte. Os locais pulam a bordo e, pagando alguns centavos por quilômetro, vocês podem ir até o fim da linha, a cidade de Caranavi. De lá, tenho certeza que conseguirão arranjar um guia para sua caçada aos jaguares.

Para a surpresa de Max, Archie lhe entregou uma chave de quarto de hotel.

— Temos duas noites já pagas. Por que não usam o quarto, caso precisem de um lugar para ficar?

Isso deixou a dupla encantada. Mais uma vez tinham encontrado abrigo pelo melhor preço possível — nesse caso, de graça.

Como a Bolívia era um país de muitas revoluções, e as leis deixavam claro que os estrangeiros deveriam se registrar, todo hotel tinha uma firme política de checar o passaporte dos estrangeiros e anotar cada visitante. Assim, Rolf e Max entraram escondido no modesto hotel e se estabeleceram no quarto gratuito.

No dia seguinte começou uma greve nos serviços de comunicação — todos os trabalhadores da mídia pararam e fecharam os jornais, as estações de rádio e televisão.

Ansiosos para partir em sua aventura com os jaguares, Rolf e Max caminharam até o último posto de gasolina ao leste, na estrada de La Paz até Yungas, e subiram no "barco banana", um caminhão aberto, onde se apertaram no meio de catorze índios nativos, incluindo três mães que amamentavam seus bebês, alguns de poucos meses e um que já devia ter uns cinco anos. As mulheres bolivianas acreditavam que a melhor forma de controlar a natalidade era dar o peito o máximo de tempo possível, então não era incomum ver uma criança de seis anos sugando o peito da mãe.

As índias tinham trazido comida e bebida com elas, e deram um pouco para Rolf e Max, enquanto olhavam espantadas para suas falsas roupas nativas. Havia barreiras policiais a cada vinte quilômetros mais ou menos, mas o "barco banana" nunca parava. O motorista, José, era conhecido dos guardas, e eles pareciam achar que não havia nenhum motivo para olhar o caminhão.

A viagem foi uma das coisas mais incríveis que Rolf e Max já tinham feito — e podia facilmente ter se transformado na última. José conhecia cada centímetro da estrada, mas os buracos e as curvas eram tão severos que nenhuma pessoa sã tentaria viajar por ali.

Nas seis horas seguintes, todos os passageiros desceram do caminhão quando chegaram a suas casas e vilas enfiadas nas encostas das montanhas que eles atravessavam.

José convidou Max e Rolf para entrar na cabine do caminhão, fazendo perguntas sobre os Estados Unidos e mostrando conhecimento e carinho por Caranavi, sua cidade natal. Quando chegaram à última barreira militar na entrada de Caranavi, o jovem guarda percebeu que Max e Rolf não eram passageiros comuns. Ele olhou com suspeitas e exigiu ver identificações. Max entregou seus passaportes ao soldado espantado, que nunca tinha visto estrangeiros — nem mesmo um passaporte — nesse posto remoto.

— São carteiras de identidade internacional, exatamente como as que vocês usam aqui na Bolívia, só que melhores — explicou Max.

O guarda olhou para José, que sorriu e falou:

— Esses garotos são bons — ele disse. — Ficaram comigo toda a viagem. Não vão causar nenhum problema, Jorge. Pode deixar eles passarem.

O guarda era o marido da prima em segundo grau de José e, assim, Rolf e Max passaram pela trigésima nona e última barreira desde que entraram na Bolívia, sem serem parados e questionados, desafiando todas as precauções de segurança do governo militar boliviano.

O "barco banana" continuou até a cidade de Caranavi e José deixou Max e Rolf no bar mais próximo antes de ir para casa ver sua mulher e filhos. Enquanto os dois jovens aventureiros desfrutavam suas cervejas e refeições, conversaram com o dono do bar, que prometeu conseguir rifles de caça e servir como guia para encontrar os jaguares.

Resolvido isso, eles se sentaram e ficaram observando os arredores.

Apesar de estarem no meio da selva sul-americana, sentiram como se estivessem num filme de Velho Oeste com John Wayne. Havia barracões de madeira de ambos os lados da estrada principal, que era seca e empoeirada, e um caminho elevado localizado quase 2,5 metros acima da rua e que servia como calçada. Descobriram que durante a temporada de chuva a estrada se transformava num rio, e a maioria dos prédios tinha sido construída sobre estacas, como proteção contra as inundações.

Quando Max e Rolf terminaram a terceira cerveja, um oficial uniformizado se aproximou, cumprimentou-os e falou em espanhol.

— *El dice* quer ver vocês. Podem vir comigo? — disse o homem.

Max não tinha ideia de quem era *el dice* estava falando e quando perguntou ao guarda, foi informado que ele era o equivalente ao diretor, prefeito e governador da região, tudo junto. Teve a impressão de que ninguém deveria mexer com o *el dice*, então os dois terminaram as cervejas e seguiram o homem até o pequeno prédio de madeira do outro lado da rua, que era o escritório do governo e também a prisão.

El dice era um homem pesado e imponente. A primeira coisa que pediu para ver foi os passaportes, que examinou cuidadosamente. Então questionou Max calmamente, sem demonstrar emoção. Quando ouviu que estavam ali para caçar jaguares, sorriu e disse que o guarda os levaria até o único hotel da cidade, e que guardaria seus passaportes enquanto estivessem em sua jurisdição.

Por causa da restrição de fundo, Rolf indicou a Max que ele deveria dizer ao *el dice* que ainda não queriam ir ao hotel, pois gostariam de conhecer a cidade primeiro. Na verdade, o plano era acampar perto do rio e evitar os gastos com hotel, só assim poderiam fazer a viagem.

Infelizmente, Max e Rolf colocaram seus lençóis sobre um formigueiro e, na manhã seguinte, as formigas acordaram com a dupla, que estava cheia de picadas.

A manhã estava incrivelmente quente e, enquanto voltavam para a cidade, a fim de comer algo e encontrar com o guia e dono de bar, Rolf se virou para Max e confessou que, com o calor e as picadas de formiga, tinha perdido o entusiasmo pela caçada.

— Vamos conhecer essa selva exótica e um monte de pássaros e animais raros — ele ofereceu. — Este era realmente meu objetivo principal. Não é tão importante para mim atirar num jaguar e nosso orçamento já está bastante apertado. Talvez a gente devesse voltar para La Paz, assim teríamos mais tempo para visitar Cuzco e Machu Picchu.

— Por mim, tudo bem — respondeu Max.

Assim, com seus sombreiros enfiados na cabeça e os ponchos superdecorados embaixo do braço, eles voltaram para a cidade e se sentaram para comer.

Pediram dois *platos americanos* — carne fina servida sobre arroz, bananas fritas, ovos e um tipo de feijão nativo da Bolívia. Claro, a refeição foi acompanhada de várias cervejas e, depois de um pouco do delicioso café boliviano. Quando terminavam a primeira xícara, um jipe parou bem na frente do bar, levantando uma grande nuvem de poeira.

Um guarda uniformizado saiu do jipe, entrou e foi até a mesa deles.

— Parece que há algo errado com seus papéis — ele disse, bruscamente. — O tenente nas barracas militares quer falar com vocês.

Max olhou para Rolf querendo saber o que ele devia fazer ou falar. Rolf sorriu pediu uma segunda xícara de café ao garçom.

Sem saber o que fazer, Max também pediu uma segunda xícara. Ele então se virou para o guarda.

— Vamos terminar nossa refeição e logo vamos para lá.

O guarda foi embora e dez minutos depois Rolf pediu uma terceira xícara de café. Max o imitou.

— Rolf, o que vamos fazer? — perguntou Max, nervoso. — Não consigo beber uma quarta xícara e acho que aqueles guardas no jipe estão cansados de esperar.

— Não se preocupe — Rolf respondeu confiante. — Eles vão esperar o tempo necessário. Eu já estive no exército holandês e isso é divertido, um jogo para eles. O tenente provavelmente só quer dar uma olhada nos planos que temos, já que não fomos ao hotel na noite passada.

Então os dois pagaram a conta, sem pressa, e foram para a frente do bar, onde quatro militares uniformizados e segurando rifles pesados permaneciam sentados, pacientes, no jipe.

O sol ainda estava forte e fazia calor. Rolf olhou para a estrada empoeirada e se virou para o amigo.

— Max, diga a eles que depois de uma refeição assim, precisamos caminhar. Eles podem nos seguir no jipe, mas sei que ficaremos melhor se caminharmos os quatro quilômetros até o acampamento em vez de irmos apertados nesse jipe.

Ele retransmitiu a mensagem para o chefe dos militares, que tinha esperado pacientemente, e foi nesse momento que Max percebeu que a coisa não era um jogo.

O comandante deu uma ordem e todos os quatro guardas saíram do jipe, apontando seus rifles para Rolf e Max.

— Vocês vão entrar no jipe e vai ser *agora* — o comandante informou numa voz alta e firme, contra a qual não era possível oferecer resistência. Max agora estava com medo, mas Rolf ainda parecia pensar que tudo era uma grande piada.

— Relaxe — ele disse. — É para isso que eles são treinados. Ninguém vai atirar em nós. — Ele sorriu e os dois subiram no veículo.

Só demorou cinco minutos para chegarem ao acampamento militar, o maior de toda a região de Yungas. Mais de quatrocentos homens estavam ali, porém naquele exato momento parecia haver bem menos.

Quando um jovem tenente os cumprimentou, Max perguntou a ele onde estava o resto dos homens. O tenente explicou que estavam perseguindo os últimos membros dos rebeldes liderados por Che Guevara. Toda a região tinha sido fechada para estrangeiros justamente no dia em que ele e Rolf desceram do "barco banana" — algo que eles não sabiam, devido à greve da mídia. Ao ouvir isso, Max e Rolf se entreolharam preocupados, mas não disseram nada.

O tenente era um jovem bem-vestido de um ar tranquilo. Ele praticamente pediu desculpas por estar ali, enquanto todos os oficiais mais graduados tinham se juntado ao general na expedição para cercar os últimos dos *los banditos aquellos*. Afinal, ele falou, haveria muita glória para quem fizesse as últimas capturas.

Explicou que não havia nenhuma prisão formal, então ele colocaria Max e Rolf sob guarda na cabine dos oficiais, onde passariam a noite. Informou, em seguida, que iria jantar com eles e com a esposa do general naquela noite, já que era a forma mais conveniente de não perdê-los de vista.

Por causa dos sombreiros e dos cobertores cafonas, ele parecia pensar que os dois eram quem diziam ser — turistas que tinham viajado de carona e conseguido evitar trinta e nove barreiras militares, sem nenhuma intenção de fazer isso.

Mas era uma história difícil de acreditar e como todos os oficiais estavam fora, ele não tinha escolha exceto mandar um telegrama para a Seção 5 — a de mais alta segurança do quartel-general do exército central boliviano em La Paz — e pedir ordens.

Disse aos dois que, no jantar, contaria o que aconteceria a eles.

Ao serem levados, Rolf percebeu que havia lindas quadras de tênis, sem dúvida reservadas aos oficiais. Pediu para Max perguntar se teria algum problema se jogassem tênis à tarde. Não vendo nenhum motivo para negar o pedido, o tenente autorizou.

Como resultado, pouco tempo depois, havia dois guardas atrás de bolas de tênis — servindo de gandulas, como se estivessem num clube de tênis —, enquanto outros dois mantinham metralhadoras apontadas na direção de Max e Rolf, para garantir que não haveria nenhuma tentativa de fuga.

Mais tarde, naquela noite, depois de uma das refeições mais deliciosas que Max já tinha comido, acompanhada de uma agradável conversa com a esposa do general, o tenente explicou a situação.

— A Seção 5 questiona a veracidade da história de vocês — revelou. — Eles me pediram para enviá-los a La Paz amanhã de manhã, para poderem interrogá-los de forma apropriada. Se a história de vocês for verdadeira, não há nada com que se preocupar.

— Bom, com certeza não somos espiões — Max confirmou ansioso.

— Sei disso — o tenente reconheceu. — Vou mandar Raul com vocês, como guarda, no ônibus das 6 da manhã para La Paz. O ônibus é de graça, mas vocês terão de pagar pela comida no caminho.

Com isso, ele se levantou.

— Eu me diverti em nosso jantar e espero que tudo corra bem em La Paz — disse o tenente.

Quando eles saíram, Rolf olhou de forma irônica para Max.

— Uau, isso é ainda mais barato do que a quantia que pagamos para chegar aqui — ele comentou. — Nada é melhor do que uma carona grátis!

Max tinha menos certeza de que essa carona ia mesmo ser gratuita, mas sorriu e permaneceu de bom humor.

Teve dificuldades para dormir, no entanto.

A viagem de ônibus foi muito mais confortável do que o "barco banana" e havia uma pequena cidade no caminho, onde eles pararam e almoçaram. Tiveram a oportunidade de escolher uma truta nadando em tanques naturais no meio das rochas ao lado de um rio e, depois que escolheram, o peixe foi assado. O sabor era delicioso e o guarda — Raul — ficou muito feliz, já que essa missão tinha lhe dado a oportunidade de fazer uma viagem de três dias a La Paz, onde poderia visitar sua noiva.

Tudo foi bem até o ônibus chegar a La Paz e Raul apresentá-los a Juan, o novo guarda, que iria acompanhá-los pelo resto do caminho até a Seção 5. Juan comportou-se de forma apropriada, mas dava para ver que não estava acreditando no sombreiro mexicano e na ideia de "gringos perdidos" com seus cobertores coloridos. Ele levou Max e Rolf em um jipe militar com um motorista e um guarda armado.

Às 4 horas da tarde os dois gringos estavam dentro da Seção 5, o quartel-general da organização de segurança boliviana. Rolf pegou sua minicâmera Minolta e começou a fotografar. Um guarda tirou-a de suas mãos e, antes que ele pudesse protestar, enfiou-os em uma grande sala. Disseram que o General Anahola se encontraria com os dois assim que possível.

Às 21h eles estavam com fome. Perguntaram a Juan se podiam comer e ficaram surpresos quando ele mandou um guarda acompanhá-los até o clube dos oficiais, onde puderam pedir uma refeição — pela qual teriam de pagar.

Depois de uma curta caminhada ao ar livre, pararam em frente a um prédio militar sem nenhuma identificação. Quando entraram, a elegância do clube dos oficiais surpreendeu os dois. Lembrava um pub inglês, com mesas de madeira escura e decoração de bom gosto. Só havia oito mesas e quatro garçons, mas o serviço era perfeito. Três das mesas estavam ocupadas, mas nenhum deles achou prudente conversar com os outros militares, dentro das circunstâncias.

Durante a refeição, Juan foi substituído por um novo guarda, Jorge. No fim do jantar, Rolf ainda parecia pensar que tudo aquilo era apenas um divertido exercício militar e sugeriu a Max que explicasse que eram "convidados" do General Anahola e que o militar pagaria a conta. Contra o bom senso, Max repetiu a explicação e o garçom sorriu, enquanto eles aproveitaram a refeição gratuita antes de voltarem, levados por Jorge.

Era quase 23h e ainda não havia nenhum sinal do general.

Com a noite se arrastando e a fadiga tomando conta, a atitude *c'est la vie* sempre jovial de Rolf foi substituída por agitação e preocupação. Seu sotaque holandês ficou mais pesado e mais difícil de entender.

— Max, pergunte ao Jorge se podemos ligar para o consulado holandês e o norte-americano, para que nos ajudem — ele falou, a preocupação aparente em sua voz. — Não queremos passar a noite na prisão. Deve haver uma forma de sair daqui.

— *Señor, nos permite una llamada?* — Max perguntou a Jorge. O guarda estava sentado numa mesa na área de espera onde eles tinham passado as últimas horas. Havia um telefone bem à vista.

— Vou perguntar ao Capitão Morales e ver se isso é permitido — respondeu Jorge.

Cinco minutos depois, a permissão tinha sido concedida e Max estava ao telefone, com um funcionário do consulado norte-americano.

— O cônsul já foi para casa — foi informado. — Vou apresentar sua situação a ele logo pela manhã, mas não há nada que eu possa fazer essa noite.

Com isso, o funcionário desligou.

Quando Rolf ligou para o consulado holandês, no entanto, foi imediatamente transferido para o diplomata, que estava em casa. O cônsul holandês falou com o oficial responsável pelo lugar, o Capitão Morales, e conseguiu que os dois fossem deixados sob a responsabilidade do consulado. Ele também assegurou que garantiria que nenhum dos dois tentaria sair da Bolívia até que o caso fosse resolvido.

Em quarenta e cinco minutos — pouco antes da meia-noite — o cônsul holandês em pessoa chegou à Seção 5, assinou os documentos necessários e Rolf e Max foram levados a um hotel modesto, onde um guarda boliviano armado permaneceu sentado no corredor, diante da porta do quarto, para garantir que não tentariam fugir.

No dia seguinte, foram acordados às 6 da manhã e levados de volta à Seção 5. Depois de uma moderada espera de uma hora e meia, o General Anahola chamou Max.

Ele adentrou uma pequena sala com uma solitária lâmpada pendurada do teto — exatamente como tinha visto nos filmes antigos que adorava. Estava preparado para o pior, até tortura, mas o único elemento de tortura era uma velha máquina de escrever, que estava sobre uma mesa e fazia um barulho terrível cada vez que era usada.

O general estava sentado diante da máquina e imediatamente começou a fazer perguntas.

— Há quanto tempo você é membro da NLF? — ele exigiu saber.

— O que é a NLF? — Max perguntou com sinceridade.

— *Los bandidos aquellos* — respondeu o general. — Aqueles que apoiam Che Guevara e seus animais.

— Não sou membro desse grupo. Até este momento, nem sabia que existia.

— Então você deve ser membro da CIA — o militar retrucou bruscamente.

— Não — Max respondeu, tentando manter a voz calma. — Acho que nem tenho idade suficiente para entrar na CIA e não entraria, de qualquer forma.

— Qual é o seu partido político? — exigiu o homem.

— Sou muito jovem para votar nos Estados Unidos, mas provavelmente votaria nos Democratas, se fosse mais velho.

O interrogatório continuou por sete horas. Todo movimento que Max e Rolf tinham feito foi questionado, toda possível motivação foi trazida à tona. Toda pessoa — do primeiro oficial boliviano no consulado de Arequipa ao garçom em Caranavi — teve o nome anotado para posterior investigação.

No fim das sete horas, o General Anahola produziu um documento de duas páginas, com espaço simples, cobrindo quarenta e quatro pontos. Max leu o documento e depois o assinou, afirmando que tudo que estava escrito ali era uma "confissão" verdadeira e autêntica.

Ele contava exatamente como Max e Rolf tinham passado despercebido pela segurança, como tinham trabalhado com o *Projecto Amistad*, como tinham decidido tomar o *colectivo* de Puno, como tinham "encontrado" Archibald Benson nas ruas de La Paz e todos os outros detalhes dessa viagem improvável.

Lendo tudo em preto e branco, até Max achou difícil acreditar, mas ele assinou o documento e — exausto — voltou para a sala de espera onde Rolf aguardava ansiosamente, segurando sua minicâmera Minolta. Ele parecia aborrecido e explicou que era porque todos os seus filmes das paisagens dos e animais selvagens tinham sido arruinados.

Max não foi completamente simpático. Estava exausto por causa das sete horas de interrogatório que tinha enfrentado. Agora era a vez de Rolf e, incrivelmente, este voltou em menos de cinco minutos, com um largo sorriso na cara.

— O que aconteceu? — Max perguntou, incrédulo.

— Bom, você sabe que meu espanhol não é muito bom, então eles simplesmente perguntaram se tudo que você disse era verdade. Respondi que "Max nunca mente" e assinei a mesma confissão que você.

Apesar de assinar a "confissão", Max e Rolf foram mantidos sob vigilância militar por sete dias. Deram permissão para que passassem as noites no hotel, com a guarda militar acordando-os toda manhã às 6 e levando-os de volta para a Seção 5, a fim de continuarem com o interrogatório.

O único a ser realmente interrogado era Max, mas Rolf agora era levado à sala de interrogatório com ele.

Cada detalhe da história deles foi checado e rechecado. O hotel em La Paz foi contatado e não havia nenhum registro de que tinham estado ali. Investigadores foram enviados a Arequipa, a Copacabana e a Caranavi para verificar cada detalhe, cada nome, cada "coincidência"

À noite, eles podiam ir aonde quisessem — já que seus documentos tinham sido confirmados pelos consulados holandês e norte-americano — mas sempre com guardas. Certa noite, foram a um jogo de futebol, para felicidade de todos os nove guardas que apareceram ao mesmo tempo — apesar dos turnos diferentes — só para garantir que Max e Rolf não fugissem. E, coincidentemente, acabaram vendo um grande jogo contra o vizinho Peru.

No fim da semana, incapazes de encontrar qualquer furo na incrível, embora improvável declaração dos prisioneiros estrangeiros, os militares disseram a Max e Rolf que estariam livres para ir embora na manhã seguinte. Seriam levados à estação de ônibus e, dali, para Tiahuanaco, o antigo lugar místico, e colocados num barco que os levaria de volta a Puno, no Peru.

O passaporte deles seria devolvido em Puno, quando desembarcassem. Dois militares bolivianos foram designados para acompanhá-los na perna final de sua aventura boliviana.

Os dois guardas ficaram felizes com essa missão, e deixaram os dois visitarem mais tranquilamente as antigas ruínas incas em Tiahuanaco. Agora que o pior da "aventura" tinha passado, Max sentiu-se confortável nas ruínas, além de muito assombrado. Ele tinha lido sobre o antigo deus-sol, Viracocha, que acreditava-se tinha saído das águas do Lago Titicaca e criado a civilização dos primeiros nativos.

As ruínas em Tiahuanaco eram monumentos a esse grande professor e líder, e as lendas falavam de sua chegada e partida. Havia uma qualidade mágica nas ruínas, como se as próprias pedras ainda respirassem e comunicassem as antigas lições do mítico Viracocha.

Os guardas confirmaram que acreditavam nas lendas antigas e na crença local de que o Lago Titicaca, com suas águas rejuvenescedoras, tinha sido o local de nascimento da humanidade. Havia aqueles que acreditavam que, no futuro, o lago voltaria a se tornar o centro do poder espiritual de todo o planeta, levando a humanidade até uma nova era.

Quando chegaram aos escritórios de controle de imigração no Peru, Max e Rolf foram saudados por dois oficiais sorridentes que já tinham seus passaportes.

— Estivemos esperando por vocês. Bem-vindos de volta ao Peru. — Eles entregaram os passaportes, onde, na página em que o selo boliviano tinha sido colocado, encontraram as palavras *PERSONA NON GRATA*, em letras grandes e vermelhas. Por baixo delas, havia outras palavras em espanhol que deixavam bem claro que eram indivíduos suspeitos e visitantes inaceitáveis na Bolívia, sob qualquer circunstância.

Capítulo Seis

Persona non grata

ABRIL DE 1973

Quando Max tinha vinte e dois anos, formou-se em Yale e começou a trabalhar com seu pai na editora, fazendo das suas aventuras bolivianas somente lembranças excitantes.

O emprego lhe permitia pagar suas contas e aprender como funcionava o mundo editorial. E seu pai estava com a saúde debilitada, pois tinha sofrido um leve ataque do coração, então sua nova posição permitia que Max ficasse em contato com ele, também.

Já estava trabalhando com o pai havia nove meses quando foi encarregado de reescrever e atualizar o preparatório para o teste, *Como Conseguir Notas Altas no Exame de Admissão da Faculdade de Medicina*, dando continuidade à tradição bem-sucedida de seu pai de ajudar estudantes a conseguir ter sucesso. Max não sabia nada sobre medicina, nem tinha feito um curso de ciências no ensino médio, mas sabia pesquisar e sabia muito sobre como criar testes.

Vivia em Westport, Connecticut, e toda manhã ia até a biblioteca pública para começar o trabalho do dia.

Ao meio-dia, ele dava uma parada.

Como a ACM ficava ao lado, e a liga de *paddleball* estava procurando novos jogadores, Max se inscreveu. Foi quando conheceu George Hardy, um produtor e roteirista de filmes independentes. Apesar de ser vinte anos mais velho, George era um jogador bem preparado e competitivo; ele e Max se tornaram adversários regulares e parceiros em jogos de dupla.

Max sempre esperava ansiosamente por seus encontros com George na ACM. Depois de um jogo, eles sempre ficavam conversando e Max contava sua paixão pela América Latina, a cultura, as pessoas e o idioma. Ele brilhava de animação quando contava suas experiências e George, que não era alguém facilmente impressionável, era tomado pelo entusiasmo juvenil de Max.

George tinha concordado em produzir um filme para a Ralph Cohen Productions intitulado *Em Busca dos Mistérios Antigos*, e procurava alguém para explorar locações na América do Sul. Ele gostou de Max, achou que o jovem tinha ética de trabalho e estava impressionado por ele saber falar tão bem espanhol e conhecer tanto a cultura latino-americana.

— Que droga — ele disse um dia. — Não é nenhuma neurocirurgia! Então, um dia, no vestiário, depois de uma partida especialmente desafiadora, George tomou coragem e ofereceu a Max o emprego.

— Já ouviu falar em Erich Von Daniken e seu livro *Em Busca dos Astronautas Antigos*? — ele perguntou enquanto se sentavam para tomar uma xícara de café.

— Não — Max respondeu francamente.

— É o cara que acha que astronautas provenientes do espaço colonizaram a Terra há milhares de anos, e criaram alguns dos mistérios inexplicáveis das civilizações antigas. Rod Serling narrou um especial de televisão para a NBC baseado em seus livros. Foi um enorme sucesso e agora eles querem criar uma sequência. Muitas das locações que ele mencionou estão na América do Sul e achei que você poderia ser uma boa escolha para ajudar a elaborar a lista de locações para o filme. Estaria interessado? — perguntou George.

Sem hesitar, Max aceitou a oportunidade.

— Claro, parece incrível — ele respondeu.

No dia seguinte, George entregou a Max um resumo de catorze páginas do filme, juntamente com uma lista preliminar de locações que incluía Tiahuanaco, na Bolívia, Cuzco, no Peru, e outros lugares exóticos com mistérios inexplicáveis que poderiam ser indicações da presença de astronautas antigos.

George foi bastante contundente com relação à falta de profundidade do conceito do filme.

— Pode ser tudo fumaça — ele admitiu. — Não há como saber se Von Daniken está certo, nem se ele acredita em si mesmo.

— Bem, depois que você me contou sobre sua teoria, eu peguei um livro dele na biblioteca e preciso dizer que muito daquilo é exagerado, para dizer o mínimo — sem mencionar fabricações abertas — confidenciou Max.

— Bem, então acho que o projeto não vai interessá-lo — George disse, com um tom de desapontamento.

— Não, muito pelo contrário — acho esse um projeto fascinante e seria ótimo poder ajudá-lo. Adoro explorar mitos e civilizações antigas. Trabalhar com você vai ser ótimo.

— Maravilha! respondeu George. — Seu salário inicial será de $ 125 por semana, e acho que fará um ótimo trabalho. Além de elaborar a lista de locações, preciso que você descubra quais são os procedimentos para entrarmos com nossa equipe e equipamentos em cada um dos países onde planejamos filmar. Você acha que consegue fazer isso?

— Claro — Max respondeu confiante.

Então ele pediu uma licença da editora de seu pai e se jogou no projeto com intensidade e entusiasmo. Começou com a pesquisa básica e em quatro semanas tinha lido todos os números da *National Geographic* já publicados e elaborara uma lista de locações que continha mistérios e lugares antigos da Bolívia, Inglaterra, Síria, Israel, Grécia, Índia e Japão.

Quando voltaram a se encontrar, George ficou impressionado com o trabalho que Max tinha feito até aquele momento, e ofereceu a ele o cargo de coordenador de produção do projeto, o que significava envolver-se no dia a dia da filmagem em todos os países. George também aumentou o salário de Max para $ 150 semanais.

De repente, eles ficaram sabendo que as datas de filmagem de *Em Busca dos Mistérios Antigos* tinham sido adiantadas. Teriam que correr para conseguir cumprir os novos prazos e se preparar quando a equipe chegasse.

— Você consegue ir para o Peru nas próximas duas semanas? — George perguntou a Max.

Na verdade, Max estava pronto para ir — mas havia um problema. As permissões necessárias, autorizando a realização das filmagens, ainda não tinham sido dadas pelas embaixadas ao redor do mundo.

Para surpresa de Max, George não parecia preocupado, e ele mostrava confiança de que tudo ia dar certo. Max não tinha tanta certeza, mas em poucos dias estava a caminho de Lima, Peru, onde se instalou no Sheraton Hotel, o mais alto e luxuoso hotel da cidade.

Acontece que George sempre viajava com estilo — hotéis de cinco estrelas e os melhores restaurantes onde quer que fosse — e esperava que sua equipe fosse tratada da mesma forma. Anos no mercado de entretenimento tinham ensinado que uma equipe de filmagem feliz resultava em um filme feliz, ele contou a Max.

Como o jovem era agora membro da equipe — o produtor — também recebia os benefícios de acomodações de luxo. Mas ainda tinha uma tarefa hercúlea à frente: o resto da equipe chegaria em cinco dias e ele tinha de garantir que todas as suas necessidades fossem satisfeitas.

O primeiro passo foi uma reunião com o Subsecretário de Assuntos Culturais do Peru, *Señor* Altamontana, que não correu muito bem. Altamontana, um homem baixo e de óculos, se movia com intensa energia, e, quando cumprimentou Max, revelou que não sabia nada sobre a produção do filme.

Max ficou espantado, mas recuperou-se rapidamente.

— Mas o senhor não recebeu minha carta? — perguntou. — Eu a enviei há mais de duas semanas.

O subsecretário respondeu que certamente *não* tinha recebido a carta e mesmo se tivesse, juntamente com o formulário para liberar o equipamento na alfândega e o pedido para filmar no país, o período para essas aprovações era de no mínimo doze semanas.

Com Max ficando cada vez mais preocupado, Altamontana explicou calmamente que uma nova lei tinha sido criada naquele ano, para proteger a indústria cinematográfica peruana. Para que fosse cumprida, era quase impossível dar as permissões antes daquele prazo.

— Não haverá exceções — o subsecretário disse a Max, com um tom decidido.

Max ficou boquiaberto.

E agora? — ele pensou, a mente voando.

Naquele momento, o assistente do subsecretário entrou na sala com uma pequena pilha de envelopes numa bandeja de prata — a correspondência do dia.

Ali, no topo da pilha, Max viu uma correspondência familiar. A carta que tinha mandado via entrega rápida.

— Aí está minha carta — Max gritou jubilante. — Por favor, abra-a. O senhor vai encontrar tudo que precisa aí dentro.

Apesar de mostrar uma expressão de dúvida, o subsecretário abriu o envelope e leu a carta datilografada sob o símbolo da Future Films.

Apesar de ficar impressionado com a chegada da carta no momento certo e ter confirmado a validade do projeto, o subsecretário continuou dizendo que era impossível conceder permissão em tão pouco tempo. Ele explicou a Max que o comitê especial para assuntos culturais precisaria revisar o roteiro de filmagem e o pedido. Reiterou que o mais rápido que poderiam processar o pedido seria setembro.

Agora era junho.

— Mas minha equipe chega em cinco dias — protestou Max.

— Pode até ser, mas nem eles nem o equipamento terão permissão para entrar — Altamontana respondeu firmemente. — Então é melhor pedir para não virem.

A reunião terminou e Max se sentiu deprimido. Sua meteórica carreira no *show business* parecia ter terminado antes de começar.

George ia se juntar a ele em Lima, mas não poderia esperar sua chegada. Ligou imediatamente para um dos produtores, Dan Brandon em Los Angeles, e contou que "havia um problema".

— Não se preocupe — foi a resposta alegre de Dan, e Max piscou os olhos confusos. — A gente já imaginava que, quando os prazos fossem encurtados, poderíamos ter problemas com os funcionários peruanos. Felizmente, um dos melhores amigos de Ralph Cohen da USC é Julian Jasper.

Quando Max não reconheceu o nome, Dan continuou.

— Julian estava na equipe de natação e competiu nas Olimpíadas. É um cara legal e dirige a indústria cinematográfica no Peru. Também é dono da principal empresa de ônibus em Lima e várias outras companhias. Concordou em se encontrar com você. O cara vive em Miraflores e o convidou para um almoço.

Por mais animado que Dan estivesse com isso, Max ainda tinha fortes dúvidas quando desligou o telefone. Julian poderia ser um "cara legal" e um poderoso produtor de cinema, mas o subsecretário tinha deixado tudo bem claro — aprovações eram necessárias, cópias do roteiro deveriam ter sido enviadas com doze semanas de antecedência.

Mesmo assim, Miraflores era a Beverly Hills de Lima, então pelo menos Max teria um bom almoço.

Quando chegou à propriedade de Jasper, foi recebido por uma empregada com a roupa imaculadamente limpa, que o acompanhou até o jardim, onde Julian, sua esposa e filha estavam sentados numa elegante mesa decorada com flores e porcelana fina, e o próprio jardim estava cheio de árvores frutíferas e muitas flores plantadas em formas exóticas.

Julian era um homem grande e divertido. Ele se levantou e deu um abraço em Max, apresentando-o em seguida para sua família.

A comida era excelente e a conversa foi tranquila e cheia de sugestões de lugares que Max deveria conhecer em Lima. Apesar de suas preocupações com a iminente chegada da equipe de filmagem, Max realmente conseguiu relaxar.

Foi só depois do almoço, quando eles se dirigiram a uma marquise em outra parte do jardim, que Julian finalmente falou sobre o assunto principal.

— Você não precisa se preocupar — ele disse animado. — Já cuidei de tudo. Sua equipe e o equipamento não terão nenhum problema com as permissões para filmar.

Max ficou espantado.

— Mas como é possível? Deixei o escritório do subsecretário apenas algumas horas atrás e me contaram que a nova lei não permite nenhuma exceção.

Julian revelou que ele mesmo tinha redigido a lei e que ela tinha sido basicamente escrita para proteger a si e a seus amigos. Como Richard Cohen era um amigo, eles tinham concordado que *Em Busca dos Mistérios Antigos* seria uma coprodução com a Jasper Productions.

Portanto, agora era uma produção peruana e não estava sujeita à nova lei. Ele acrescentou que poderia haver um problema menor com a alfândega porque havia uma lei nacional afirmando que esse tipo de equipamento deveria permanecer pelo menos uma semana em quarentena, como proteção contra ladrões inescrupulosos.

No entanto, Julian tinha recentemente ganhado uma medalha de Prefeito Honorário de Lima por oferecer o serviço público de ônibus. A medalha concedia isenção sobre todos os empregados da cidade e como alguns dos membros da alfândega eram da cidade, ele tinha certeza de que sua posição honorária ajudaria o equipamento a passar.

Julian estava correto em todos os pontos e salvou o dia de todo mundo.

Com a situação peruana resolvida, a próxima parada das locações era a Bolívia e Max teve de contar a George sobre seu *status* de *Persona non grata* que o impedia de ir para La Paz, onde deveria coordenar as filmagens em Tiahuanaco e no Lago Titicaca.

George chegou a Lima e os dois se encontraram no *lobby* do Sheraton. Não demorou para George pedir Pisco Sours, a bebida alcoólica peruana, então a reunião foi melhor do que Max tinha esperado.

— Bem, desde que você tenha pessoas lá para nos encontrar e a agenda organizada, acho que tudo pode funcionar — disse George entre goles da bebida. — Isso lhe dá um ou dois dias extras aqui no Peru. Por que não vai até Trujillo, pesquisa as pirâmides e vê se há algo para filmarmos, ou alguém que poderíamos entrevistar.

Capítulo Sete

Começa com amor

JUNHO DE 1973

Max desceu do avião em Trujillo e pegou um táxi para o hotel local. Apesar de ser a maior cidade no norte do Peru, Trujillo ainda estava se recuperando do terremoto e só tinha um grande hotel de luxo.

Depois de fazer o *check-in*, Max revelou sua missão ao recepcionista do hotel, cujo nome era José, e perguntou se a antiga pirâmide e as ruínas ficavam muito longe. José ficou feliz em ajudar e não demorou muito para um táxi chegar e levar Max até a pirâmide de *Huaca de la Luna* — ou Templo da Lua.

Enquanto caminhava por essa enorme e misteriosa estrutura, a pouco menos de quatro quilômetros do centro da cidade, vários "arqueólogos amadores" se aproximaram de Max oferecendo relíquias antigas e esculturas. E a pirâmide em si, apesar de impressionante por seus murais elaborados, não continha segredos significativos para a história de Von Daniken.

Quando voltou ao hotel, encontrou um jovem de cabelos escuros esperando por ele. O rapaz se chamava Eduardo e explicou que trabalhava para a estação de TV local.

— Nunca tivemos uma equipe de filmagem norte-americana em Trujillo, exceto na cobertura do terremoto, por isso gostaríamos de entrevistá-lo — ele anunciou.

Max foi honesto com Eduardo e disse que não tinha certeza de que filmariam em Trujillo. No entanto, o jovem e ambicioso repórter não parecia se importar muito com isso, e partiu para trazer a equipe de reportagem.

Max teve de assumir que não havia muitas notícias importantes na cidade.

Minutos depois Eduardo voltou acompanhado por seu câmera, Reginaldo, e a mulher mais linda e cativante que Max já tinha visto.

Seu nome era Maria e tinha vinte anos, era magra, de cabelos negros e olhos castanhos profundos. Tinha um sorriso fácil e vibrante, e uma capacidade de concentração que era quase desconcertante.

Maria estava vestida de forma simples, com uma blusa prateada e folgada. Era a assistente de produção no canal de notícias, como explicou Eduardo e fazia um pouco de tudo. Ela sorriu para Max e parecia tão intrigada quanto ele.

Assim que a entrevista terminou, ela saiu com Reginaldo e Eduardo. Momentos depois, no entanto, voltou para pedir a Max que escrevesse seu nome, o nome da empresa de produção e alguns outros detalhes que ele tinha mencionado durante a entrevista. Depois de conseguir as informações necessárias, ela se virou para sair, mas parou de repente e olhou para Max.

— Você está sozinho? — ela perguntou e o coração dele parou de bater. — Gostaria de alguma companhia para jantar? Eu conheço os melhores restaurantes em Trujillo.

Max logo recuperou a compostura e disse que seria um prazer acompanhá-la. Pouco tempo depois, estavam num táxi a caminho de um pequeno restaurante onde eles experimentaram os *antechuchos* locais (um espetinho de coração de boi apimentado), seguido por porquinho-da-índia assado, acompanhado por vegetais exóticos que ele não conseguiu identificar, mas achou ótimo mesmo assim.

Durante o jantar, Max não conseguiu parar de olhar nos olhos de Maria. Eles eram escuros e infinitos, e não importava qual o assunto, ele sempre perdia sua linha de pensamento.

Maria parecia igualmente intrigada com Max e admitiu que ele era o primeiro turista norte-americano que ela havia conhecido.

— Todos os gringos são tão interessantes quanto você? — ela brincou. — E todos eles falam um *castellano* tão puro? Quase sinto como se estivesse falando com o rei da Espanha. Seu espanhol é melhor do que o meu, quase me sinto envergonhada. — E riu depois de falar isso.

Sempre curioso e perdido na beleza de Maria, Max só conseguiu balbuciar uma resposta.

— Eu... eu tive a sorte de viajar pela Europa e as Américas quando era mais jovem, mas não sou tão interessante assim. Seu mundo me fascina tanto quanto o meu a intriga, talvez até mais. Adoro a forma como você fala. Sua voz tem uma docilidade e uma melodia natural, e é como pura música para os meus ouvidos.

Quanto mais Maria falava, mais Max sentia como se estivesse perdendo controle de seu ego racional.

Eles ficaram ali até depois da meia-noite, quando o restaurante finalmente fechou. Nenhum dos dois queria que a noite terminasse, então pediram que o taxista os levasse para o parque próximo ao hotel onde Max estava hospedado. Enquanto andavam de mãos dadas entre as árvores, sob o céu estrelado, uma ligação se formou entre eles.

Para Max, parecia que os dois se conheciam havia muito tempo. Maria contou sobre sua família e suas raízes incas. Ela falou de sua crença num poder espiritual além do conhecimento humano, e como sabia que todos os elementos tinham vida — "mesmo as rochas e as árvores têm consciência", ela falou.

Revelou sua crença de que algum dia as antigas deidades incas voltariam, e o verdadeiro povo inca dominaria novamente suas terras. Falou sobre sua silenciosa aceitação dos rituais e práticas católicas que ditavam que o sexo só deveria ser feito depois do casamento.

Sentado ao seu lado num banco de madeira, Max inesperadamente percebeu que as palavras começavam a sair descontroladamente de sua boca.

— Sei que isso vai parecer loucura, mas estou completamente apaixonado por você — ele disse. — Desejo você como nunca desejei outra mulher em minha vida, até mais, amo você com um amor puro e sagrado que nunca tinha experimentado antes... Sei que isso é uma loucura completa...

E de repente Maria o beijou apaixonadamente nos lábios, um beijo longo e duradouro. Eles se olharam nos olhos e ele viu num *flash* de não mais do que trinta segundos toda uma vida juntos. O olhar no rosto de Maria indicava que ela sentia a mesma coisa.

Eles ouviram um bebê chorando ao nascer.

Experimentaram envelhecerem juntos e tornarem-se avôs.

Viram futuros idênticos e não falaram.

A consciência da experiência estava além das palavras; a emoção compartilhada era indescritível. Ficaram sem fôlego.

Finalmente, Maria falou.

— Também amo você. Também estou louca. É um amor que nunca pode se materializar, mas é um amor que nosso beijo consumou na totalidade do tempo e vai viver em minha lembrança para sempre.

Max permaneceu em silêncio, chocado por essa confissão de amor, além de também se sentir confuso e perplexo. Tinha visto uma vida com essa mulher. Ele a conhecia e a queria pelo resto da vida.

Assim como, ao mesmo tempo, sabia que Maria estava certa e que as circunstâncias não iriam permitir um compromisso por toda a vida do tipo que a jovem tinha sido criada para realizar.

Em apenas algumas horas ele devia ligar para George em La Paz e informar o que tinha encontrado em Trujillo. Tinha um voo de Lima para Quito, no Equador, marcado para aquela tarde, e depois viajaria para Londres. Restava pouco tempo para ele tomar um banho e ir ao aeroporto de Trujillo.

Com esses e outros pensamentos correndo por sua cabeça, Max olhou para Maria e, com uma combinação de prazer, tristeza e resignação, trouxe as duas mãos dela até seu coração.

— Foi uma noite mágica e nunca vou me esquecer de você.

Ele pegou papel e caneta e pediu que Maria escrevesse seu nome e endereço, para que pudessem manter contato.

Maria devolveu o papel, no qual tinha escrito as informações que Max lhe pedira.

Maria Magdalena Ramirez
224 Calle de las Flores
Trujillo 9490 Peru

Max ficou em estado de choque.

Esse era um dos nomes que tinha visto anos antes e não conseguira reter, embora tivesse tentado. Mas agora, ao olhar para o pedaço de papel que tinha em sua mão, a memória surgia bastante clara.

Era de Maria o primeiro dos doze nomes que tinha visto durante sua experiência de quase morte.

Ele olhou para a jovem de blusa prateada e depois novamente para o papel.

Prata tinha sido a cor em que seu nome tinha aparecido para Max oito anos antes. Não podia ser coincidência. Devia existir um significado mais profundo — talvez uma conexão que supostamente alteraria suas vidas. Talvez Maria fosse realmente sua alma gêmea e era por isso que ele tinha visto o nome dela.

Ele tentou explicar a Maria esse novo nível de conexão.

— Talvez a única razão pela qual tenha vindo ao Peru era para conhecê-la — ele sugeriu. — Talvez devamos ficar juntos, ou talvez tenhamos um importante destino nos unindo.

Para seu alívio, ela não agiu como se ele tivesse enlouquecido. Maria permaneceu calma e aceitou o estranho sincronismo que tinha juntado os dois.

— O mundo é vasto e estranho, e nunca entenderemos tudo que ocorre — ela afirmou. — Se devemos ficar juntos, de alguma forma isso vai acontecer, mas se você não partir agora, vai perder seu avião, e a bronca que levarei dos meus pais não terá fim. Amo você. Sempre o amei e sempre o amarei — ela continuou. — Sinto uma conexão com você mais profunda do que com qualquer outra pessoa que já conheci. Mais profunda do que com qualquer namorado, do que com meus irmãos, e até com minha mãe e meu pai, e não duvido que nossas vidas se cruzaram por algum motivo. Mas não vejo como podemos alterar nossos destinos atuais.

Com essas palavras Maria deu um último beijo em Max, se levantou e saiu do parque, deixando-o sozinho diante de seu hotel, se perguntando como era possível que ela tivesse escolhido as mesmas palavras que sua mãe usara, depois de sua experiência de quase morte.

Capítulo Oito

A busca continua

JUNHO 1973

Ilha da Páscoa.

Stonehenge.

Glastonbury.

O Museu do Homem em Londres, as cavernas de Lascaux na França, Atenas e a ilha grega de Santorini.

Em cada uma dessas locações Max marcou encontros com cientistas, arqueólogos e doidos, todas as pessoas que tinham informação para acrescentar à sempre envolvente busca de mistérios antigos.

No entanto, ele não conseguia parar de pensar em Maria Magdalena Ramirez nos poucos minutos do dia nos quais não estava organizando o aluguel de carros, barcos, aviões e quaisquer medidas que ajudariam a equipe de produção.

Enquanto trabalhava, começou a desenvolver um padrão. Primeiro, Max chegava a cada cidade, contatava funcionários do governo, de museus e outras pessoas com quem precisava conseguir permissões. Visitava as locações e recebia a equipe quando ela chegava ao aeroporto internacional.

O câmera da equipe era Uri Ulick, então considerado o melhor de sua geração. Uri tinha uns trinta anos, era norueguês, magro, com uma saúde como a de um atleta profissional. Ele gostava de saunas e de fazer ginástica, o que o ajudava a relaxar.

Era tenaz e confiava em seu trabalho. Ia a qualquer lugar para conseguir uma boa imagem e não tinha medo. Por estar tão em forma e ser tão ágil, conseguia subir no topo de edifícios, ficar pendurado em cercas e sempre filmava o que era preciso. Ele fazia todas as filmagens de helicópteros e aviões, e não tinha problema com altura, sempre se debruçando ou até se amarrando do lado de fora dos pequenos aviões que eles alugaram para filmar as misteriosas linhas de Nazca no deserto peruano ou ruínas em locais remotos.

Uri era uma pessoa muito fácil de se relacionar. Todo mundo o tratava com respeito e sempre havia alguém querendo contratá-lo. Tinha esposa e dois filhos pequenos em Los Angeles, mas viajava mais de oito meses por ano.

Russ Arnold — o segundo câmera — tinha uns vinte anos, era grande e forte. *Em Busca dos Mistérios Antigos* era uma grande oportunidade para Russ, o projeto mais importante de sua jovem carreira. Ele gostava de cerveja e era mais lento do que Uri, mas era competente, profissional e muito ético.

Em relação à sua câmera e à luz, Russ era meticuloso. Adorava comer e fazer piadas, apesar de, ao contrário de Uri, ser menos focado em sua forma física, preferindo descansar quando o trabalho terminava.

Orlando Summers tinha vinte e nove anos, e como produtor das filmagens, era responsável pelo orçamento. Dava a Max o dinheiro para as despesas e cuidava dos equipamentos e dos gastos. Prestava contas diretamente a George, que confiava completamente nele. Orlando queria ser produtor e diretor, e Max trabalhavam mais com ele do que com qualquer outro membro da equipe.

Eles trabalharam juntos para organizar o transporte do equipamento e da equipe, e Orlando aprendeu a confiar no julgamento de Max em relação às mudanças que tinham de fazer por causa dos custos e da importância de organizar a prioridade das filmagens.

O último membro da equipe era Andy Munitz, que tinha vinte e sete anos, era magro e de rosto angular, e que, como técnico de som, trabalhava direto com Orlando e Uri, ajudando ambos a fazer as tomadas e tudo mais que era necessário em qualquer situação.

Para Max, que nunca tinha servido no exército, *Em Busca dos Mistérios Antigos* foi algo equivalente em termos de formação de amizades. Os membros do pequeno time trabalhavm a quase sem parar e confiavam uns nos outros em todos os aspectos.

A apostas eram altas para todos — o projeto poderia significar um avanço em suas carreiras. Eles lutavam contra a pressão de negociar com países estrangeiros e ir para locações exóticas e de difícil acesso, onde poucas pessoas já tinham pisado antes, tudo em busca de mistérios antigos.

Havia uma urgência no trabalho que Max não imaginava existir em empregos normais. Era totalmente emocionante.

Os equipamentos que utilizavam valiam milhares de dólares e em todo lugar que iam eram recebidos com curiosidade. Na Índia, eles já esperavam ser impossível caminhar pelas ruas. Mas o mesmo aconteceu em Jerusalém, Lima, Atenas, Santorini, Londres, Tóquio e até nas menores cidades ao redor das cavernas de Lascaux, dos monólitos de Stonehenge e das ruínas de Cuzco.

Eles trabalhavam e comiam juntos e, exceto quando iam dormir, nunca se separavam. Desenvolveram sua própria gíria e se no final do dia diziam: "Seis da manhã, já tomado", significava que deviam se encontrar às seis da manhã, já tendo tomado o café. "Uma e feita na Acrópole ao nascer do sol", significava uma única filmagem ao nascer do sol na Acrópole, enquanto "crocante e limpo" era uma gíria para "Está encerrado".

Cada minuto do dia e da noite era uma aventura. Cada momento livre era passado visitando cidades estranhas e explorando novos lugares. No tempo livre iam a SPAS ou compravam presentes para amigos e familiares. No fim das doze semanas de filmagens eles não só se consideravam companheiros de aventuras, mas verdadeiros amigos... e eram mesmo.

Max sabia qual uísque preferiam, de que tipo de chocolate gostavam; e com seu pequeno orçamento e a presença de *duty-free* em aeroportos, a equipe nunca ficava sem suas bebidas e comidas favoritas. Sua outra habilidade acabou sendo a de conseguir táxis.

Chegando a aeroportos, era fácil arranjar os táxis necessários para o transporte da equipe e dos equipamentos, mas quando iam a uma cidade para pesquisar as locações, nunca parecia haver táxis suficientes. No entanto Max, com sua postura tranquila e decidida, parecia capaz de fazer aparecer magicamente todos os carros necessários, mesmo quando estava chovendo ou não havia muitos táxis num lugar.

Em Israel, no entanto, todos sabiam que ia ser diferente.

Devido às precauções extras que tinham sido tomadas por segurança, ficou decidido que um produtor local seria contratado para lidar com toda a logística de aluguel de carros, aviões e das necessidades relacionadas. Max ficou muito contente em abrir mão dessas dores de cabeça.

Em Jerusalém, ele se concentrou na pesquisa e nas entrevistas. Depois de dias inteiros trabalhando vinte e quatro horas, parecia quase férias.

O escritório de Nova York telefonou para Max em seu hotel em Atenas, quando este já se preparava para ir ao aeroporto. Eles informaram que o produtor que iria encontrá-lo chamava-se Yutsky Hasfor.

Max ficou branco quando, mais uma vez, sua memória foi tomada por uma intensa claridade.

Yutsky Hasfor era o segundo nome na lista dos Doze.

Durante o voo de três horas, Max pensou no significado desses Doze nomes.

Oito anos já tinham se passado desde a sua experiência e ele quase não tinha pensado nos Doze na maior parte do tempo. Agora, de repente, em menos de quatro semanas, ele tinha se encontrado com dois dos Doze, mas ainda não tinha nenhuma ideia do que isso significava.

Em sua cabeça, deveria haver uma conexão entre a produção do filme e os doze nomes. Poderia ser algo relacionado aos extraterrestres que estavam procurando? Talvez eles realmente existissem e essa era a forma de provar.

Baseando-se em suas experiências em Yale, onde até as pessoas mais educadas acabaram se mostrando incapazes de considerar novas ideias, Max decidiu que quando se encontrassem, não iria revelar a Yutsky a natureza da conexão entre eles. Não, ele ia observar e tentar encontrar algum tipo de conexão que pudesse explicar.

Yutsky era todo sorrisos no aeroporto. Parecia um urso, baixo mas forte, com bigode e grandes entradas na testa. Usava o uniforme verde de seus dias de militar e, no cinto, tinha um chaveiro com muitas chaves penduradas. Também usava um lenço branco em volta do pescoço.

Ele tinha riso fácil e adorava contar histórias, fazer piadas e se iluminava quando os outros sorriam. Tinha sido major no exército israelense e sentia orgulho de suas realizações.

Até onde Max podia ver, não havia nada que Yutsky não pudesse fazer. Era o homem mais organizado que Max já conhecera e era considerado um dos melhores produtores de Israel. Tinha trabalhado em muitas produções cinematográficas e conhecia todo mundo na indústria.

Yutsky cuidava para que os veículos estivessem sempre prontos quando necessário e conseguiu acesso a Masada, Jericó e até a locações mais remotas. Ele gostava de se divertir e era amante de boa comida e bebida, o que atraiu Russ e Andy. Ele garantiu que a equipe tivesse os melhores hotéis, restaurantes e diversão pitoresca e relaxante durante o tempo livre.

Em Jerusalém, apresentou Max aos banhos turcos originais, com mais de mil anos, levou-o ao Muro das Lamentações, à Cúpula da Rocha, a Belém e a todos os locais sagrados em Jerusalém e Israel. Max só ficou cinco dias com Yutsky, mas eles se conectaram de uma forma que só acontece durante a guerra — ou durante a intensa realização de um filme.

No fim das imagens em Israel, enquanto iam de carro até o aeroporto onde Max pegaria um avião para Delhi, na Índia, Yutsky perguntou como tinha sido sua visita ao país.

— Então, Max, de tudo que mostrei nos últimos cinco dias aqui em Israel, do que você mais vai se lembrar?

Max pensou por um momento, antes de responder.

— Foi tudo tão incrível — não consigo escolher somente um lugar, mas talvez, de alguma forma mística, é a terra em si e a energia das pessoas. Há tanta intensidade nas ruas, nos restaurantes, nos bares, em todo lugar — ele falou.

— Fico feliz por você ter sentido essa energia — respondeu Yutsky, e sorriu. — Sim, a verdadeira magia de Israel está no povo. Alguns, como eu, vêm de famílias que vivem aqui há séculos. Mas os outros, que vieram mais recentemente da Europa, Rússia e até dos Estados Unidos, capturam a magia e o propósito dessa terra sagrada. Agora que você teve a sua primeira experiência israelense, tenho certeza de que vai voltar, e quando fizer isso, estarei aqui para recebê-lo.

Yutsky sorriu enquanto estacionava o carro.

Pouco antes de Max entrar na área de segurança do aeroporto, ele se virou para o amigo.

— Você foi como um segundo pai para mim aqui em Israel — ele contou. — Nunca poderei agradecer o suficiente ou retribuir sua hospitalidade.

Yutsky apenas sorriu.

— Não se preocupe. Aproveitei cada minuto que trabalhei com você e sua equipe. Você é jovem. Um dia, um jovem vai precisar da *sua* ajuda. Nesse momento, lembre-se de mim, e ficarei muito grato. Agora vá, e faça um ótimo filme. Viaje com segurança.

Enquanto entrava no avião, Max teve certeza de que fizera um amigo para toda a vida. E, apesar da ligação, não conseguiu discernir nenhuma conexão mística que pudesse explicar a presença de Yutsky na lista dos Doze, então decidiu não contar seu segredo quando se separaram.

Como soldado, Yutsky não parecia o tipo de pessoa com quem poderia compartilhar uma experiência dessas. Mas era suficiente saber que Yutsky tinha entrado em sua vida.

Capítulo Nove

Índia

JULHO DE 1973

Depois de deixar o terminal do aeroporto de Delhi, Max foi cercado por carregadores, mendigos, motoristas de táxi, verdadeiros e *falsos*, batedores de carteira e viajantes com roupas coloridas. Precisou brigar para não perder o controle de sua mala e, depois de algum estresse, conseguiu pegar um táxi até o Ashoka Palace Hotel, um dos três mais luxuosos de Delhi.

Depois de uma boa noite de descanso, estava pronto para se encontrar com o chefe dos assuntos culturais, Projab Akbar, responsável por todos os projetos de filmes estrangeiros filmados na Índia. Ao entrar no edifício do governo, Max ficou espantado ao ver quarenta macacos vestidos em ternos vermelhos, montando guarda do lado de fora do portão principal. Era como uma cena no castelo da Bruxa Malvada em *O Mágico de Oz*, e esses macacos não eram melhores do que os seguidores da bruxa, atacando os turistas e agarrando qualquer comida ou pequenos itens que conseguissem.

Depois de passar pelos macacos, ele encontrou o escritório de Projab Akbar, um homem gordinho de uns cinquenta anos. Akbar ouviu pacientemente o discurso de Max e explicou que não poderia dar permissão para a equipe de filmagem entrar no país a não ser que recebesse uma cópia completa do roteiro — em três vias — indicando que seriam todas as cenas filmadas ali.

Max tentou explicar que não havia roteiro, já que estavam filmando um documentário. Projab riu.

— Bem, então não haverá filme — ele disse. — Você precisa, pelo menos, me dar uma visão geral da história, uma lista de locações e o que será mostrado e dito em cada segmento. A menos que o roteiro esteja comigo hoje às 17 horas, não terei como processar as permissões de que vocês precisam.

Sem nem piscar, Max se levantou.

— Obrigado. Trarei o roteiro até as 17 horas.

Era quase meio-dia quando Max voltou ao Ashoka Palace. Ele sabia quais eram as locações e as informações necessárias para criar o documento requerido, mas não tinha máquina de escrever, nem copiadora para produzir as vias solicitadas.

Ele teria de trabalhar rápido.

Max explicou a natureza do projeto ao recepcionista, Shiva, que sorriu e disse que era um ótimo datilógrafo, além de ter acesso a uma das máquinas de escrever do hotel.

Às 15 horas, Max tinha terminado de elaborar o documento. Mas quando explicou que precisava de três cópias, Shiva informou-o que não havia copiadoras em Delhi ou, até onde ele sabia, em toda a Índia. Ele garantiu a Max, no entanto, que tinha um plano.

O táxi abriu caminho por Velha Delhi, passando pela cacofonia de sons provenientes dos motoristas de jinriquixá, pelos pediciclos, as bicicletas, as vacas, as carroças, os tratores, os caminhões de madeira, os automóveis modernos, os ônibus a diesel e os incontáveis pedestres, muitos carregando enormes sacos na cabeça.

De repente, Shiva mandou o motorista parar diante de uma loja de fotografia sem nenhuma placa na frente. Max estava um pouco inseguro, mas seguiu seu guia. Minutos depois, ouviu a explicação de que essa loja tinha uma câmera antiga. Eles iam tirar fotos de cada página de seu documento e depois revelá-las na câmara escura no fundo da loja.

Em quarenta minutos, Max teria três cópias perfeitas prontas para apresentar ao governo.

Max entrou no escritório de Projab precisamente às 16h59. Este ficou feliz e também surpreso por vê-lo, e ainda mais surpreso quando Max apresentou as três cópias do "documento fotografado".

— Vou analisar isso e em dois dias volto a contatá-lo para dizer se será suficiente para autorizar a entrada de sua equipe e do equipamento na Índia — ele disse, com uma voz agradável. — Se for aprovado, você terá um funcionário do governo designado para acompanhá-lo.

Com grande alívio, Max correu de volta ao hotel, juntou seus pertences e depois voou para o Paquistão, onde deveria fazer os arranjos para filmar em Lahore.

Ele precisava trabalhar rapidamente, porque deveria voltar a Delhi no dia seguinte e teria de condensar em apenas um os dois dias que tinha para conseguir as locações paquistanesas.

Apesar da correria, estava feliz por se sentar no avião e respirar um pouco. Refletiu sobre a incrível casualidade de ter conhecido Maria e Yutsky, e embora se sentisse profundamente ligado aos dois, achava que não seria provável que voltasse a encontrá-los.

Era irônico, realmente, que estivesse trabalhando num filme chamado *Em Busca dos Mistérios Antigos*, porque sua experiência parecia estar se transformando numa importante viagem de descoberta pessoal. Ele não tinha ideia do que ia encontrar ao virar cada esquina, e a intriga tanto o animava quanto o estimulava.

Max sentiu-se vivo com as possibilidades que o futuro poderia trazer.

Capítulo Dez

Guardião do século XV

JULHO DE 1973

Max rapidamente viu o que tinha de ser filmado em Lahore e gastou o resto do dia passeando pela exótica cidade que tinha mais mulas e jinriquixás do que carros ou ônibus nas ruas principais.

No entanto, estava ansioso para voltar a Delhi o mais rápido possível, para ter certeza de que seu roteiro fotografado tinha sido aprovado, e a equipe com o equipamento, recebido permissão para desembarcar. Então pegou o primeiro voo disponível de volta para a Índia e instalou-se no hotel, aguardando a resposta.

No dia seguinte, Max ficou feliz ao descobrir através de Projab que a comissão de cinema tinha aprovado o documento e havia designado um funcionário do governo para garantir que as leis locais seriam respeitadas. Também descobriu que era proibido filmar pontes, mendigos ou estações de trem, e se não respeitassem essa lei, todo o material filmado seria confiscado e a equipe, deportada.

Uma das locações — o Museu Nacional da Índia, em Nova Delhi — exigia permissão do próprio diretor do museu e essa carta de autorização deveria ser apresentada a Projab no dia seguinte.

— Até onde sei, ele nunca deu permissão a *nenhuma* equipe para filmar no Museu Nacional, então duvido que você consiga — contou a Max. Algo na forma como ele falou insinuou que poderia ser capaz de convencer o diretor do museu... sob as circunstâncias corretas.

Desde as primeiras negociações, Max sempre soube que o dinheiro abria portas. Estava relutante em usar essa rota, no entanto, e determinado a fazer tudo certinho. Até agora, fora bem-sucedido e tinha mais ou menos conseguido deixar para trás situações potencialmente difíceis.

Não esperava que isso fosse diferente.

Assim, armado com suas ideias, partiu para o museu. Ao chegar lá, explicou sua missão aos guardas e eles o ajudaram a passar pelos mendigos e vendedores de rua, levando-o a uma entrada especial, reservadas a empregados e a pessoas com assuntos oficiais.

O museu era vasto e representava mais de vinte séculos de civilização no grande subcontinente da Índia. Cada área era marcada por uma linha do tempo, e Max descobriu que os responsáveis por cada período recebiam o título de guardião. Achou incrível que um único ser humano pudesse ser o responsável por todo um século de história e civilização.

Em todo lugar que ia, ficava maravilhado com o conteúdo do museu, e quando se sentou na antessala do escritório do diretor, ficou pensando, nervoso, como poderia convencê-lo a dar a permissão para as filmagens.

— Você pode entrar agora — disse a simpática recepcionista a Max enquanto ajustava seu sári. Segundos depois, Max estava sentado na frente de um homem alto e impressionante, que aparentava ter uns sessenta anos, barba branca e óculos.

Era V. S. Naipul, diretor do museu havia mais de vinte anos, e enquanto conversavam, Max pôde perceber que ele ainda possuía a mesma curiosidade intelectual que o transformara em um acadêmico formidável, no caminho para obter esse cargo tão desejado. Seus olhos emanavam sabedoria e conhecimento.

— Nossa política é não permitir filmagens de nenhum tipo neste museu — ele explicou de forma decidida. — Nossas antiguidades são bastante delicadas e não podemos permitir nenhuma movimentação desnecessária, já que poderia criar danos impossíveis de reparar. Nossa missão é preservar nossas antiguidades para benefício de estudiosos e do público indiano — ele continuou. — Por que, então, eu deveria permitir a filmagem?

Max pensou suas palavras com cuidado.

— Não tenho certeza se o senhor deveria permitir a filmagem — ele disse, de maneira franca. — Enquanto caminhava pelo museu, para encontrá-lo, percebi como muitas das obras expostas são extraordinárias e delicadas. Estudei literatura e antropologia na Universidade de Yale e fiz muitas pesquisas na biblioteca de livros raros no campus. Como a sua, a política de Yale era não permitir nenhum tipo de fotografia. No entanto, em raras ocasiões, fazíamos algumas exceções. Acredito que nosso projeto, *Em Busca dos Mistérios Antigos*, pode ter o mérito de ser uma exceção ao seu museu.

— E por que exatamente? O que há de tão especial no seu filme? — pressionou V. S. Naipul.

— Parte do objetivo de nosso filme é mostrar as avançadas tecnologias de civilizações antigas — disse Max com total honestidade. — Nossa pesquisa indica que há antigos textos sânscritos aqui no seu museu, textos que documentam a existência de antigas máquinas voadoras na Índia, séculos atrás. Queremos filmar esses documentos e entrevistar especialistas que pudessem confirmar que tais máquinas voadoras realmente existiram.

Um sorriso iluminou o rosto de Naipul.

— Sou estudioso de sânscrito e já li os textos que você mencionou. O conhecimento de máquinas voadoras na Índia remonta a mais de mil anos. Os únicos manuscritos que temos documentando antigas máquinas voadoras aqui no nosso museu são do século xv, mas eu tenho conhecimento pessoal de outros textos antigos nos quais há referências ao desenho e às capacidades de tais aparelhos.

Ele continuou contando a Max que tinha estudado em Oxford e era sempre ridicularizado por seus companheiros quando afirmava que as primeiras máquinas não tinham sido criadas em Kitty Hawk, nos Estados Unidos, mas na Índia. Ele confirmou que os textos do museu continham diagramas, mas disse que Max precisaria da aprovação do guardião do século xv para abrir os textos sem danificá-los. Se tal permissão fosse obtida, ele disse que faria uma exceção à sua política geral e daria permissão para filmar.

Max ficou mais animado ao perceber que estava à beira de uma importante descoberta. Mas o tempo era essencial, já que a carta de permissão precisava ser preenchida no dia seguinte.

O guardião do século xv foi chamado e, quando chegou, foi apresentado como "B.N.".

Um homem de vinte e poucos anos, mas com os cabelos já brancos, B.N. falava com voz macia e era muito gentil. Tinha estudado na

Universidade de Boston e fizera cursos de matemática avançada e antropologia, enquanto se formava em arqueologia.

Coincidentemente, estudara com professores que também davam aula em Yale. Max tinha, por acaso, estudado com esses mesmos professores.

Parecia uma familiar reunião intelectual.

O museu estava fechado e B.N. pôde mostrar a Max todo o salão do século xv sem interrupção. O manuscrito a ser filmado estava em boas condições e não haveria nenhum problema para abrir as páginas que tratavam das antigas máquinas voadoras e revelar seus diagramas.

B.N. garantiu a Max que faria de tudo para que V.S. concedesse a carta de permissão necessária, que Max poderia buscar na tarde seguinte. Depois, convidou Max para jantar com ele em sua casa.

— Sei que minha família adoraria conhecê-lo — disse, afetuosamente, e acrescentou: — Teremos de pegar o trem.

Parecia a Max que todos os habitantes de Delhi estavam na estação. B.N. navegou no meio da multidão, encontrou seu trem e avançou até um compartimento que tinha oito assentos reservados. Seis outros brâmanes de classe alta como B.N. já estavam sentados e ele os cumprimentou como se os conhecesse de infinitas viagens.

Os menos afortunados se sentaram no chão do trem, do lado de fora do compartimento, e havia muitos pendurados no teto, segurando-se para não cair, enquanto o trem ia para frente e para trás, parando e avançando a cada cinco ou dez minutos.

Da janela do compartimento, Max conseguia ver campos e trabalhadores indo para casa nas pequenas cidades do caminho. Era como voltar um século, ou talvez até mais.

Quando eles saíram do trem quarenta minutos mais tarde, estavam numa pequena cidade com ruas de terra. Havia muitas crianças andando de bicicleta e brincando. Elas ficaram intrigadas com Max e sua pele clara —

muitas o esfregaram para ver se ele estava pintado com a sua cor rosa-clara, e se por baixo era marrom, como elas.

B.N. brincou com as crianças e virou-se para Max, para explicar.

— Apesar de estarmos a pouco mais de trinta quilômetros de Nova Delhi, você é o primeiro branco que essas crianças viram. Elas acham que é algum tipo de truque e que você não pode ser tão branco. Outras acham que você está doente. Nossas escolas são primitivas nesta cidade e, exceto por minha família e outros brâmanes, as crianças estão bastante isoladas. Não conhecem o resto do mundo. Nunca ouviram falar dos Estados Unidos.

Depois de uma caminhada de quinze minutos pela rua empoeirada, mas cheias de lilases, B.N. e Max chegaram ao portão da casa da família. A casa térrea era espaçosa e tinha um grande jardim. Havia uma ampla varanda em três lados da casa, com cadeiras, mesas e redes. No momento, era ocupada por mais de vinte homens.

Um número igual, ou maior, de mulheres vivia na casa, explicou B.N., mas estavam todas na cozinha, ajudando a preparar a comida ou descansando nos grandes quartos.

B.N. apresentou Max a sua família — sua esposa e sua irmã mais nova, seu pai e uma multidão de outros parentes. Todos vestidos com simples e tradicionais roupas indianas brancas, e com grandes sorrisos. Depois de várias perguntas, num inglês impecável, ele percebeu que apesar da aparente humildade das cercanias, estava no meio de um grupo de homens poderosos e com conhecimento. Eram todos profissionais, de arquitetos a professores e engenheiros com os mais altos níveis de educação, e muitos tinham estudado e trabalhado no exterior.

No fim da noite, Max estava sentado no jardim aberto, tomando chá servido pelas mulheres, e começou a conversar com o tio Gupta, de cinquenta anos, um homem magro, em boa forma e que tinha vivido na Inglaterra e estudado filosofia na Universidade de Oxford. Era um verdadeiro intelectual, que além disso tinha um diploma de arquitetura da Universidade de Cambridge e outro de economia da London School of Economics.

Com apenas trinta e cinco anos, tinha se tornado diretor administrativo da Universidade de Delhi. B.N. o respeitava muito, assim como seus cinco irmãos, e eles sempre pediam conselhos ao tio Gupta quando tinham de resolver questões de carreira, política ou economia.

Foi a primeira pessoa com quem Max teve a oportunidade de discutir as intrincadas questões de Spinoza, Whitehead e seus outros filósofos favoritos desde que Yale o proibira de estudar filosofia.

Max também contou ao tio Gupta um incidente que acontecera no dia anterior, enquanto era entrevistado por um repórter do *Hindustan Times*, o maior jornal de língua inglesa da Índia.

Ele não havia procurado o jornalista, mas o *concierge* do hotel — ao saber do projeto de documentário de Max — tinha considerado isso algo que valia uma notícia e ligou para o repórter. Max tentou explicar que não era o responsável pelo filme, mas o *concierge* se recusou a ouvir.

— Você é um tonto — ele falou. — Está claro em sua aura que é a pessoa responsável. Esse filme não pode acontecer sem você. — Apesar dos protestos de Max, ele continuou. — Lido com os homens mais poderosos do mundo e posso garantir que você é muito especial. Na verdade, consigo ver em sua aura que você não tem nenhum karma, mas está aqui numa missão especial, para o benefício de outras pessoas.

Gupta riu quando Max lhe contou a conversa, mas deixou o jovem ainda mais espantado com seu comentário.

— Não tenho certeza por que ele quis contar isso a você — Gupta disse —, mas é verdade. Eu também consigo ler sua aura e não há dúvida de que você está livre do karma e é um homem com um destino. No entanto, não deixe que isso suba à sua cabeça. Mesmo sem karma, você é responsável por suas ações enquanto estiver aqui e não duvido de que já tenha criado algum karma ao longo do caminho. Não sou especialista nessas questões e presto pouca atenção a elas, já que considero essa vida atual desafiadora e excitante por si só. Não acho que você deva se preocupar com tais filosofias. Só continue a focar no seu trabalho e terá uma vida longa e produtiva.

Depois disso, Max sentiu-se confortável o suficiente para compartilhar com Gupta sua experiência com Maria. Enquanto continuavam a discutir a natureza do tempo e do espaço, Max tentava aplicar o que estavam teorizando ao que tinha experimentado.

— Será que esse momento que experimentei ainda existe? Eu e Maria estávamos destinados a compartilhar uma vida juntos? Por falar nisso, estamos realmente compartilhando uma vida enquanto conversamos?

— Numa palavra, sim — respondeu Gupta. — Tais momentos existem para sempre, mas se você não está com ela agora, e as circunstâncias não permitirem que esteja com ela no futuro, não precisa se preocupar com isso. A experiência que você teve foi um *déjà vu* do que já aconteceu. Não é a indicação de uma vida futura e não precisa ser perseguida.

Max ficou um pouco chocado com a postura prática de Gupta, mas também ficou impressionado com sua sabedoria e procurou saber como ele se sentia com relação às ocorrências místicas semelhantes.

Ele considerou contar sua experiência de quase morte, e a revelação dos doze nomes, mas em vez disso decidiu perguntar a Gupta como ele se sentia a respeito dos iogues e gurus que estavam ficando populares nos Estados Unidos.

— Um verdadeiro iogue pode viajar para onde quiser no universo — explicou Gupta. — Eu conheci esses iogues e eles são bastante impressionantes. Não divulgam suas capacidades e não tentam ganhar dinheiro fazendo truques.

Max ficou um pouco surpreso com essa declaração vinda de um homem que parecia ter bastante conhecimento e ser muito cético com essas afirmações grandiosas. Por isso, continuou questionando.

— Você quer dizer que um verdadeiro iogue pode ir a qualquer lugar do universo dentro de sua mente?

— Não — corrigiu Gupta. — Ele pode fazer isso com seu corpo físico.

Naquele momento, B.N. aproximou-se de Max e apontou para seu relógio.

— Não há mais trens esta noite, então você precisa voltar de ônibus e devemos ir à estação imediatamente ou vai perder o último ônibus para a cidade — ele avisou. — Tenho um jinriquixá esperando. — Max se levantou e, quando se preparava para partir, B.N. continuou.

— Talvez eu o veja quando você voltar para filmar. — Entregou a Max seu cartão. — Vamos ficar em contato de qualquer forma.

Assim Max entrou num ônibus em direção a Velha Delhi. As pessoas do ônibus não eram tão dignas quanto as do trem e, na verdade, pareciam um pouco sinistras.

Quando ele desembarcou, foi ainda pior. Havia batedores de carteira, ladrões, cafetões, prostitutas, mendigos e pessoas morrendo, doentes e sem teto, ao seu redor. Foi caminhando com a cabeça baixa e forçando passagem para chegar até o ponto de jinriquixá e conseguiu fugir do pesado cheiro de medo e doença que envolvia toda a estação.

Em poucos minutos, Max estava de volta ao Ashoka Palace Hotel e ao seu quarto. Ficou um pouco espantado ao encontrar o engraxate dormindo numa alcova em frente à sua porta. Ele sabia que era um costume, criado nos tempos do domínio inglês, que os hóspedes colocassem seus sapatos do lado de fora do quarto para serem engraxados e deixados prontos para uso na manhã seguinte. Nunca tinha pensado muito quando e como os sapatos eram engraxados.

Ele pediu desculpas por acordar o homem, cuja única resposta foi pedir os sapatos de Max, que os entregou.

Ao entrar no quarto, Max dormiu assim que colocou a cabeça no travesseiro.

No meio da noite, no entanto, ele acordou e percebeu que seu corpo flutuava acima da cama. Achou que estava sonhando, mas, com a mão, sentiu o colchão embaixo dele.

Estava no ar sem nenhum tipo de suporte — levitando acima da cama. Sem aviso, Max sentiu uma presença agarrar sua mão esquerda. Parecia uma mão humana, mas era mais leve, mais efêmera. Depois percebeu um corpo de luz. Tinha todas as características de um corpo humano, mas nenhuma densidade. Uma voz falou com ele.

— Não tenha medo — ele disse. — Sou um iogue. Gupta me mandou. Ele gostou de conversar com você esta noite e quer que eu mostre a verdade do que ele contou. Podemos ir a qualquer lugar que você quiser no universo — continuou o iogue. — Onde gostaria de ir?

Max, que quase não conseguia pensar, falou por puro instinto.

— Para a Lua — disse.

Num instante, sentiu seu corpo sem peso viajar até a Lua. Era seu corpo físico, mas, como o do iogue, toda a densidade havia desaparecido. Max reteve todas as suas características e sensações e sua capacidade de pensar, conversar e observar, mas numa dimensão sem nenhum tipo de gravidade.

A Lua era cinza e sem vida, e tinha uma qualidade empoeirada, mas ao mesmo tempo era quase líquida, quase transparente. Max sentia uma falta de peso enquanto pulava de um lado para o outro, às vezes pensando que poderia cair no centro da própria Lua. Depois de um tempo, o iogue voltou a falar.

— Onde mais?

Max ainda estava um pouco confuso, mas conseguiu responder.

— Leve-me ao planeta com anéis.

Instantaneamente, Max estava num lugar com a maior sensação de laranja que já vira. Era uma cor que Max nunca tinha encontrado na Terra — um tom tão vívido que provava que a experiência era real, não um sonho ou imaginação.

Passou o que pareceram muitas horas imerso no laranja do planeta, quando o iogue perguntou novamente.

— Onde mais?

— Oh, isso é suficiente para uma noite — respondeu Max. — Podemos voltar agora. Tenho um dia cheio amanhã.

E tão rápido quanto chegaram à Lua e ao planeta laranja, estavam de volta ao quarto de hotel, no antigo e decadente Ashoka Palace.

O corpo denso de Max ainda flutuava alguns centímetros acima da cama e o iogue ainda segurava sua mão quando Max sentiu seu corpo leve integrar-se novamente à sua forma densa.

Sentiu o sorriso do iogue e, depois, este partiu.

Max sentiu seu corpo voltar lentamente à cama e olhou para o relógio.

Eram 4h44 da manhã.

Ele se beliscou para ter certeza de que não tinha sonhado e depois voltou a dormir.

Quando acordou, uns quarenta minutos depois, olhou ao redor para ter certeza de que ainda estava no Ashoka Palace. Saindo da cama, olhou pela janela e viu a grama verde, sentiu o cheiro do ar da manhã, olhou as flores e os frutos que estavam na mesa de seu quarto e sorriu ao se lembrar de sua viagem noturna.

Olhou para si mesmo no espelho para ver se era o mesmo Max do dia anterior. Por um momento, duvidou de toda a experiência, mas foi quando percebeu um brilho em seu próprio rosto e, pela primeira vez, viu o corpo etéreo dentro de seu corpo — algo que nunca tinha percebido antes.

Na tarde daquele dia, Max voltou ao Museu Nacional e foi levado até a sala do diretor. A secretária sorriu ao entregar uma carta a Max.

— Sou secretária do diretor há mais de quinze anos — ela disse, com a voz animada. — Esta é a primeira vez que datilografei uma carta autorizando uma filmagem. Seu projeto deve ser muito importante. Parabéns.

Max levou a carta ao escritório de Projab Akbar naquela mesma tarde e, quando o chefe de assuntos culturais abriu o envelope, sua expressão era de completa descrença — juntamente com uma pitada de desapontamento.

— Estou bastante surpreso — ele disse francamente —, mas o diretor concedeu permissão a você e à sua equipe para filmar no museu, então assim será. Seu guia já foi designado e se encontrará com você e sua equipe na quinta-feira, às 9 da manhã.

E, com isso, Max saiu do escritório, passou pelos macacos e voltou a pesquisar o resto da lista de locações — que ia do antigo observatório astronômico em Delhi até as cavernas Ajanda, nos arredores de Bombaim.

Esses eram apenas alguns dos muitos mistérios não resolvidos que formavam a essência da Índia.

Max sabia que, no dia seguinte, precisava estar no aeroporto às 4 da manhã, para ajudar com a alfândega e levar sua equipe ao Ashoka Hotel, por isso jantou cedo e se preparou para dormir.

Ao esvaziar os bolsos, leu o cartão de B.N. pela primeira vez.

Guardião do Século xv
Museu Nacional de Delhi
Brama Nepal Mahars

Pela terceira vez, foi atingido por uma clareza súbita e uma revelação chocante.

B.N. era Brama Nepal Mahars, o terceiro dos doze nomes.

O Guardião do Século xv estava conectado a ele de forma que ia muito além de uma simples permissão para filmar no Museu Nacional.

Capítulo Onze

A caminho do Japão

AGOSTO 1973

Depois dos desafios que precisou enfrentar para fazer uma simples cópia de documento em Delhi, quando Max chegou ao Japão, estava pronto para a sociedade tecnológica e muito organizada de Tóquio.

Uma intérprete já tinha sido contratada, carros já tinham sido alugados, secretárias estavam disponíveis e a comunicação com os Estados Unidos era relativamente fácil. O que *não era* fácil, no entanto, era o fato de ser agosto, época em que parecia que todo o Japão estava de férias. Max tinha planejado levar a equipe para Hokkaido, a ilha mais ao norte do Japão, onde os ainos — um grupo indígena de pele branca — viviam.

Os genes dessa raça de indígenas com pele branca não têm nenhuma conexão com os genes do resto da população do Japão. Há muita especulação sobre quem são e de onde vieram e alguns sugerem que podem ser descendentes de uma civilização alienígena.

Max sentia que era um exagero e que não valia a pena a viagem. Quando descobriu que era impossível conseguir um voo, cancelou a filmagem e contou à equipe que, então, iriam filmar o Museu Nacional.

Nesse momento ele já estava convencido de que a teoria de Von Daniken de antigos astronautas tinha pouca credibilidade. Como seu contrato exigia, Max procurara por mistérios antigos onde a trilha de pesquisa o havia levado. No processo, pesquisara mais de dez milhões de peças de museus em todo o mundo e encontrara seis artefatos que poderiam, possivelmente, ser atribuídos a astronautas antigos ou naves alienígenas.

As chances eram de encontrar seis de *qualquer coisa* num conjunto de dez milhões. Quanto mais ele procurava, mais frustrado ficava por não poder focar o documentário de televisão nos mistérios inacreditáveis que realmente *tinha* descoberto.

Havia os mistérios de Stonehenge e as cirurgias no cérebro realizadas seiscentos anos atrás no Peru e provas de que civilizações antigas possuíam incríveis tecnologias que, de alguma forma, foram perdidas. Os povos antigos eram impressionantes em termos de arquitetura, tecnologia, organização social e arte. Parecia não existir limite para o que podiam conquistar e Max não via necessidade de incluir extraterrestres para desenvolver uma história interessante.

Sua própria experiência extracorporal já tinha elementos que eram tanto alienígenas quanto extraordinários, no entanto, o mais estranho foi que ele não pensou que havia uma natureza extraterrestre. Na verdade, não pareceu tão incomum para Max — durante a experiência, ele tinha se sentido em paz e reteve uma sensação de fazer parte de algo maior.

Isso significa que ele pertencia a uma cultura alienígena? Se iogues podiam deixar o planeta e voltar, eles eram alienígenas também?

Max não achava isso. Tinha conhecido um monte de pessoas estranhas em sua vida que, achava, poderiam ter vindo de outro planeta — seu irmão, Louis, era a pior de todas. Mas, por mais absurda que fosse a ideia, e apesar de parecer possível que todo tipo de ser alienígena pudesse existir no planeta Terra, ele ainda não tinha visto nenhuma prova.

Pensava nessas coisas enquanto ia de táxi até o museu, para preparar a filmagem. Já tinha conseguido as autorizações, então era uma tarefa relativamente fácil. Usando um caderno, tinha identificado as exibições que queria visitar.

Quando entrou no edifício, deixou cair o caderno e se abaixou para pegá-lo. Quando fez isso, ouviu o ruído de algo se rasgando.

Olhou para baixo e percebeu um rasgo na perna, de uns vinte centímetros, expondo sua roupa de baixo. Max ficou embaraçado e não sabia o que fazer.

Tentou explicar ao guarda na entrada do museu, dizendo que precisava de agulha e linha. Apesar de o guarda acabar entendendo, não podia ajudar, já que material de costura não estava entre suas ferramentas.

Enquanto Max tentava pensar no que fazer, uma jovem japonesa, que se identificou como Yoko, se aproximou. Usava um vestido amarelo brilhante, que combinava perfeitamente com seus cabelos negros e seu rosto perfeito, além de falar um razoável inglês.

— Venha comigo. Posso ajudá-lo — ela disse.

Yoko o levou até a porta do banheiro masculino.

— Você entra e me dá as calças — ela falou para Max, que, apesar de espantado, fez o que ela lhe pediu.

A garota sentou-se numa cadeira perto do guarda e, alguns minutos depois, entregou uma calça perfeitamente reparada.

— Muito obrigado — ele disse, agradecido. Depois acrescentou: — Por favor, faça um tour no museu comigo. Estou trabalhando para a televisão norte-americana, selecionando o que filmar para um documentário.

Yoko deu um sorriso tímido.

— Está bem — ela disse, e os dois passaram as duas horas seguintes passeando pelas exibições, enquanto Max tomava nota dos vários artefatos que seriam filmados.

— Seu trabalho é muito excitante — observou Yoko. — Gostei muito de aprender mais sobre esses mistérios japoneses.

— Bom, eu gostei muito da sua companhia — ele respondeu. — Gostaria que jantasse comigo.

Mais uma vez, Yoko sorriu timidamente.

— Tem certeza?

— Tenho — ele respondeu. — Estou completamente sozinho e tenho motivos para comemorar, já que esta é a última locação aqui no Japão. Por favor, ajude-me a comemorar.

— Então eu aceito — ela respondeu com seu inglês limitado. — Será ótimo acompanhá-lo.

Max logo encontrou um táxi e eles se dirigiram ao Imperial Palace Hotel, onde ele estava hospedado. Havia um restaurante de cinco estrelas e Max encorajou Yoko a acompanhá-lo numa refeição de sete pratos.

Durante o jantar, um pouco da timidez de Yoko desapareceu e ela falou sobre sua vida. Era agente de viagens e costureira, filha mais jovem e única garota de uma família de classe média, com cinco irmãos e sete sobrinhos. Ela vivia sozinha em um pequeno apartamento no mesmo prédio de seus pais e tinha sobrara para ela a tareda de cuidar deles.

Yoko explicou que tinha sido um bebê inesperado, nascido quando sua mãe já tinha quarenta e três anos. Ainda se lembrava dos horrores de crescer durante a II Guerra Mundial, vivendo à sombra da bomba atômica.

Mesmo assim, adorava ser agente de viagens e o grande luxo de sua vida era tirar duas semanas todo ano para ir ao Havaí, Paris ou outro lugar exótico, o que era possível graças aos descontos que tinha. Ela revelou que não pensava em se casar e sentia que, com suas sobrinhas e sobrinhos já tinha todas as crianças de que precisava na vida.

Quando terminou sua história, Max pediu champanhe para comemorar o fim de suas cansativas doze semanas de trabalho ininterrupto. Descreveu algumas de suas aventuras mais interessantes e Yoko riu enquanto bebia champanhe. Não estava acostumada a beber e finalmente disse a Max que não se sentia em condições de ir para casa sozinha. Apesar de saber que era algo escandaloso, ela perguntou a Max se podia descansar um pouco em seu quarto e ele concordou.

Logo estavam deitados lado a lado na cama, e claro que a combinação de proximidade e champanhe foi demais para resistir.

Max não ficara com nenhuma mulher desde o começo de suas viagens e teve a sensação de que havia anos que Yoko não dormia com um homem. O que começou com carícias gentis logo levou a um amor apaixonado e, com Yoko, Max sentiu um pouco de equilíbrio em seu corpo, mente e espírito. Ele nunca tinha sentido uma pele tão doce e delicada quanto a de Yoko e ela era frágil como uma boneca de porcelana.

Quando Max acordou na manhã seguinte, Yoko tinha ido embora.

Percebeu que ela tinha deixado seu cartão, no criado-mudo, com o nome completo e um endereço, além de um bilhete que dizia:

> Foi maravilhoso estar com você. Volte em segurança para os Estados Unidos e escreva-me se alguma vez voltar ao Japão.
> XOXOXO
> Yoko

O nome que estava no cartão era:

MIYAKO MITSUI

Aparentemente, Yoko era um apelido. E com uma sensação de reconhecimento que estava começando a se tornar familiar, apesar de não menos impressionante, Max percebeu que Miyako Mitsui era o quarto nome na lista de doze.

Sincronicidade estava começando a se tornar a ordem do dia, Max percebeu, e pensou nas forças que pareciam estar levando-o adiante, sem que ele conseguisse perceber. Quaisquer que fossem, seus efeitos pareciam estar se acelerando.

Mas ele não conseguia entender para onde essas forças o levavam. Qual era o mistério dos Doze? Não parecia plausível que fosse apenas um grupo aleatório de nomes. Mas como é que Max estava encontrando essas pessoas?

Sua viagem a Trujillo só tinha ocorrido porque ele teve medo do que poderia acontecer se voltasse à Bolívia, mas foi em Trujillo que conheceu Maria.

Yutsky poderia ser explicado pela conexão de trabalho, mas seu encontro com B.N. dependeu inteiramente do tópico que V.S. Naipul quisera discutir.

Mesmo sua visita ao museu em Tóquio aconteceu porque não tinha conseguido chegar a Hokkaido — e ninguém poderia ter antecipado que Max rasgaria suas calças.

A completa falta de ligação entre os quatro era o mais absurdo de tudo.

Capítulo Doze

A vida se desdobra

1973-1976

Max voltou aos Estados Unidos e a um estilo de vida mais normal. Sempre tinha sido um filho obediente e um dos principais motivos para trabalhar na editora do pai tinha sido ajudá-lo depois do primeiro ataque do coração. Agora que Herbert parecia ter recuperado a boa saúde, Max decidiu ser professor.

Voltou à Phillips Academy em Andover, Massachusetts, para ensinar espanhol por um ano, tentando passar a seus estudantes um pouco do entusiasmo que recebera do *Señor* Iglesias, anos antes.

Mas sua estada em Andover foi temporária e, quando o ano terminou, ele recebeu uma bolsa do Instituto National de Saúde Mental para estudar antropologia cultural na Universidade de Harvard. Depois de seis meses em Harvard, no entanto, Max percebeu que tinha cometido um erro.

Antropologia, ele descobriu, não era mais o estudo das populações indígenas. Na verdade, restavam poucos grupos indígenas, e o mero contato com a moderna civilização ocidental parecia ter condenado algumas das poucas tribos originais sobreviventes da destruição lenta ou imediata.

Max percebeu que, num nível significativo, os humanos modernos estavam, de fato, desenvolvendo-se no que ele chamou de "seres não humanos". Escreveu um ensaio sobre o assunto, e seus professores não conseguiram entender. O ensaio explicava que os atributos essenciais que tornam os humanos "humanos" estavam se extinguindo.

Para os seus professores em Harvard, no entanto, ficou a sensação de que ele estava romanceando civilizações primitivas; mesmo assim, Max permaneceu firme em sua convicção de que algo fundamental estava se perdendo devido à incansável busca por facilidades e abundância tecnológica e material.

Ele assistiu aos primeiros filmes etnográficos, como *Nanook, o Esquimó*, combinando o que via com suas próprias experiências entre povos isolados da Amazônia, Índia, Andes e de outros locais exóticos que Max tinha visitado enquanto fazia o filme e a pesquisa antropológica. Concluiu que a arte de viver em harmonia com a natureza tinha sido perdida.

Alguns desses povos primitivos tinham desenvolvido formas de criar jardins que eram obras de arte, bem como fontes de nutrição. Tinham criado desenhos geométricos que mudavam de cor com as estações. Geralmente esses desenhos só podiam ser percebidos quando vistos de colinas, acima dos campos. Parecia inconcebível para ele, no entanto, que tanto esforço fosse colocado em empreendimentos agrícolas só para garantir o subproduto de uma experiência estética.

Outras culturas, ele notou, tinham desenvolvido rituais íntimos de dança e música, que na verdade curavam e cultivavam as relações humanas. Max observou padrões entre os chamados primitivos, nos quais havia uma abundância de criatividade e alegria, mesmo nos menores detalhes — o embelezamento de uma madeira esculpida, um pedaço de barro, artesanato com cores e formatos demonstrando gratidão ao solo do qual tinha sido feito.

Max não ignorava os benefícios da sociedade moderna e a abundância de que ele pessoalmente desfrutava, mas *sabia* que isso tinha um preço e que esse preço era o sacrifício dos elementos essenciais de ser puramente humano. Sentia que o homem moderno estava evoluindo para se transformar um ser consumidor, cujas autênticas necessidades estavam se tornando secundárias. Os imperativos econômicos e tecnológicos do mundo moderno tinham substituído as necessidades humanas. Só ao atender as necessidades consumistas um indivíduo poderia ganhar *status*, tornar-se uma pessoa de poder e manter a integridade psicológica.

Essa integridade psicológica vinha com um preço excessivo — a evolução para o que Max via como um ser não humano, mais automatizado e menos autêntico.

Mesmo quando colocava essas hipóteses desagradáveis, Max sentia que, de alguma forma ele também estava se tornando um ser não humano, e não se sentia feliz com a sensação de incapacidade. Ele não gostava do "fazer" e "ter" que pareciam controlar sua vida.

Ficou imaginando como sua vida seria se tivesse ficado em Trujillo com Maria. Tinha escrito para ela, como prometera, e como era de se esperar, ela tinha se casado com seu *novio*. Já estava grávida de seu primeiro filho.

Ele tinha certeza de que ficara com Maria em outra vida, mas parecia evidente que isso não aconteceria *nessa* vida.

Durante seus estudos em Harvard, Max continuou a receber pedidos para fazer pesquisas e organização de locações para documentários que exigiam viagens a diversos países do mundo. Feliz por ter a oportunidade de explorar outras culturas, ele aceitava os trabalhos sempre que possível, e logo era considerado um especialista por várias companhias de Hollywood. Havia poucas pessoas no meio que conseguiam organizar a logística das produções documentais.

Assim, apesar de seu pai afirmar que tudo aquilo era besteira e que Max deveria ir para a Harvard Business School, onde poderia aprender algo prático, ele decidiu cair na estrada de novo, com *Em Busca do Jesus Histórico.*

Ficou contente ao descobrir que Russ Arnold — o câmera que trabalhara no documentário *Em Busca dos Mistérios Antigos* — fazia parte da equipe do novo projeto, e Max estava procurando outra boa experiência de filmagem... até que conheceu a produtora.

Amanda Harding era uma chefe impossível. Era linda, tinha começado na indústria como modelo e depois se tornara atriz. Não se destacara em nenhuma das profissões, mas, de alguma forma, conseguira chegar ao nível de produtora — talvez por causa de seu espírito indomável... ou talvez por outros meios.

Era uma tirana... uma mulher incrivelmente chata. Ninguém a respeitava, mesmo assim era ela que mandava, pelo menos teoricamente.

Amanda nunca estava contente com nada. Preocupava-se com *tudo*, especialmente com sua aparência, o que comia, quão limpas estavam suas roupas e outras preocupações que não tinham relevância para um projeto de documentário que precisava percorrer cinco continentes e doze países em oito semanas.

Ela só comia atum conservado em água e precisava ter latas disso enviadas para onde estivesse, não importa quão caro e inconveniente fosse. Max ficava louco por gastar tempo com essas irrelevâncias, enquanto tentava se concentrar nos detalhes necessários do projeto.

Em Busca do Jesus Histórico tratava dos antigos Ahmadiyya e outras seitas religiosas, que acreditavam que Cristo não tinha morrido na cruz, mas sobrevivido ao seu calvário e vivido durante muitos anos na Índia e em outros lugares, até morrer naturalmente, de velhices com filhos e uma família adorável.

Os Ahmadiyya são uma seita evangélica muçulmana cujo adepto mais famoso foi Muhammad Zafrulla Khan que, nos anos 1960, tornou-se subsecretário das Nações Unidas. Ele escreveu um livro no qual afirma que sua religião possui provas de suas afirmações. Sua prova estava no significado literal de "expirar", que foi a frase usada para descrever o que aconteceu com Jesus na cruz.

Muhammad Zafrulla Khan explicou que Jesus parou de respirar, mas isso não significa que ele tenha morrido. Iogues conseguem controlar a respiração, Khan argumentou, e param de respirar durante dias. Certamente, ele teorizou, Jesus deveria ter os poderes de um iogue.

Havia também a questão do Unguento de Issa, que, de acordo com o Sr. Khan, ainda era usado na Índia e no Paquistão para curar cortes e feridas. Unguento de Issa é traduzido do hindi como "unguento de Jesus" e recebeu esse nome porque foi usado para ressuscitar Cristo, quando o retiraram da cruz.

Mais tarde, os Ahmadiyya apontaram para uma tumba na qual fora esculpida uma figura mostrando buracos nas mãos e nos pés exatamente onde eles estariam no corpo de Cristo quando este foi pregado na cruz. Foi sugerido — e acreditava-se — que essa era a tumba onde Cristo fora enterrado quando morreu pacificamente durante o sono.

Os atuais Ahmadiyya acreditam que Cristo reencarnou em 1835, numa vila remota chamada Qadian, nos arredores de Amritsar na região Punjab da Índia. Amritsar era mais conhecida pelo templo dourado — o mais sagrado local dos Sikhs, mais numerosos que os hindus e muçulmanos naquela região.

O trabalho de Max no filme incluía realizar pré-entrevistas com quase todo grande líder espiritual e religioso do planeta. Essa lista incluía o Dalai Lama, os grandes gurus de Rishikesh, o chefe do monastério grego ortodoxo de Mar Saba, nas terras bíblicas ao redor de Jerusalém, o rabino de Jerusalém, o chefe da Igreja da Inglaterra, vários monges do Japão, os homens sagrados muçulmanos em Damasco e incontáveis líderes religiosos e espirituais menos proeminentes.

Ele também entrevistou alguns dos indivíduos mais incomuns na Terra, de médiuns a gênios de talentos absurdos.

Na maioria das vezes, ele não se impressionou muito com os entrevistados. Pareciam loucos por poder, mais interessados em preservar suas tradições e bases de poder do que em transmitir verdadeiro conhecimento espiritual.

Uma entrevista que o impressionou foi com o Dalai Lama, em sua casa em Dharamsala, na Índia. O Dalai Lama possuía carisma verdadeiro e falou abertamente sobre a situação mundial e seus próprios problemas.

— Os chineses não são os únicos a culpar pelos infortúnios do meu povo tibetano — ele explicou. — A sociedade tibetana era corrupta e tirânica. Tínhamos servos e uma sociedade injusta. Os chineses limparam as coisas, mas foram longe demais. Estão destruindo a cultura tibetana, e precisamos discutir com eles para encontrar uma solução melhor para o destino do meu povo.

— Eu existo para beneficiar meu povo — ele continuou explicando. — Não sou apenas o líder espiritual deles, mas o líder político também. Posso ser o último dos dalai lamas — talvez não exista a necessidade de dalai lamas no futuro. Se o Tibete puder ser integrado à sociedade chinesa e, ao mesmo tempo, manter sua autonomia, meu objetivo poderá ter chegado ao fim. O budismo deve ter permissão de florescer. A essência de todas as religiões é a mesma. Não precisa ser o budismo tibetano. Os ensinamentos do seu Cristo são parecidos com os ensinamentos do nosso Buda. Luz é luz, e verdade é verdade. Compaixão e amor são as leis universais de todas as religiões verdadeiras. Além disso, a questão tem a ver com os costumes que usamos. Em nossas tradições tibetanas, nossos monges mais sagrados usam os chapéus mais engraçados. É para nos lembrar de que não devemos nos levar a sério.

Max gostou muito dessa entrevista, mas fora isso, toda a viagem foi cheia de irritações e frustrações, pois tinha de lidar com as necessidades neuróticas de Amanda e com líderes religiosos que se achavam importantes e só se preocupavam com o poder.

No entanto ele notou, intrigado, que a energia negativa que Amanda transmitia parecia contaminar muitas das pessoas que faziam parte do projeto. Ele não conseguia deixar de pensar que isso era prova de sincronicidade e de como as energias negativas e positivas pareciam se conectar com seu próprio nível de energia vibratória.

Max pensava frequentemente nos Doze e em sua própria busca espiritual. Por que ele tinha escolhido se encontrar com todos esses líderes espirituais e religiosos? Nenhum deles parecia ter qualquer conexão com seus doze nomes. Com nenhum deles — exceto o Dalai Lama — tinha conseguido manter uma conversa interessante. É muito frequente que a confiança sagrada dos povos simples seja entregue a indivíduos que não possuem os escrúpulos mais básicos.

Mas por que ele precisava se encontrar com eles?

Será que deveria "ir até Jesus"?

Max não acreditava nisso. A cada entrevista ele ficava ainda mais cético em relação a todo o drama humano da religião e sua busca por felicidade espiritual. Quanto mais ele era tratado como um enviado espiritual, menos ele respeitava os que conhecia.

A culminação veio na pequena cidade indiana de Qadian, que tinha florescido no deserto, cumprindo uma das doze profecias do Cristo reencarnado que — afirmava-se — tinha fundado a religião Ahmadiyya.

Max tinha voado até Lahore, onde entrevistou o chefe dos Ahmadiyya. Apesar de não ortodoxos, os Ahmadiyya eram considerados muçulmanos — ou pelo menos seus vinte milhões de seguidores eram quase todos originalmente muçulmanos. Outros os consideravam hereges e não só os rechaçavam, como também os atacavam violentamente quando conseguiam.

O chefe dos Ahmadiyya agia e se vestia como um sultão, com um grande turbante na cabeça. Era evidente desde o começo que ele via o projeto do filme como uma forma de glorificar e expandir a religião. Contou a Max que sua equipe poderia filmar o enorme templo nos arredores de Lahore, repleto de dezenas de milhares de Ahmadiyya orando, e Max logo percebeu que isso poderia ter um bom apelo visual.

Ficou sabendo que a pequena vila de Qadian, perto de Amritsar, era essencial para o projeto e foi encorajado a ir até lá e encontrar os anciãos e ver por si mesmo o lugar de nascimento da religião.

Assim, Max voou para Amritsar, e quando o avião aterrissou, mandaram que esperasse até todos os outros passageiros terem desembarcado. Quando chegou sua vez de sair, viu que a escada estava coberta com um tapete vermelho, que continuava por uns 10 metros da pista. De cada lado do tapete estavam parados vários homens de pele escura segurando enormes guirlandas de flores.

Quando desceu as escadas e pisou no chão, Max foi envolvido por essas guirlandas — algumas chegavam a seus joelhos. No fim do tapete, havia uma mesa com chá e biscoitos, que Max foi convidado a provar.

Depois de ser apresentado a seus anfitriões — o prefeito da cidade e vários líderes religiosos — Max bebeu as exigidas duas xícaras de chá, comeu dois biscoitos e foi levado a um Rolls-Royce branco antiquíssimo, que estava estacionado ali perto.

Foi acomodado no assento de trás com três anfitriões, todos usando roupas brancas e túnicas, além de chapéus retangulares em estilo muçulmano tradicional.

Mesmo num Rolls-Royce, quatro homens no banco traseiro era demais, e Max foi atacado pelo odor corporal de seus anfitriões, que ele suspeitava não se banhavam diariamente no meio do deserto.

E quando o carro pegou a estrada de terra, a viagem se tornou ainda mais desagradável. Independentemente da precisão da engenharia, os buracos na estrada causavam grandes solavancos e Max fez um grande esforço para não vomitar. Depois de quarenta minutos, o carro diminuiu de velocidade num cruzamento. Parado ali estava um jovem numa motocicleta.

Ao ver o carro, o motociclista pegou a estrada menor, direto para o centro da cidade, enquanto o automóvel seguiu uma rota circular que passou por um cemitério na periferia.

O carro demorou dez minutos para chegar ao centro e o tempo extra permitiu que a vila se preparasse para o "convidado muito importante". O automóvel fez uma curva, uma banda começou a tocar e uma grande faixa foi aberta, com enormes letras vermelhas que diziam, em inglês:

BEM-VINDO À HOLLYWOOD!

Max desceu do carro e um discurso foi feito pelo prefeito da cidade. Max lembrou-se da recepção que Dorothy recebera do prefeito dos Munchkin quando sua casa matou a Bruxa Malvada do Oeste.

A banda continuava a tocar e Max foi acompanhado pela rua principal da cidade, onde de cada lado da estrada todos os habitantes tinham sido reunidos, em ordem de desenvolvimento espiritual, para receberem as bênçãos de Max. Cada indivíduo tocou o visitante e tentou abraçá-lo. Havia 2 mil habitantes, Max ficou sabendo, e achou a experiência exaustiva.

Depois de ter cumprimentado toda a cidade, foi levado a uma casa especial para convidados, onde um banquete havia sido organizado, com os pratos mais sagrados e deliciosos que os Ahmadiyya puderam preparar. Havia coco fresco, sucos e aperitivos especiais, seguidos por uma seleção de pratos principais que incluíam entradas vegetarianas exóticas, bem como carne, peixe e aves.

Era uma refeição com bastante variedade e quantidade, uma espécie de banquete de Ação de Graças sem fim.

Duas horas depois, ao final de uma muito necessária soneca, Max estava pronto para o passeio. Só que então ele descobriu por que havia sido alvo de uma recepção real.

As doze profecias que o fundador da cidade e da religião Ahmadiyya tinha feito no século XIX, tinham se tornado realidade.

As onze primeiras profecias incluíam afirmações tão improváveis como:

> O deserto irá florescer.
>
> O grupo fundador de doze famílias irá se tornar mais de doze milhões de crentes do Ahmadiyya.
>
> Um grande templo — que pode reunir mais de cem mil pessoas em oração — deverá ser construído.

Essas e outras oito previsões pretensiosas tinham se tornado realidade, mas foi com a chegada de Max — representando uma equipe de filmagens de Hollywood — que a profecia final foi cumprida.

Ao entender esse mistério, Max começou a examinar os lugares sagrados que a cidade tinha a oferecer.

Percebeu bem depressa que não havia nada visualmente interessante para filmar e não havia necessidade de incluir nenhum dos detalhes das crenças dos Ahmadiyya. Então, no final, como acontece com muitas profecias, a realização delas tinha mais a ver com a experiência subjetiva daqueles que acreditavam... ou preferiam não acreditar.

Capítulo Treze

Louis

1976-1977

Enquanto Max viajava pelo mundo, Louis terminava o curso de direito na Universidade Duke, em Durham, Carolina do Norte. Era o último da classe, não porque não conseguisse fazer suas tarefas, mas porque não *queria* fazer. Sentia que seu pai devia sustentá-lo, e o odiava até mais do que odiava Max.

Louis tinha até confiado a Max que a única razão para estudar direito era porque estava entre os cursos mais longos que havia encontrado. Sabia que sua mãe forçaria Herbert a pagar a faculdade, já que educação era prioridade na família.

No verão seguinte à graduação de Louis, Herbert conseguiu um emprego para o filho num escritório de advocacia em Nova York. Ao mesmo tempo, Louis começou a se preparar para o exame da ordem — para cujo teste a editora de seu pai publicava um guia de estudos.

Ironicamente, ele fracassou nas duas primeiras tentativas, e foi só na terceira que Louis finalmente passou. Demorou mais de um ano e, durante esse período, ele trabalhou na área administrativa da prestigiosa empresa de Gottlieb Harris.

Gottlieb era um advogado criminalista que trabalhava com alguns dos mais notórios chefes da máfia em Nova York. Herbert conhecera

Gottlieb num evento beneficente da Defesa Judaica e os dois se tornaram amigos casuais. Herbert tinha deixado claro a Louis que ele estava fazendo um grande favor ao filho ao conseguir vaga numa firma de advocacia tão prestigiosa. De sua parte, Louis sentia que estava fazendo um tremendo favor ao pai por aceitar um emprego que não lhe pagava quase nada.

Louis odiava trabalhar para Gottlieb, que achava ser tão bandido quanto seus clientes. Ele afirmava a sua mãe que Herbert deveria ser um criminoso também, por estar associado a Gottlieb. Em seus anos de faculdade, Louis tinha se tornado um moralista com ideias rígidas sobre o que era ético e antiético. Dessa forma, ele falava, sentia que qualquer comportamento que gerava "dinheiro fácil" deveria ser antiético.

Quando confrontado com o fato de que tinha sido financeiramente dependente de seu pai toda a sua vida, ele respondia em voz alta que não considerava isso "dinheiro fácil" — que era uma circunstância completamente diferente e que fazia parte dos direitos de primogênito.

Foi durante um jantar de Ação de Graças que Louis — cheio de frustração, ódio e ressentimento — finalmente explodiu na frente de seu pai. Max estava fora, então só estavam os três na casa em Greenwich. Louis entregou a Herbert uma carta da Receita Federal que o ameaçava com um processo por não ter pago seus impostos — outra coisa que Louis achava injusto, por causa do baixo salário que recebia de Gottlieb Harris.

— Não é justo que eu pague impostos — Louis afirmou, bravo. — Você tem muito dinheiro e você deveria pagar isso para mim.

Herbert riu e devolveu a carta a Louis.

— Isso é ridículo. Todo mundo deve pagar impostos, inclusive você.

— Bom, se esse é o caso, então vou começar a cobrar de vocês o tempo que passo aqui. Minha taxa especial será de $ 50 por hora, mas como eu estou aqui há mais de vinte e quatro horas, então você já me deve mais de $ 1.000.

Herbert riu ainda mais alto, mas era um riso duro. Ele se levantou e saiu da mesa para ir ao jardim de inverno, onde se sentou em sua cadeira favorita, entre as plantas perto da lareira, e começou a ler o jornal.

Havia pouco ele tinha sofrido um segundo ataque do coração e sabia que devia evitar um confronto emotivo com seu filho mais velho.

Decidido, Louis seguiu Herbert e continuou seu discurso de por que deveria ser pago por seus "serviços legais". Quando seu pai deixou claro que não ia pagar nenhuma conta de Louis — nem seus impostos — e que ele esperava que seu filho conseguisse um emprego *de verdade* agora que tinha sido aprovado no exame da ordem, Louis começou a gritar, chamando o pai de malandro e trapaceiro.

Finalmente Herbert se levantou como se fosse bater em Louis — algo que ele não tinha feito desde que o filho tinha doze anos.

Esse foi o pretexto que Louis estava esperando. Agarrou Herbert pelo pescoço, derrubou-o no chão de mármore e começou a bater sua cabeça contra o piso.

Gritou mais alguns palavrões ao pai, liberando todo o ressentimento que guardara ao longo da vida.

— Seu filho da puta, você nunca me quis! Nunca me amou!

A comoção fez com que Jane corresse até o jardim e tentasse separar os dois, mas ela não era forte o suficiente para empurrar Louis.

Jane correu até o telefone e chamou a polícia, que chegou poucos minutos depois.

Eles encontraram Herbert semiconsciente no chão coberto de sangue, e uma Jane consternada, apertando uma toalha contra a cabeça do marido.

Os dois policiais tiraram as armas e cuidadosamente procuraram pela casa. Não demoraram para encontrar Louis na garagem, destruindo o Rolls-Royce de Herbert com um machado.

Conseguiram rendê-lo e o mandaram para a prisão enquanto uma ambulância chegava para levar Herbert ao hospital.

Herbert tinha sofrido uma concussão e demorou vários dias para sair do hospital, mas aparentemente não houve nenhuma sequela.

Pela primeira vez, ele experimentou diretamente a raiva que era sempre dirigida a Max, e agora percebia que Louis não era apenas vagabundo e ruim, mas também perigoso.

Mesmo assim, quando chegou a hora do julgamento de Louis, ele não conseguiu testemunhar contra o próprio filho. Um acordo foi feito com o promotor, exigindo que Louis passasse trinta dias num hospital psiquiátrico em vez de ir para a prisão. Se depois desse tempo os médicos achassem que ele era capaz de cuidar de si mesmo, ele seria liberado.

Havia outra cláusula afirmando que, se liberado, Louis estaria sujeito a uma ordem de restrição que cobria toda a cidade de Greenwich, Connecticut, onde Herbert e Jane viviam. Já que antes disso Louis nunca tinha sido violento com ninguém a não ser Max, eles não achavam que poderia causar nenhum dano a outras pessoas.

Contanto que não houvesse nenhum contato com eles, Jane e Herbert esperavam que Louis encontrasse seu caminho na vida.

Para surpresa de todos, Louis foi um paciente modelo enquanto permaneceu na instituição mental e, no fim de trinta dias, ele foi liberado.

Ficou claro para Jane que ele nunca iria encontrar um emprego tradicional, muito menos usaria seu diploma de advogado. Sentiu-se tremendamente culpada pela condição mental do filho e, apesar de seu comportamento brutal, insistiu para que Herbert montasse um pequeno fundo para que Louis pudesse se sustentar. Jane esperava que isso aliviasse a pressão financeira do filho e talvez permitisse que construísse uma carreira modesta, o que o afastaria da família e dos problemas.

Quando Max voltou de suas viagens e soube o que acontecera, ficou bastante aliviado. Finalmente seu pai e sua mãe tinham entendido a natureza violenta de Louis e agiram para proteger a família.

Sentiu pena de Louis, pois realmente gostava dele. Queria ajudá-lo, mas, ao mesmo tempo, não queria ter nenhum contato com o irmão.

Max ainda tinha medo de que Louis pudesse continuar a explodir violentamente contra ele.

Capítulo Catorze

Desilusão

1978

Foi com uma sensação de alívio que Max voltou a Harvard; ele achava que seria elogiado por seus professores e colegas pelo uso da antropologia em seu envolvimento na criação de documentários.

No entanto, Max ficou bastante desapontado ao descobrir que sua carreira paralela não era bem vista por seus colegas e pela universidade. Essa popularização da ciência não era, aos olhos deles, algo sério. Sentiam que o reconhecimento que Max estava recebendo era impróprio para um estudante de pós-graduação.

Mas, assim como os professores se desencantavam com Max, ele também sentia o mesmo com relação a Harvard.

Estava cansado e procurava desafios maiores.

Não demorou para encontrar um. Seu pai ligou e contou que a editora precisava dele. Herbert tinha desistido de vendê-la para a Perfect Films e havia recusado todas as outras ofertas desde então. Prometeu que se Max concordasse em se mudar para Nova York e dirigisse o departamento editorial, Herbert tentaria comprar a parte de seu sócio e deixaria toda a empresa para Max.

No entanto, antes de fazer essas mudanças Herbert queria que o filho ganhasse mais experiência no escritório de Nova York antes de fazer essas mudanças.

Max aceitou e se mudou para Nova York, mas rapidamente ficou desencantado. Apesar de se envolver em um novo caso amoroso que logo se tornou sério, ele nunca gostou de viver na cidade e não achou o novo trabalho desafiador.

Menos de um ano trabalhando no departamento editorial, Max recebeu um telefonema convidando-o a viajar pelo mundo fazendo outro documentário. Seria uma filmagem de doze semanas e ele poderia trabalhar sob seus próprios termos.

Considerando o tempo que duraria a viagem, Max conseguiu tirar uma folga não remunerada.

Sem *problemas*, ele pensou. *Tudo vai estar aqui quando eu voltar.*

Sem que Max soubesse, Herbert Doff sofreu seu terceiro ataque do coração no dia em que Max partiu para a Índia e outros lugares desconhecidos. Foi um ataque mais sério do que os outros dois e Herbert sentiu-se obrigado a proteger sua família e vender a empresa pela maior oferta. Quando Max voltou, a venda tinha sido finalizada.

Pela primeira vez em sua vida, Max podia escolher seu próprio destino. Era algo libertador.

Ele rasgou o contrato de três anos que seu pai tinha negociado para ele e se mudou para Hollywood, a fim de trabalhar como produtor associado num grande documentário. Depois de duas semanas, percebeu que tinha cometido outro erro.

Odiava o emprego.

Como produtor associado, era obrigação sua garantir que a equipe criativa permanecesse produtiva e feliz. Isso significava que, mesmo se quisessem cocaína, Seria atribuição de Max conseguir a droga para eles.

Max pediu demissão.

Ele *voltou* para Nova York, mas longe de se sentir livre, Max não tinha emprego nem lugar para morar.

Considerou suas opções e decidiu que sua melhor alternativa era jogar pôquer num bar de má fama no Soho, nos sábados à noite. Louis tinha ensinado Max a jogar pôquer quando ainda eram jovens, e ele havia ganhado mais experiência em suas diversas viagens com as equipes de filmagem. Max também tinha o dom de conseguir visualizar qualquer carta de que precisasse. De alguma forma, ele simplesmente conseguia desejar a carta necessária e ela aparecia.

Se era sorte ou algo mais, Max sempre teve uma afinidade com números. Eles estavam vivos dentro dele, quando era criança e não conseguia falar. Eram seus colegas... seus amigos.

Então o pôquer era algo natural para Max.

Ele aparecia aos sábados, perto da meia-noite para o jogo de fim de semana. As apostas não eram muito altas, mas sempre havia uns suburbanos que acabavam sendo alvos fáceis. Eles bebiam muito e jogavam de forma descuidada.

Estavam ali para se divertir.

Max estava ali para ganhar dinheiro.

Poucos frequentadores podiam ser chamados de jogadores honestos. Frequentemente encontravam formas de fazer parcerias ou roubar sem serem pegos. Assim, Max não se envolvia nos jogos com essas pessoas.

E havia turistas em número suficiente para que Max ganhasse $ 200 ou $ 300 todo sábado à noite e era tudo de que precisava semanalmente para pagar seu aluguel, sua academia e sua comida.

Mas nada disso era satisfatório — nem era uma carreira.

Max se sentia perdido.

Ele tinha fracassado em Harvard, fracassado na editora do pai e até em Hollywood. E outro relacionamento romântico havia terminado mal.

Ele estava com Tina pouco antes de seu projeto de doze semanas. Enquanto estava fora, comprara um lindo anel de noivado em Damasco e sedas exóticas para que ela pudesse fazer seu vestido de casamento.

Não havia uma data certa nem um anúncio formal, mas Tina e Max tinham combinado que, quando ele voltasse, contariam às duas famílias de seus planos.

Infelizmente para Max, quando ele voltou de viagem, Tina mudara de ideia sobre o casamento. Ela começara a ver um terapeuta para explorar problemas relacionados a traumas passados que, relacionados ao fato de ter sido molestada sexualmente quando era criança.

Isso, é claro, foi uma completa surpresa para Max.

No processo, o terapeuta havia sugerido que Tina se abstivesse de sexo até poder entender seus sentimentos mais profundos. Ela achou que seria uma boa ideia e anunciou a Max que também achava que ficar noiva — ou até mesmo continuar o relacionamento — não fazia sentido.

Max não conseguiu entender o que tinha acontecido. Eles pareciam ser felizes juntos. De repente, sua noiva estava distante e ele quase não reconhecia a pessoa em quem ela havia se transformado.

A mágica em sua vida desaparecera e Max não tinha certeza de como ela ia voltar.

Mais uma vez, ele sentiu um profundo estado de depressão. Parou de comer, de fazer a barba e até de tomar banho. Dormia por dias. Estava acabado e tinha perdido a perspectiva de quem era e o que queria fazer com sua vida.

Em seus olhos, havia pouca probabilidade de alcançar todas as expectativas às quais tinha aspirado quando era criança. Era um desapontamento para seu pai... e para si mesmo.

No meio desse caos, decidiu escrever um romance que refletisse seu atual estado e o chamou de *Suicide Plus.* O romance começava com a seguinte linha:

Sir Winston acordou com o som de gritos abafados... os próprios.

O romance documentava a luta diária que Max enfrentava com seus próprios pensamentos suicidas. Começou a escrever seus sentimentos em episódios erráticos, numa velha máquina de escrever que tinha sido presente de seu pai.

Já cheguei ao limite do desespero... não sei quem sou ou o que quero ou o que posso fazer ou aonde estou indo... estou cansado de mim mesmo... sem esperança... preciso aproveitar essa vida... quero abdicar.

Ele sabia que a morte em si não era algo a temer e gostaria de voltar à luz branca e à felicidade que tinha experimentado no escritório do Dr. Gray, em 1965.

Ao mesmo tempo, Max ainda acreditava que tinha algum tipo de destino que exigia que ele permanecesse vivo. Decidiu entregar seu destino a alguma força superior e escreveu: SEJA FEITA A VOSSA VONTADE.

Ele continuou escrevendo e lutando contra suas tendências suicidas.

No dia em que Max terminou seu romance, um vizinho dois andares acima do seu apartamento pulou pela janela. Foi um ato que Max havia pensado em realizar muitas vezes e visualizado durante semanas. A realidade da coisa o impressionou e ele se perguntou se seu romance tinha capturado seu próprio destino ou o de outra pessoa.

Louis reapareceu na vida de Max.

Quando ele apareceu na porta da frente, Max quase não o reconheceu. Estava fedido, sujo, com a barba por fazer e barrigudo.

Estava grotesco.

Louis balbuciava palavras incoerentes sobre como todo mundo estava desrespeitando as leis — principalmente seu pai e os advogados de Gottlieb Harris.

— Você não tem ideia de como eles são podres... e não são só eles. *Todo mundo* desrespeita as leis... *todas* as leis. Até começaram a desrespeitar as leis da gravidade e, quando isso acontece, você sabe que todos acabaremos no inferno — afirmava Louis, esperando que Max apoiasse suas preocupações.

Max, no entanto, só conseguia sorrir com a combinação de inteligência e loucura que seu irmão exibia. E ele estremeceu, percebendo que sua própria existência não era muito melhor.

Então Max pagou uma boa refeição a Louis — talvez a primeira que ele comia havia um bom tempo. Enquanto estiveram juntos, Max esperava que a insanidade de Louis não explodisse em violência e ficou aliviado ao perceber que isso realmente não aconteceu.

Ele deu um abraço no irmão e sugeriu que encontrasse um lugar fora de Nova York onde poucas pessoas iriam desrespeitar as leis da gravidade, e então ele ficaria seguro.

Louis foi embora e Max se perguntou o que aconteceria em seguida.

Capítulo Quinze

Califórnia

1979-1982

Os dias de pôquer de Max terminaram abruptamente. Tudo começou com a pior dor de dente que ele já experimentara.

A dor era lancinante e, por mais que tentasse, não conseguia evitar o fato de que teria de fazer algo a respeito. Quando chegou ao dentista, Max encontrou seu colega de ensino médio, Peter Bohr, que estava saindo do consultório.

— Que ótimo revê-lo, Max! Como andam as coisas? — Peter perguntou enquanto apertava a mão de Max. — Ainda trabalhando para seu velho?

— Só dando um tempo — Max respondeu, com dor. — Meu pai vendeu a empresa há alguns meses. Não tenho certeza do que vou fazer, mas sempre me espelhei em você enquanto estava em Hackley. Deixe um cartão comigo e a gente marca alguma coisa. — Max fazia caretas enquanto falava.

Na verdade, Peter frequentava Hackley com Max, mas havia se formado um ano antes dele. Tinha sido o responsável pela sala de estudos de Max no primeiro semestre, também fora presidente de sua classe e orador da turma. Também era considerado um dos melhores atletas da escola.

— Claro — aqui está o meu cartão — disse Peter, entusiasmado. — Eu recentemente assumi a divisão de negócios da CRM Films. Ligue-me — a gente pode almoçar e continuar a conversa.

Max ligou e duas semanas depois eles se encontraram num restaurante elegante em Tribeca. Max contou a Peter sobre os filmes de que tinha participado e, antes do fim da refeição, Peter tinha oferecido a posição de produtor associado responsável pelos escritórios da CRM Films na Costa Oeste.

— Meu pai é o CEO e procuramos alguém com instintos empreendedores que conheça os meandros dos documentários — ele explicou. — Por mais improvável que pareça, nosso encontro pode ser uma grande oportunidade para nós dois.

— Bom, eu conheço bastante os documentários — admitiu Max — e essa é a minha praia. Eu aceito — concluiu.

Com poucas coisas a resolver, Max logo estava partindo para Del Mar, Califórnia, aproveitando o clima quase perfeito e a completa autonomia que recebera para dirigir a divisão da CRM. Del Mar era uma pequena comunidade ao norte de San Diego, conhecida por sediar uma famosa corrida que contava com a participação de celebridades como Bing Crosby. A cada ano, durante a temporada de corridas, a cidade mais do que dobrava de tamanho.

Morar ali era caro, mas Max recebia um bom salário.

Mas o mais importante era o fato de que seu novo cargo era ótimo e ele se sentia produtivo como havia muito não se sentia. Seu escritório era compartilhado com um gerente de vendas com quem dividia também a secretária executiva. A cada manhã, vinte ou trinta ideias de filmes esperavam por ele e Max só demorava uma hora para separar aos dez ou doze que poderia ter potencial criativo ou comercial.

Max pegava os projetos selecionados e atravessava a sala até a mesa do gerente de vendas. A atmosfera na CRM era bem descontraída — as reuniões eram informais e começavam da mesma forma.

— Frank, você tem um minuto?

Max descrevia cada projeto que tinha selecionado e fazia perguntas relevantes.

— Se esse é o melhor filme possível nesse assunto, quantas unidades você seria capaz de vender na distribuição inicial? — Apesar de estarem envolvidos no campo criativo, as vendas ainda eram a principal preocupação.

Na maioria dos casos, a resposta era "não o suficiente" ou "não muitas" ou, às vezes, "nenhuma" e então esses projetos não eram levados adiante.

Ocasionalmente — uma ou duas vezes por semana — a resposta era diferente.

— Poderíamos vender dez mil ou mais unidades se as credenciais de talento baterem.

Nesses casos, se o elenco e a equipe certos fossem contratados para o projeto e o conceito fosse o melhor que existisse — ou pelo menos o mais decente, após uma boa edição — Max adquiria os direitos.

Geralmente, esse prossesso seguia até o meio da tarde no máximo, deixando Max com a maior parte do dia para explorar as praias e as piscinas, além de outras atrações do sul da Califórnia.

Ao fazer isso, ele conheceu alguém que o deixou completamente encantado. Semanas se transformaram em meses e ele a perseguiu com alegria, até que ela concordou em se casar. Com isso, a vida de Max se transformou em tudo que ele poderia ter sonhado.

Era eficiente e bem-sucedido. Começou a chamar a atenção da imprensa, e ganhou matérias no *San Diego Tribune* e no *San Diego Magazine*, com sua foto sem página dupla.

"Jovem e brilhante produtor vem para San Diego", afirmava a manchete. San Diego era considerada uma cidade tranquila, com bases militares e alguma produção agrícola, levando muitos residentes a se ressentir do vizinho do norte, então eles aproveitavam qualquer oportunidade para aparecer. No entanto, a fama de Max veio com um custo.

Não demorou para seus pares ficarem com inveja da atenção que estava recebendo.

A CRM tinha várias divisões e o chefe da seção de interesse geral, Bill Battely, era um homem competitivo. Max inadvertidamente chamou um de seus maiores especialistas para criar um filme sobre a OPEP e a crise de petróleo, e Battely sentiu-se pessoalmente ofendido.

Battely pretendia chegar a CEO quando o velho Bohr — pai de Peter — finalmente se aposentasse. O jovem Max estava tendo muita repercussão na imprensa e participando de jantares particulares com "o presidente", como Bohr pai era conhecido.

Surgiu uma história na imprensa, na qual Max recebia incorretamente o crédito pelo maior filme da CRM, *Free to Choose*, do famoso economista Milton Friedman. O repórter tinha esperado ganhar algum favor de Max, mas a única razão para o filme ter sido produzido era a relação pessoal entre o velho Bohr e o Dr. Friedman.

Battely aproveitou a oportunidade e mandou o artigo — com outros quatro ou cinco sobre Max — ao presidente, com o seguinte bilhete.

Seria interessante olhar isto.

Max foi demitido. William Bohr obrigou seu filho Peter a fazer a ligação e enviou junto uma mensagem pessoal:

> Se estivéssemos em épocas passadas, jogaríamos você do barco. Mas como somos civilizados, só podemos arrancar suas medalhas. Vamos pagar o salário do ano todo, mas junte suas coisas e desapareça até o fim do dia.

Max ficou chocado.

Não tinha feito nada errado e contratara mais de trinta títulos nos dezoito meses que tinha trabalhado para a empresa.

Foi aconselhado por colegas da indústria a processar a CRM, mas esse não era o estilo de Max.

Numa bizarra conjunção de eventos, no dia anterior a sua demissão, a noiva de Max terminou a relação e ele se sentiu derrotado em todas as frentes. Ficou tão devastado com o súbito fim de seu relacionamento que estava chocado demais para analisar o que significava ser demitido.

Quando, nos dias seguintes, ele pensou em tudo, percebeu que realmente não queria trabalhar para ninguém — mesmo com uma situação confortável como a que tivera na CRM.

Ele queria viver da forma que decidisse.

Então, até onde sabia, mais uma vez ele estava livre para criar seu próprio destino.

Max não tinha dinheiro, então precisaria começar de forma modesta.

Fez arranjos para usar equipamento da TV a cabo local, a fim de produzir um vídeo "how-to" no estilo dos populares vídeos de ginástica de Jane Fonda, e assim nasceu a MAXimum Productions. Ele se juntou ao criador da Del Mar Workout na academia local e pensou que era um bom nome e um bom método de ginástica — ideal para o público-alvo dos vídeos de Jane Fonda.

Seu maior problema era que ele não tinha Jane Fonda — ou qualquer celebridade, claro — associada com a Del Mar Workout, então quando apresentou o projeto a um distribuidor, ouviu que poderiam aceitar quinhentas unidades, como teste, mas que as perspectivas não eram boas.

Max precisava de um pedido mínimo de 5 mil unidades, para não ter prejuízo. Com quinhentas unidades, ele perderia $ 2,00 por fita e não teria capital para bancar a diferença. Parecia que a MAXimum Productions nunca levantaria voo.

Enquanto pensava em suas opções, Max recebeu a ligação de um conhecido chamado Andy Kay, que tinha uma ideia intrigante.

— Max, lembro que em um dos nossos jantares você falou que conhecia o método para preparação para testes, dos dias em que trabalhou na editora de seu pai.

Max não sabia no que isso ia dar, mas estava interessado.

— Sim, é verdade. No que você está pensando?

— Meu projeto pessoal aqui na Nonlinear Systems foi desenvolver uma máquina que chamei de "computador tutor", criada para ajudar os estudantes a melhorarem seu vocabulário. Faz tempo que sou fã do trabalho de Johnson O'Connor e acredito que melhorar o vocabulário é o objetivo mais importante na educação.

— Você não gostaria de me ajudar com esse projeto, como consultor? — Andy perguntou, animado.

— Claro — Max respondeu, e acrescentou: — Posso começar imediatamente.

Mais uma vez, o sincronismo parecia se apresentar com uma oportunidade de trabalho ideal, exatamente quando Max precisava.

Trabalhou como diretor do projeto e gerente de marketing, em troca de uma porcentagem de vendas futuras. Eles começaram a trabalhar imediatamente e avançaram de forma rápida.

Após dois meses nesse projeto de computador tutor, um dos engenheiros de Andy desenvolveu o que ficou conhecido como o computador KayPro — tornando-se imediatamente o segundo computador portátil mais popular do mundo depois do Osborne, que logo foi superado.

O trabalho continuou no computador tutor, mas já não era mais uma prioridade. O KayPro ganhou força e a pequena companhia de Andy passou de $ 2 milhões a $ 250 milhões em vendas anuais.

De repente, havia dezenas de redatores técnicos e consultores de computação na equipe. Quando essas pessoas descobriram o passado e as conexões de Max, pediram a ele que ajudasse a criar filmes de treinamento.

Da noite para o dia, a MAXimum Productions tinha se transformado em uma bem-sucedida empresa de filmes de treinamento, com alguns dos melhores técnicos do mundo. Max estava intrigado com os avanços da tecnologia e o mundo high-tech. Ele não conhecia muito do assunto, mas logo descobriu como determinar quais filmes seriam populares. E no mundo do treinamento, que não separava DOS de CMP, ou Lotus de WordPerfect, Max era considerado um guru.

Já não tinha mais a ambição de produzir "filmes reais" ou fazer nada além de jogar golfe, namorar mulheres bonitas e aproveitar o estilo de vida da Califórnia.

Anos se passaram sem que Max encontrasse outro dos doze nomes. Era como se Maria, Yutsky, B.N. Sharma e Yoko fizessem parte de um sonho.

Com a exceção de um nome improvável — Urso Corredor — eles poderiam ter sido uma ilusão, nascidos do trauma de quase morrer.

Mas, um a um, tinham aparecido para ele, então não podia simplesmente deixar para lá. Nem conseguia explicá-los.

E ainda... *Urso Corredor?*

Por mais absurdo que parecesse, devia existir uma explicação.

A cada mês, ele recebia a informação — normalmente de seus pais — de um incidente que resultara na internação de Louis para observação, e ele só era liberado trinta dias depois.

Max conhecia a rotina. Seu irmão tomava os medicamentos enquanto estava internado, mas parava assim que saía.

Uma vez, depois de um incidente que levara a um curto período de internação, Louis acabou aparecendo na Califórnia. Ainda estava fedido, sujo, falando alto e nem sempre de forma coerente. Max ficou com pena do irmão e conseguiu que ele ficasse no Marriott Hotel, onde poderia descansar e se limpar.

No dia seguinte, eles se encontraram ali para almoçar e Max se ofereceu para pagar outra noite para Louis.

— Oh, não — o hotel é muito caro — protestou Louis. — Não vou ficar ali. Posso dormir no meu carro no estacionamento e economizar todo o dinheiro.

Max ficou estarrecido.

— Mas é o meu dinheiro — ele contra-argumentou — e eu não me importo de pagar. — Mas antes que pudesse continuar, Louis o interrompeu.

— Não! Gosto de economizar meu dinheiro. Ficarei bem no carro.

Com isso, eles se separaram depois de combinar um novo encontro numa lanchonete, no dia seguinte.

Na manhã seguinte, Max foi ao estacionamento do Marriott procurar por Louis, mas não o encontrou. O irmão tampouco estava no quarto.

Várias horas depois, quando se encontraram para jantar, Max perguntou a Louis onde ele tinha dormido.

— Vi um Motel 6 na rua, então estacionei meu carro e dormi ali. O Marriott era muito caro.

— Mas o estacionamento do Marriott é gratuito da mesma forma — garantiu Max. — Não há diferença.

— Você não entende nada de dinheiro — insistiu Louis e sua voz alcançou um tom de que Max não gostou. — O Marriott teria sido mais caro e, com o que economizei, podemos pagar um bom jantar.

Max não insistiu na discussão e os dois comeram em silêncio.

Apesar dos anos de brigas, ele não conseguia deixar de sentir tristeza. Enquanto comiam, Max pensou numa solução e sugeriu um psiquiatra que pudesse tratar Louis. Propôs fornecer um valor mensal, além do que

Louis recebia dos pais, desde que o médico pudesse confirmar semanalmente que ele estava tomando os medicamentos.

Louis concordou e o tratamento começou. Ao mesmo tempo, ele tornou-se um apostador ávido e frequentava a famosa pista de corrida de Del Mar. Era bom nas apostas e ganhava sempre, de forma que nem precisava mais do dinheiro extra de Max.

Depois de dois meses, Louis parou de ver o psiquiatra e deixou os medicamentos. Como todos os Doff, a comida era um dos maiores prazeres, e sua desculpa era que os medicamentos irritavam seu estômago, interferiam no sabor da comida e o deixavam tonto e sem energia.

Max o avisou que pararia de ajudar se ele não voltasse a tomar os remédios, mas com o dinheiro ganho nas apostas, a ameaça teve pouco peso.

Louis respondeu com uma longa carta acusando Max de atividades ilegais. Disse que ia informar a Receita Federal e o FBI.

Logo depois, desapareceu completamente, e Max perdeu contato. Depois de investigações discretas, ouviu rumores de que Louis tinha adotado um estilo de vida nômade — vivendo no carro, passando verões em Michigan e invernos no Tennessee e na Flórida.

Louis alugava um quarto quando sentia a necessidade de tomar um banho e dormir em uma cama, mas, em geral, parecia viver em seu carro, em campings, estacionamentos de motéis, e continuava apostando em jockey clubs.

Foi logo depois de Max reencontrar Louis que Jane foi diagnosticada com câncer. O tumor estava localizado do lado esquerdo do cérebro, exatamente onde o trauma de seu acidente de carro tinha sido mais severo.

Jane lutou e submeteu a tratamentos de radiação e de quimioterapia por quase dois anos, mas, quando perdeu a capacidade de falar ou de se mover, ela entregou a Max — que tinha viajado até Greenwich para uma visita final — um bilhete.

Estou pronta para entrar na luz.

Dois dias depois, ela morreu.

Max ajudou seu pai a organizar o funeral e uma homenagem especial a Jane. Louis não foi nem convidado, nem proibido de ir, apesar de Herbert confessar que Jane secretamente acreditava que seu contínuo sofrimento por causa do comportamento do filho havia acelerado a doença.

De qualquer forma, nem Max nem Herbert tinham como contatar Louis, então não puderam convidá-lo ao funeral — mesmo se quisessem — e não puderam informá-lo da morte de sua mãe.

Capítulo Dezesseis

Grace

1979-1984

Enquanto sua carreira cinematográfica era uma verdadeira montanha-russa, sua vida amorosa era igualmente dramática... e imprevisível.

Grace Bradley foi a primeira mulher que Max conheceu depois de se mudar para San Diego. Ele a encontrou numa piscina "somente para moradores", nos exclusivos condomínios Sea Point Village em Del Mar, onde morava. Ela estava nadando e, no momento em que saiu da piscina, Max soube que estava apaixonado. Grace era loira e tinha as pernas mais lindas que ele já tinha visto. Para Max, ela era a mulher ideal.

Ele a seguiu até a jacuzzi.

Os olhos dela sorriam, como se não tivesse nenhuma preocupação no mundo, e sua voz era tão doce quanto a melhor música que ele já ouvira.

— Bom, ou você é o pior nadador que já conheci — disse Grace, rindo — ou estava tentando bater em mim de propósito.

— Só tenho um problema com direções, acho — respondeu Max, e sorriu. — Mas teria ficado muito feliz por bater em você. Afinal, é provavelmente a mulher mais linda que já conheci.

Isso fez com que ela sorrisse ainda mais e ele ficou encantado.

— Não vejo nenhum anel em seu dedo — Max falou. — Espero que isso signifique que é solteira.

— Sou solteira, mas não chegue a nenhuma conclusão. Estou saindo de um divórcio e prometi a mim mesma que não sairia com ninguém por pelo menos seis meses — respondeu Grace, seus olhos azuis piscando sob a luz do sol.

— Bom, não precisamos sair, mas espero que possamos ser amigos — disse Max. — Acabei de me mudar e não conheço ninguém em Sea Point.

— Tenho muitos amigos e ficarei feliz em ser seu comitê informal de boas-vindas — ela disse, alegre. — Minha mãe em Iowa me criou para ser parte da Junior League e, apesar de todo mundo aqui na Califórnia parecer tão relaxado, ainda acredito em honrar as obrigações sociais. Vou apresentá-lo a todos os meus amigos e em uma ou duas semanas, você vai perceber que sou apenas uma das muitas garotas bonitas que vivem aqui em Sea Point.

Aos trinta e três anos, Max estava adorando a liberdade de ser solteiro em San Diego numa época em que a maioria das mulheres de vinte anos não se incomodava em ter relações sexuais no primeiro encontro. Assim, enquanto esperava por Grace, ele ainda poderia fazer todo o sexo que quisesse com as muitas mulheres disponíveis e atraentes que encontrava em festivais de cinema e através de seus novos amigos californianos.

Mas Grace estava errada. Mesmo depois de seis meses, ela era muito mais do que apenas uma garota bonita — era a mulher com quem ele estava destinado a se casar.

Depois de nove meses de namoro, Max fez a pediu em casamento e Grace aceitou.

Ela ainda era a mulher de seus sonhos. Ele sorria alegremente quando estava com ela, e dava beliscões em si mesmo para se convencer de que tudo era real — que eles logo formariam o casal perfeito.

O que mais a interessava era o *Cair na Real*, um método de meditação New Age iniciado na Califórnia por um cara chamado Harold Henderson. Parecia estranho para Max, mas ele não se preocupou muito, já que Grace era feliz com isso.

E Max tinha de admirar o sucesso do empreendimento. Harold não era ninguém, mas, com o ensino da meditação, tinha — em essência — criado seu próprio culto.

As pessoas pagavam bem pelas aulas de meditação, e Harold terminou dormindo com todas as mulheres que desejou. Apesar de ter sessenta anos, ele espalhava boatos de que tinha mais de cem e que as técnicas de meditação eram responsáveis por sua eterna juventude. Para manter seu *chi*, ele afirmava, precisava dormir com jovens.

A maioria de suas discípulas jovens achava uma honra ser escolhida para ajudá-lo a se manter jovem.

Grace, sendo de Iowa, era relativamente conservadora. Então, apesar de praticar a meditação, ela nunca dormira com Harold e afirmava que não tinha a intenção de fazer isso. Acreditava em sexo *dentro* do casamento, dizia abertamente, mas também acreditava na meditação *Cair na Real.*

Grace estava claramente dominada pelos encantos de Harold.

Quando este soube que ela estava noiva de Max, sugeriu que deveria se alinhar com um praticante mais avançado do *Cair na Real.*

Apresentou-a a Stephen, que era um estudante do "terceiro nível". Grace já meditava havia nove anos, então tinha chegado ao "quarto nível". Podia ensinar muitas coisas a Stephen, explicou Harold, e, ao fazer isso, terminaria subindo de nível.

Além de ser de terceiro nível, Stephen era um construtor imobiliário multimilionário. Max, na época, ganhava um salário anual de $ 40 mil como produtor associado e não conseguiria competir com Stephen.

Grace devolveu o anel a Max. Em três meses estava noiva de Stephen. Max não pôde fazer nada.

Ele ficou devastado.

No dia seguinte ao rompimento com Grace, Max foi demitido da CRM. Ficou muito triste por perder Grace e, por muito tempo, apesar de a situação parecer irreversível, recusou-se a perder esperanças de que poderia voltar com ela.

Não demorou muito, no entanto, e a MAXimum Productions foi criada, e ele só tinha tempo para o trabalho. Era uma bênção disfarçada, na verdade — o sincronismo intelectual e emocional no trabalho, mesmo que, inserido no drama, ele não tenha percebido isso.

Na verdade, demoraria dez anos para que conseguisse entender toda a situação.

Capítulo Dezessete

Retorno para Grace

1994

Max recebeu uma ligação de Meg Perkins, uma das melhores amigas de Grace.

Ele tinha perdido todo contato com Grace ou com qualquer praticante de *Cair na Real*, mas já tinha se passado tanto tempo que concordou em se encontrar com Meg, que era atriz.

Ela viajou de Los Angeles para pedir um conselho a Max sobre filmes e para apresentar um projeto que queria desenvolver. Ele explicou educadamente que o conceito que ela propunha era bom, mas não o tipo de material com o qual trabalhava.

Depois, pensou em algo que o deixou curioso.

— Por falar nisso, o que aconteceu com a Grace? — perguntou, tentando não parecer muito interessado, apesar de ter percebido que as velhas feridas não tinham se fechado completamente. — Ouvi dizer que ela mudou. Ainda está com Stephen?

— Oh, não — respondeu Meg, balançando a cabeça veementemente. — Aquele casamento só durou três anos. Grace se mudou para Portland e está no mercado imobiliário. Na verdade, ela vem para cá na semana que vem, para uma conferência de negócios. Tenho certeza de que adoraria vê-lo, se você tiver tempo.

Max não tinha certeza de como deveria se sentir com essa revelação de Meg, mas a curiosidade venceu o bom senso, e ele respondeu que gostaria de vê-la. Meg concordou em organizar o encontro.

Dois dias depois, Max estava sentado em sua mesa, olhando para o oceano a partir de seu escritório no segundo andar da sede da MAXimum. Tinha comprado o prédio pela vista e passava a maior parte do dia no telefone, observando surfistas, golfinhos, baleias migratórias e outras atrações na praia.

Foi tirado de seus devaneios por uma presença feminina que se aproximou por trás dele e colocou as mãos sobre seus olhos.

Era Grace. Ele soube sem nem precisar ouvir sua voz.

Podia sentir sua energia. Ouviu-a rir quando retirou as mãos e, quando ele se virou, ficou encantado ao ver uma mulher agora perto dos quarenta, que parecia não ter envelhecido nem um dia em dez anos.

Talvez aquela coisa de Cair na Real *realmente funcione afinal*, ele pensou, mas não disse nada em voz alta.

Eles conversaram por um tempo e, para Max aquela situação se pareceu muito com sua experiência de quase morte. Ele sabia que estava falando, mas era como olhar para si mesmo a distância, quando a convidou para almoçar.

Em três meses, Grace e Max estavam noivos de novo.

Ele convidou cem amigos e colegas mais íntimos para irem a Aruba, no Caribe, para participar de uma festa de casamento de três dias que incluía jogos de golfe, passeios de barco, banquetes tradicionais e convidados de *smoking* dançando ao som de uma *big band* no Hotel Brickell Bay, alugado só para a ocasião.

Grace tinha realmente feito sua lição de casa e incorporado vários elementos tradicionais da ilha nas atividades. Ela tinha um ótimo senso estético e, com a capacidade de Max de fornecer um orçamento ilimitado, o casamento superou todas as expectativas... menos uma.

Mesmo antes da cerimônia, Max tinha a sensação de que estava cometendo um erro. Na verdade, ele decidira consultar vários amigos e médiuns — bem como o ministro que os casaria — e todos foram da opinião de que seria um erro casar-se com Grace. Mais uma vez, no entanto, Max permitiu que seu coração superasse seu cérebro.

— Se não funcionar, podemos nos divorciar — ele disse, tentando parecer indiferente. Foi tomado pelo romantismo da ocasião e pelo fato de que essa linda mulher, que tinha permanecido em seu coração por dez anos, seria sua esposa. Ele a viu como uma parceira de vida profundamente espiritual, com altas aspirações pela humanidade e o desejo de criar uma comunidade onde os mestres espirituais e as mentes do século se juntassem.

Isso, Max tinha certeza, era o casamento que daria algum sentido à sua vida.

Capítulo Dezoito

O milagre tibetano

1996

Dois verões após o casamento, a alegria de Max vacilava.

Desde que tinha voltado à Califórnia, Grace tinha deixado claro que não queria morar ali. Sua casa dos sonhos, ela explicou, era uma propriedade na Virgínia, e estava sempre pressionando Max para que se mudassem. Mas era na Califórnia que ficava a sede da MAXimum Productions e era a empresa de Max que mantinha o estilo de vida ao qual Grace tinha se acostumado.

Apesar de continuar suas atividades como professora de meditação, Grace era a pessoa mais egoísta que ele já tinha conhecido. Não tinha nenhum interesse na carreira dele, ou nas coisas que o fascinavam.

Ele tentou contar sobre os Doze, e ela sempre parecia interessada no início, depois fingia precisar fazer algo muito importante. Se Max voltava ao assunto, ela não tinha nenhuma ideia do que ele estava falando.

Ela decidiu ir a Jackson Hole, Wyoming, para um retiro especial no *ashram* da única monja tibetana de olhos azuis do mundo. A monja chamava-se Agatha Winright. Quando tinha dezenove anos viajou para o Tibete e foi ordenada. Alguns anos depois, ela percebeu que a vida de celibato não era para ela, encontrou um parceiro espiritual compatível, casou-se e teve quatro maravilhosos filhos, ao mesmo tempo, manteve as práticas do budismo tibetano.

Acabou levantando dinheiro suficiente para comprar uma propriedade com quatrocentos acres perto de Jackson Hole e fundou o Mandala Mandala, um centro de retiro para estudantes espirituais. Agatha anunciou que um famoso monge tibetano daria uma aula especial no fim de agosto. Esse monge tinha 1,85 m — quase meio metro mais alto que a média dos tibetanos. Havia rumores de que ele tinha poderes mágicos e podia atravessar pedras com a mão.

Esse era o tipo de mestre espiritual que Grace tanto procurava, então se inscreveu imediatamente. Encorajou Max a participar também, mas ele resistia.

Grace disse que não queria ficar enchendo a paciência dele para que participasse, por isso simplesmente entregou um livrinho azul com o título *Meditação Dzogchen*. Max abriu e leu a primeira sentença.

O objetivo da meditação é não meditar.

— Bem, é uma ótima mudança — ele disse, irônico. — Eu até poderia ler esse livro.

Mas Grace estava decidida.

— Acho que você teria um olhar completamente diferente sobre a meditação se participasse do retiro comigo — ela falou.

Max não estava convencido, mas queria deixar sua esposa feliz e mostrar que tinha a cabeça aberta — apesar de não ter vontade — para aprender uma nova disciplina.

Então pagou a taxa e os dois partiram para Jackson Hole, para aprender essa coisa de meditação que o orientaria a não meditar. Ela tentou explicar que não meditar era, na essência, meditar o tempo todo, em todo momento consciente ou inconsciente — o que os budistas chamam de consciência completa.

No fim, ela desistiu, mas ainda assim estava extasiada.

— Estou tão feliz por você ter vindo — ela falou suavemente. — Você vai amar esse retiro.

Chegando a Wyoming, eles alugaram um carro no aeroporto e dirigiram até o centro de retiro. Estava quente e empoeirado, e os últimos cinco quilômetros da estrada eram de terra, cheios de buracos e desafiadores, mesmo para um carro de luxo.

Max não tinha prestado muita atenção às acomodações, que assumia seriam rústicas, e quando chegaram, viu placas que indicavam locais para acampamento.

Ele não gostava de acampar — nunca tinha montado uma barraca na vida. Eram quase sete da noite quando chegaram e estava escurecendo. Exceto pela lanterna que Grace tinha trazido, não havia luz.

Aparentemente, o lugar não tinha eletricidade.

Grace permaneceu animada enquanto escolhia o lugar e ajudava Max a montar a barraca.

Uma hora depois, frustrados e irritados, os dois se juntaram ao resto do grupo na casa principal, onde as aulas de meditação seriam realizadas. Uma meditação de aquecimento ia começar e Max e Grace receberam almofadas e instruções para acompanhar o grupo.

Felizmente para Max, era uma iniciação curta, de apenas quinze minutos. Todo mundo na sala já meditava havia mais de cinco anos e depois da sessão, todos se apresentaram e contaram seus objetivos com o retiro.

A maioria dos praticantes esperava elevar suas práticas até um nível superior. Muitos sentiam que estavam próximos de alcançar o nirvana ou, pelo menos, um estado no qual não teriam nada amparando seu corpo ou sentidos ou qualquer pensamento relacionado com as atividades humanas normais — algo que chamavam *samadhi*.

Max foi o último e, quando chegou sua vez, revelou seus objetivos. Ele falou de forma bem franca.

— Estou aqui realmente para acompanhar minha esposa, Grace — ele admitiu. — Não conheço nada sobre meditação, mas ela já pratica isso há vinte anos e é importante para ela. Por isso estou aqui.

Isso não caiu muito bem entre os seus novos colegas e, pelo que ele pôde entender, o retiro era somente para estudantes avançados. Muitos deles sentiram como se fosse errado o fato de Max ser o marido de uma estudante avançada — era raro que um praticante avançado se casasse com alguém que não fosse também avançado ou pelo menos altamente motivado.

Max se ressentiu por estar sendo julgado dessa forma. Ele via isso nos rosto das pessoas a sua volta — os chamados estudantes avançados. Eles o faziam se lembrar dos líderes espirituais que conhecera em suas viagens, indivíduos que se recusavam a aceitar as pessoas diferentes.

Tudo bem se você aceitasse com a doutrina que eles estavam praticando, ele notou, mas, se não fosse assim, seu valor como indivíduo era diminuído. Ele odiava a hipocrisia de tudo isso e percebeu por que nunca tinha abraçado nenhuma crença religiosa. Max estava em seu próprio caminho de descoberta e não queria se distrair da verdade de quem ele era e da descoberta de seu verdadeiro objetivo.

A próxima pessoa a falar foi a própria Agatha, a fundadora e organizadora do centro de retiro. Ela olhou para todas as pessoas, envolvendo-as com o tipo de calma que vinha de trinta anos de meditação, e começou a falar.

— Tivemos uma mudança de instrutores para essa semana — ela admitiu. — Entendo que a maioria veio especificamente por causa da oportunidade de conhecer e meditar com Tulku Hanka. Infelizmente, o governo chinês não autorizou que ele deixasse a China e o mestre não conseguiu vir.

Um murmúrio se espalhou pelo grupo e Agatha esperou que ele diminuísse, depois continuou.

— Tulku Rinpoche Chiba, fundador do Convento Turquesa no Nepal, tomará seu lugar. Tulku Chiba viria de qualquer forma, já que estava escalado para realizar as cerimônias para dedicar a nova *stupa*, cuja construção terminará essa semana. Tulku Chiba é a principal autoridade em cerimônias de *stupa* do mundo.

Apesar de ter entendido "Convento Turquesa", Max não conseguiu entender o nome das pessoas que pareciam tão importantes para o grupo. Como não havia diferença entre eles, até onde Max sabia, ele só deu de ombros.

— Ele também é um ótimo mestre — continuou Agatha —, então espero que vocês achem o retiro tão recompensador quanto se Tulku Hanka estivesse aqui.

Max havia aprendido sobre cerimônias *stupa* quando trabalhava no documentário *Em Busca do Jesus Histórico*. Uma *stupa* era uma estrutura redonda cheia de artigos sagrados, como imagens do Buda e relíquias feitas por monges, ao redor do qual budistas devotos circulavam enquanto oravam.

Acreditava-se que uma stupa era a representação física do Buda na Terra, e que guardava a energia do Buda em si, para depois a retransmitir àqueles que financiavam, construíam, mantinham e homenageavam, bem como a todos que rezavam ao seu redor.

Apesar das explicações de Agatha, a notícia de que Tulku Hanka não poderia participar do retiro não caiu bem entre os participantes. Todos tinham pagado bastante dinheiro e viajado todo o país especificamente para conhecer o alto monge dos milagres.

Esse Tulku Chiba não era um monge de milagres.

Grace foi a que mais demonstrou seu desapontamento.

— Isso não está certo — ela disse em voz alta. — Eu também vim para entrevistar Tulku Hanka para um livro que pretendo escrever. Você deveria ter nos avisado antes. Vamos ficar — ela continuou —, mas isso é bastante desapontador.

Uma onda de concordância se espalhou pelo grupo, mas antes que Agatha pudesse responder, seu marido entrou na sala de retiro e desviou a atenção de todos.

— Quem é o dono do carro com a placa 4G 18VR? — ele perguntou, falando mais alto do que a confusão de vozes. — Está estacionado no lugar de acampamento, e todos os carros devem estar na área especial de estacionamento. Essa é uma terra sagrada e ecologicamente delicada. Todos devemos honrá-la, então quem for o dono do carro, por favor retire-o imediatamente.

O carro era de Grace e Max, então lá foram os dois, e ela pôde reclamar durante todo o caminho até o acampamento, prosseguinto até o estacionamento e de volta à barraca.

Já eram mais de 11 horas quando eles voltaram e, com ou sem reclamações, não havia mais nada a fazer exceto dormir.

Na manhã seguinte, o professor, ou *rinpoche*, como foi chamado durante todo o retiro, chegou ao campo. Era um homem forte, com traços bem tibetanos, vestido com uma túnica roxa.

Rinpoche só falava tibetano — nenhuma palavra em inglês — então veio com sua própria intérprete.

As sessões não eram muito pontuais, mas depois que Max se acostumou com os atrasos, as aulas eram mais ou menos como qualquer outra aula de faculdade. Para sua surpresa, ele achou tudo bastante interessante — pelo menos se comparadas com as aulas que assistiu em Harvard e Yale. Era a primeira vez desde que tinha sido banido das aulas de filosofia em Yale que era verdadeiramente estimulado por um professor.

Rinpoche, no entanto, era melhor do que os professores de Yale. Ele só não fazia perguntas como: qual é o formato do universo?, ou, de que cor é o universo? Ele também dava as respostas. Mas, em vez de simplesmente recitar suas próprias opiniões, ele parecia intensamente curioso em ouvir o que as pessoas no grupo achavam.

A maioria dos participantes não se animava a dar uma resposta, mas Max estava acostumado a participar... e a acertar. Por alguma razão ele contou que achava que o universo era azul.

Quando deu essa resposta, ouviu que estava errado e que deveria sair para caminhar no bosque e meditar na resposta correta. Foi avisado de que o *rinpoche* o mandaria chamar quando tivesse passado tempo suficiente.

Max terminou passando mais tempo no bosque do que todos os outros participantes juntos.

Ele visualizava o universo no formato de uma hélice dupla. De acordo com *rinpoche*, estava errado.

E lá foi ele para o bosque.

Começou a sentir como se ir ao bosque era o mesmo que usar o chapéu de burro na escola e se sentar de frente para a parede na aula da senhorita Montaldo, com as outras crianças rindo baixinho.

Mas esses participantes não riam, apesar de alguns deles não conseguirem evitar sorrir com a frequência de suas viagens.

Mesmo assim, isso era bastante sério para os participantes, e eles *pareciam* apreciar o envolvimento de Max. Grace nunca foi para o bosque, porque nunca deu nenhuma resposta para as perguntas do *rinpoche*, como a maioria do grupo. A natureza do ensinamento não exigia que alguém falasse e nenhuma nota seria dada — a não ser o avanço que cada participante deveria ganhar na estrada para a iluminação.

Max aprendeu muitas coisas, inclusive o fato de que o professor tinha um excelente senso de humor.

Com três anos, *rinpoche* tinha sido descoberto como o continuador da linhagem de um grande monastério no Tibete. Com seis anos fora reconhecido como *tulku* — ou alto sacerdote — de um monastério vizinho. Isso não era incomum, já que tais indicações significavam que fora descoberto como reencarnação de um antigo *tulku* da mesma forma que os dalai lamas são selecionados. Na verdade era raro ser selecionado duas vezes, como a reencarnação de duas almas iluminadas, mas aparentemente o caminho budista permitia tais ocorrências excepcionais.

Ainda mais raro, da perspectiva do *rinpoche*, era que as duas linhagens que representava tiveram mais de quinhentos anos de autonomia ininterrupta, depois foram se despedaçando durante seu reinado.

Ele só tinha quinze anos quando os chineses — que já tinham invadido o Tibete — decidiram prender todos os lamas e colocá-los em prisões de segurança máxima, na essência, campos de trabalho situados em regiões de florestas, onde os prisioneiros eram obrigados a cortar madeira o dia todo e depois eram torturados à noite. Os demais prisioneiros dos campos eram assassinos e pessoas que tinham sido condenadas à morte.

Os guardas vinham no meio da noite e escolhiam um lama ou assassino, e geralmente essa pessoa nunca mais era vista. Nos poucos casos em que *voltavam*, tinham apanhado selvagenmente. Mas, em geral, esses prisioneiros torturados eram levados para interrogatório e, depois desse segundo interrogatório, nunca voltavam.

— Eu, na verdade, agradeço aos chineses pela minha prisão — *rinpoche* explicou através de sua intérprete. — Foi como entrar na mais alta universidade de lamas do mundo. Os chineses juntaram os lamas mais sábios de todo o Tibete e eu aprendi muito com eles. Eu era jovem e forte, e um dos melhores trabalhadores. Então estava no fim da lista dos que seriam torturados e executados. Mas, claro, nada estava certo — ele continuou. — Quando eu meditava, era capaz de refletir sobre a natureza da impermanência de uma forma que nunca poderia ter experimentado sem a consciência real de que poderia ser assassinado a qualquer instante.

Depois de catorze anos de trabalhos forçados, *rinpoche* contou, ele foi solto e viajou para o Nepal, onde criou um monastério para monjas — a maioria refugiadas do Tibete, sendo que muitas tinham sido torturadas e violentadas pelos conquistadores chineses. Foi lá que ele conheceu Agatha e acabou sendo convidado para realizar os rituais sagrados para a dedicação da *stupa*.

Ele era da linhagem dos budistas Dzogchen, que tinham combinado os ensinamentos do povo Bon — uma tribo xamânica que existia nas montanhas — com os ensinamentos de Padmasambhava, o grande mestre budista tibetano e fundador da religião. O povo Bon já existia séculos antes do Buda, e acreditava-se que tinham poderes mágicos. O objetivo da Meditação Dzogchen era ser capaz de alcançar o "corpo arco-íris" — uma designação usada quando uma alma preenchia o conhecimento total, e poderia assumir qualquer forma, em qualquer momento.

Isso era como alcançar o estado de nirvana, só que mais colorido, pois a pessoa conseguia reencarnar como qualquer entidade ou substância, de acordo com a vontade de sua alma, podendo ser um pássaro, uma montanha, um riacho, uma pedra, um animal, outro humano ou o próprio arco-íris.

No quinto dia de aulas, chegara a hora da dedicação à própria *stupa*. A intérprete pediu para todos se juntarem e falou aos estudantes que, embora todos fossem participar dos cantos, o *rinpoche* precisaria de um assistente para ajudá-lo com as cerimônias. Isso seria uma grande honra para qualquer um.

Max foi o único ali que não se preocupava em ser escolhido. Não se sabe se o *rinpoche* percebeu isso, mas ele acabou escolhendo Max.

Apesar de não sentir que o *rinpoche* era alguém iluminado, Max tinha passado a respeitar e gostar dele. O *rinpoche* era disciplinado, acordava às 4 da manhã, dava consultas particulares, depois ensinava das 8 da manhã até 6 da tarde. Na maioria das noites realizava rituais em cabanas, barracões e casas de meditação, espalhadas por todos os quatrocentos acres do centro de retiro.

Max também gostava do fato de que o *rinpoche* comia carne. Ele comeu carneiro em quase todas as refeições — normalmente com curry, arroz e vegetais — mas sempre carne e muita. Isso era uma novidade para Max e um tanto incrível, já que Grace e a maioria de seus amigos vegetarianos achava que os carnívoros estavam automaticamente condenados a um dos círculos internos do inferno.

Por dois dias inteiros, Max foi um tipo de aprendiz de feiticeiro. Ele segurava a bandeja sobre a qual o arroz sagrado era colocado e entregava objetos sagrados ao *rinpoche*, que os jogava no meio dos estudantes enquanto dedicava os objetos a diferentes deuses e deusas.

Quando chegou a hora da longa recitação de mantras precisos, foi Max quem virou as páginas dos textos antigos. Muitas vezes um único mantra se espalhava por vinte ou mais páginas, demorando uma hora ou mais para ser recitado.

Depois de cada parada, Max assumia que seu tempo havia acabado, mas o *rinpoche* sempre o chamava para continuar. Em pouco tempo, Max ficou encantado com o esplendor das cerimônias. O tempo parecia parar durante esses rituais, e estranhas formações de nuvens apareciam no céu.

Os participantes estavam convencidos de que as nuvens tinham a forma do Buda e eram um sinal de que ele estava presente. Max tinha menos certeza, mas ele *realmente* teve uma sensação de familiaridade ao ajudar o *rinpoche*, e mesmo sem falar sobre isso, teve a sensação de que eles compartilhavam uma ligação para toda a vida.

Ele ainda não conseguia meditar por mais de vinte minutos sem ficar muito entediado.

Quando as cerimônias acabaram, foi realizado um grande banquete, no qual todo tipo de comida — doce e salgada — foi apresentada ao grupo, juntamente com vinhos e outras bebidas. O tema do banquete foi "um gosto", refletindo o conceito de que tudo é igual e que eles não deveriam preferir uma comida em vez de outra.

Não deveriam olhar a comida no prato, que os empregados estavam sempre servindo. Não havia utensílios, então cada pessoa simplesmente agarrava a primeira coisa que tocava. Max poderia encontrar um biscoito doce em sua mão juntamente com algum tipo de vegetal ou outra guloseima não identificada. Era um tipo de aventura, e ele adorou.

No fim do banquete, Agatha Winright se aproximou de Max e perguntou se ele tinha agendado uma consulta particular com o *rinpoche*. Quando ele respondeu que não, a mulher ficou surpresa.

— Não? Bom, você deveria — ela disse, com um amplo sorriso. — Todo mundo já teve sua consulta particular. Você foi um excelente assistente e não quero que perca a oportunidade.

No dia seguinte, às 8 da manhã, todo mundo se reuniu no grande salão para a última sessão. Antes de começarem os cantos de meditação, a intérprete perguntou em nome do *rinpoche*, se havia alguém na sala que ainda não tinha "recebido refúgio". Isso se referia ao ato de aceitar um nome tibetano especial que permitiria ao receptor acessar o Padmasambhava durante a meditação e ter uma chance — por mais infinitesimal que fosse — de alcançar à iluminação e o corpo arco-íris.

Exceto Max, todos já tinham "recebido refúgio", então ele foi chamado à frente da sala. Numa rápida cerimônia, de quinze minutos, ele recebeu refúgio e o *rinpoche* entregou um pedaço de papel no qual estava escrito seu novo nome tibetano.

Max imediatamente perdeu o papel e nunca aprendeu a pronunciar seu nome tibetano. No entanto, contaram que significava "diamante" e representava um pensador puro, de força e brilhantismo.

Houve mais uma preparação antes da meditação começar: o *rinpoche* tinha trazido do Tibete uma erva negra especial, que passou por toda a sala. Sua intérprete contou a todos que a erva tinha sido plantada por antigos lamas em jardins cuidados havia séculos por monges. A energia especial e a bênção dos monges e dos lamas colocadas na erva aumentavam as jornadas espirituais de todos que a consumiam.

Cada pessoa pegou uma pequena porção de não mais do que um grama e a mascou ou a engoliu. Como todo mundo fez isso de forma natural, Max seguiu o grupo e engoliu a erva.

Ele não percebeu nada muito estranho, mas *ficou* surpreso ao descobrir que, pela primeira vez, foi capaz de aguentar duas horas de meditação sem ficar entediado ou preocupado com o trabalho e outras questões mais práticas.

Quando a meditação acabou e todo mundo se despedia, Max foi para a barraca do *rinpoche*, para sua consulta particular. O mestre e a intérprete já o aguardavam.

A intérprete começou a sessão.

— *Rinpoche* quer saber o que você busca e se ele pode ajudá-lo — ela disse.

— Eu realmente não procuro nada — Max respondeu honestamente. — Mas eu me questiono por que o mundo está tão cheio de violência e ódio, e por que tantas pessoas sofrem.

Quando seu comentário foi traduzido, *rinpoche* pensou por um momento e depois respondeu.

— Apenas ame a todos como se fossem seus filhos — disse a intérprete. — Dessa forma você vai começar a entender que aquilo que vê como violência e ódio é simplesmente a ação de crianças feridas. Não há nenhuma permanência em tal comportamento.

O *rinpoche* entregou a Max uma foto de si mesmo e um cartão, para que ele pudesse escrever se tivesse dúvidas no futuro. O mestre agradeceu a Max por ajudá-lo e depois voltou para sua tenda, a fim de juntar suas coisas antes de ir embora.

Enquanto voltava para sua barraca, a consciência de Max pareceu se expandir. Começou a sentir que as árvores e as plantas estavam vivas de uma forma mais intensa do que antes. Em seguida, começou a sentir-se em comunhão com as pedras e até com o chão sobre o qual caminhava.

Tudo parecia muito estranho, mas agradável — quase como se as fronteiras entre Max e todas as coisas tivessem começado a desaparecer. *Isso poderia ser o* samadhi?, ele se perguntou de forma abstrata.

Quando chegou ao acampamento, descobriu que Grace já tinha desmontado a barraca.

— Já empacotei tudo e estou pronta para ir — ela falou. — Tudo que você precisa fazer é trazer o carro. Temos quarenta e cinco minutos para chegar ao aeroporto, então vamos logo. — Suas duras instruções quebraram o momento de consciência profunda, e ele fez o que a mulher mandou.

Foi só, quando Max estava sentado no avião deixando no Wyoming em direção à Califórnia, que ele olhou para o cartão do *rinpoche*. No alto, em letras simples, mas elegantes, estava escrito:

MONASTÉRIO TURQUESA XAN NEPAL

Embaixo, havia um nome:

RINPOCHE GYUATMA CHIBA

Max não tinha realmente prestado muita atenção na primeira noite do retiro, quando Agatha tinha anunciado que Tulku Chiba substituiria Tulku Hanka.

Agora, quando Max olhou para o nome "Gyuatma Chiba", via com incrível clareza que o *rinpoche* era um dos Doze.

Ele se encostou no assento e deixou-se afundar. Finalmente, virou-se para a esposa e falou.

— Meu Deus, Grace... — ele murmurou. — *rinpoche* é um dos Doze.

— Doze? — ela perguntou. — Doze? Do que você está falando?

— Os doze nomes que me foram revelados durante minha experiência de quase morte, quando eu tinha quinze anos — Max falou, cada vez mais irritado.

— Oh, aquela velha história — ela respondeu, desdenhosa. — Pensei que você tinha desistido dela há anos. Disse que depois de encontrar os quatro primeiros, tinha chegado a um beco sem saída e nada conectava as pessoas que você encontrou.

— É verdade, mas isso muda tudo, o *rinpoche* é um dos Doze! — ele falou, a animação superando a irritação. — Talvez eu tenha abandonado a busca muito cedo.

Para seu desapontamento, Grace só arrumou sua almofada para o pescoço e os travesseiros que sempre levava quando voava.

— Bom, isso é ótimo, Max — ela falou. — Agora, não dormi muito bem na noite passada e preciso tirar uma soneca. Você pode me contar tudo quando chegarmos em casa.

Max olhou para ela, desistiu e tentou ler o jornal.

Mas não conseguia parar de pensar no *rinpoche* e no inesperado retorno dos Doze para a sua vida. Sem qualquer distração, ele voltou ao estado alterado que tinha experimentado pouco antes.

Seus sentidos pareciam voltar a se expandir, e ele conseguiu ver as conexões que ligavam todas as coisas ao seu redor, animadas ou inanimadas. Tudo parecia vivo, tudo parecia ter consciência — até mesmo a tinta no jornal que estava lendo.

Os sentimentos negativos que experimentava desapareceram e Max não sentia nada além de amor e compaixão. Havia uma história no jornal sobre uma jovem que tinha sido violentada e seus sentimentos se espalharam, não só para a garota, mas também para a tinta, que estava presa para sempre nessa história sobre estupro.

Para ele, parecia que a própria tinta experimentava o horror contido nas palavras que formava, e que a consciência da tinta nunca seria liberada daquele horror até o papel se desintegrar.

Foi nesse estado que Max reconheceu o objetivo de sua vida. Ele estava, na verdade, destinado a perseguir os Doze. Não sabia por que, e não sabia como. Não tinha ideia de que maneira os Doze estavam conectados.

Mas sabia que tinha de encontrá-los.

Capítulo Dezenove

O sol chinês

1996-2001

A MAXimum Productions continuava a crescer, ao ponto de Max não precisar tomar todas as decisões. Assim, ele acabou indo morar nos arredores de Charlottesville, Virgínia, na propriedade dos sonhos de Grace.

Summit Farms tinha sido construída em 1908 pela família Du Pont, ao mesmo tempo que compraram e renovaram o local de origem de Montpelier. Summit era ainda maior do que Montpelier, tendo sido criada no estilo tradicional do sul, com grandes colunas sustentando a entrada da mansão de três andares e 4 mil metros quadrados.

Na época em que foi construída, era uma das casas mais bonitas dos Estados Unidos e uma das mais fortificadas. As paredes tinham quase um metro de espessura e tinham sido construídas para resistir ao tempo. Havia uma biblioteca de 100 metros quadrados e dois andares que Max converteu em seu escritório. Grace tinha sua própria ala, e havia cinco dormitórios para convidados, além de uma ala para empregados no terceiro andar.

O porão abrigava uma sala de bilhar, uma adega, lavanderia e uma cozinha antiga, que mantinha a tradição de usar um elevador para transportar a comida até a sala de jantar no andar de cima.

Havia um salão enorme, em que até duzentos casais podiam dançar sem se tocar, com balcões construídos acima do local onde ficavam os músicos.

Max gostava da casa, e Grace a amava. Para garantir seu futuro ali, ele colocou a propriedade no nome dela. E Grace gostou disso.

A mulher ia a leilões na Sotheby's e na Christie's e encontrava candelabros do período, juntamente com antiguidades, tapetes, mesas de jantar e estátuas, entre outras coisas, que acentuavam a beleza natural da casa.

Os amigos de Max comentaram que a casa parecia muito grande para apenas duas pessoas, mas Max explicava que ele gostava de receber gente e que a casa inspirava a criatividade estética de Grace. O plano dela era transformar a fazenda de duzentos acres num vinhedo. Converteria o estábulo original em um edifício completo, fortaleceria a ponte que cruzava o riacho na estradinha de quase dois quilômetros que levava à casa principal, reformaria o celeiros e outras construções, acrescentaria um espaço interno para adestramento de cavalos e criaria um lago de três acres para substituir o campo de milho que existia entre o bosque no fundo e a casa principal.

Seria um bom *feng shui*, ela disse a Max.

Ele não tinha nada a fazer, exceto pagar as contas. Grace contratou empregadas, governantas e construtores. A casa estava sempre cheia de gente e tudo parecia um circo. Max retirava-se para a biblioteca e se concentrava em oportunidades de negócio.

Ocasionalmente, ele fugia até Keswick, para uma ou duas partidas de golfe. Keswick era um clube privado que também tinha uma pousada de luxo e o melhor restaurante de Charlottesville. Max não gostava muito do estilo e da lentidão do serviço do restaurante, mas o bar do clube servia a mesma comida sem a mesma frescura.

Max gostava de coisas rápidas e por essa razão Keswick era perfeita. Havia poucos sócios, então quando ele chegava, no fim da tarde, depois do trabalho, conseguia jogar uma partida em menos de duas horas.

Por mais que gostasse de jogar golfe, no entanto, ele acabou detestando o materialismo que sua esposa abraçou e questionava se a participação em um clube de golfe exclusivo alimentava mais os desejos dela do que os dele.

Ele pouco reconhecia o homem no qual tinha se transformado.

Mais uma vez, começou a questionar o objetivo de sua vida. Era só isso? Ele existia simplesmente para criar riqueza e dar a Grace um estilo de vida extravagante?

Estava sempre atrás de mais respostas e novos desafios.

Um desafio veio na forma de uma oportunidade de negócios com Mike Gallaway.

Gallaway era o homem que, em 1999, tinha criado o Easyread Book — o primeiro aparelho eletrônico de leitura, capaz de armazenar dezenas de romances, jornais e revistas, além de permitir que os leitores levassem seus materiais de leitura com eles onde fossem. Houve muita publicidade dizendo que esse aparelho poderia mudar a indústria editorial e gerar bilhões de dólares para os investidores.

Consequentemente, Max se tornou um investidor e desenvolveu uma amizade com Mike, que era um gênio da tecnologia e tinha muitos *hobbies* excitantes — inclusive participar de corridas em carros velozes.

Max começou a voar até Palo Alto, Califórnia, para disputar corridas com Mike. Numa dessas viagens, ele foi procurado por um jovem investidor chinês chamado Simpak, que tinha voado de Vancouver, Canadá, especialmente para conhecê-lo. Simpak os acompanhou até o autódromo. No caminho, explicou que sua empresa estava lançando novos empreendimentos editoriais e cinematográficos na China, e eles queriam assegurar os direitos de produzir o Easyread Book lá.

Mike se virou e perguntou a Max o que ele achava.

— A China é um grande mercado — Max falou, francamente. — Deveríamos explorá-lo.

Quando perceberam, Max e Mike estavam a caminho de Pequim.

A empresa de Simpak — Quinoot — estava organizando uma grande conferência sobre o futuro do mercado editorial, e tinha convidado os dois para darem uma conferência — Mike, porque era o gênio tecnológico por trás do Easyread Book, e Max, para discutir negócios. O governo chinês era sócio da Quinoot e grandes redes de televisão, rádio e os jornais cobririam o evento.

Mike e Max explicaram que o aparelho permitiria que todos os textos chineses fossem guardados em um eletrônico simples, poupando assim milhões de árvores e bilhões de dólares gastos na produção, no armazenamento e no transporte de livros de papel. A apresentação deles causou muito interesse e, depois, houve um grande banquete, no qual o fundador da Quinoot anunciou publicamente que os dois homens seriam consultores da nova iniciativa eletrônica.

No banquete, Max se sentou ao lado do Chief Technology Officer da Quinoot, que foi apresentado simplesmente como Sun. Era um homem de quarenta e poucos anos, alto, intelectual, reservado e meticuloso. Usava óculos pesados e um terno conservador, com uma gravata dourada.

Sun falava um inglês excelente, mas pensava bastante antes de falar. Durante a refeição, no entanto, Max descobriu que ele tinha uma história incomum.

Era adolescente durante a Revolução Cultural de Mao Tsé-Tung e demonstrara um extraordinário talento como jogador de hóquei sobre o gelo. Tinha representado a China nas Olimpíadas de Inverno de 1980 e fora a estrela do time.

Sun ganhou uma bolsa para estudar neurologia na principal faculdade de Medicina da China, e quando o país começou a se abrir para o capitalismo, foi escolhido como porta-voz e diretor em várias empresas do setor. Com seu crescimento, foi enviado a Wharton Business School, nos Estados Unidos, e fez um mestrado em administração de negócios. Tinha casas em Vancouver, Chicago e Pequim. Apesar de os negócios ocuparem muito do seu tempo, ele se exercitava para manter a forma e estudava numerologia como *hobby*.

Seu envolvimento com a Quinoot era significativo, mas, representava somente 20% do seu tempo de trabalho, já que desempenhava importantes papéis em várias outras grandes empresas chinesas e era sempre procurado por importantes capitalistas norte-americanos interessados em explorar oportunidades de investimento no crescente mercado chinês.

Mas nenhuma dessas coisas interessou Max tanto quanto uma informação central — o nome completo de Sun. Era Dr. Cho Sun Pak, e no momento que ouviu isso, Max soube que Sun era um dos Doze.

O número seis, para ser mais exato.

De alguma forma, um encontro casual em Palo Alto, Califórnia, tinha enviado Max a milhares de quilômetros, até Pequim e ao último de uma série de encontros impossíveis.

Mas, por mais incrível que fosse ser tomado por aquele sentimento familiar de súbito reconhecimento, Max permaneceu calmo.

— Sun, vamos almoçar amanhã — ele propôs cuidadosamente. — Quero descobrir mais sobre a Quinoot e acho que há outras oportunidades que poderíamos discutir também.

No dia seguinte, durante um delicioso almoço em um dos restaurantes favoritos de Sun, Max conduziu aos poucos a conversa, saindo dos negócios e observando com cuidado as reações de Sun. Quando ficou claro que o homem estava aberto a ideias novas e esotéricas, descreveu a Sun sua experiência de quase morte e o mistério dos doze nomes.

Sun ouviu pacientemente. Como adepto das ciências, adotou uma posição cética — apesar de igualmente curiosa — com relação à história de Max.

— Pelo que você disse, não há nenhuma prova de que chegou a morrer — ele falou, como se analisasse um modelo de negócios. — Poderia ter alucinado. Quando não há oxigênio no cérebro, a mente pode fazer coisas estranhas.

Max apreciou sua franqueza, mas, como sempre, continuou convencido.

— Pode ter sido verdade naquele instante — ele contou —, mas se fosse o caso, como é que eu conheci seis das doze pessoas? Como explicaria as formas em que elas reagiram?

Sun considerou a pergunta seriamente antes de responder.

— É um verdadeiro mistério. Já li que a nova física está defendendo que todo espaço e tempo coexistem num único ponto zero, onde toda a matéria, toda a energia e todos os eventos coexistem. Talvez haja alguma verdade nessa teoria, e de alguma forma você entrou nesse espaço durante sua experiência fora do corpo.

— Enquanto estava lá — ele continuou — talvez tenha encontrado meu nome. Ou talvez algo naquele evento permaneceu em você e fez com que *ache* que o meu foi um dos nove que viu. — Balançou a cabeça. — De qualquer forma, devemos ficar em contato, não só para continuar fazendo negócios, mas para ver se podemos descobrir mais coisas sobre esses misteriosos doze nomes.

Com isso — e, Max percebeu, com mais perguntas e nenhuma resposta — eles se despediram.

Nos dois anos seguintes, Sun e Max tornaram-se amigos próximos, e durante muitas discussões filosóficas, Sun avançou mais no mistério dos doze nomes por meio da numerologia. Sun percebeu que a numerologia das letras em seu nome, no de Max e no de Maria resultava em "noves", mas nenhum dos outros nomes tinha vibrações numerológicas idênticas — então essa análise, também, parecia levar a um beco sem saída.

O mercado chinês para o Easyread Books acabou sendo um desapontamento também. Fora muito mais difícil entrar do que tinham esperado e depois de um investimento de dezenas de milhões de dólares, a Quinoot faliu — concluiu-se que era uma boa ideia, mas à frente de seu tempo.

Apesar de ter sido um desapontamento financeiro para Max, mesmo assim ele sentia que sua amizade com Sun valia mais do que o fracasso.

Não demorou, no entanto, para esse ponto de vista mudar.

Capítulo Vinte

Colapso financeiro

2000-2004

Max sentia a bolha explodindo.

No ano 2000, ele tinha assumido posições em várias *startups* de internet.

Em 2001, quando os investimentos estavam finalizados e ele conseguiu sair dessas empresas, viu $ 30 milhões em ações preferenciais passarem a valer apenas $ 30 mil.

Essa quantia não cobria nem um mês de gastos na Summit Farms e Grace não ficou feliz quando Max informou que não haveria restaurante, vinhedos ou local para adestramento de cavalos, e que eles teriam de vender a casa, voltar para a Califórnia e recomeçar.

— Isso nunca vai acontecer — ela disse, calma, mas decidida. — O grande terremoto está chegando e não é seguro viver na Califórnia. Não vou me mudar e não vamos vender Summit Farms.

— Você colocou a casa no meu nome — ela continuou — e não vou vender.

Max tentou argumentar.

— Você sabe que isso foi só para protegê-la, caso algo acontecesse comigo — ele disse, tentando esconder o pânico que estava sentindo. — Precisamos vender e precisamos fazer isso agora. Preciso de sua ajuda — ele disse, sincero.

— Não — ela respondeu e se afastou. — Estou atrasada para as minhas lições de montaria. Pense em algo. Não é meu problema.

Com isso, ela saiu da sala.

Max foi ver seu advogado, que confirmou que, com a casa no nome de Grace, Max não poderia vendê-la. No entanto, ele sugeriu que Max parasse de pagar a hipoteca sobre a propriedade.

— Isso não vai arruinar meu crédito e embargar a casa?

— Provavelmente, mas também é provável que Grace venda ou pelo menos chegue a um acordo.

Então Max fez o que seu advogado sugeriu. Mudou-se para a casa que mantinha em Dana Point, ao norte de San Diego.

Demorou vários meses para Grace descobrir que a hipoteca não estava sendo paga. Sua resposta foi rápida e final. Ela pediu o divórcio e $ 75 mil por mês de pensão alimentícia.

O resultado foi um divórcio extremamente complicado, que acabou custando centenas de milhares de dólares a Max. Grace encontrou uma forma de vender a Summit Farms, embolsando 100% do dinheiro.

Max estava trabalhando muito. Concentrava-se em encontrar formas de gerar mais dinheiro através da MAXimum Productions e não percebeu o que Grace planejava, até ser tarde demais.

Mas a MAXimum também estava sofrendo. Desde os ataques de 11 de Setembro, a procura por filmes de treinamento técnico havia diminuído. As perdas financeiras da empresa estavam levando a dores verdadeiras em Max, dores que se alojavam em suas costas.

Max estava trabalhando com Jeff Charno, fundador da Relaxation Company, uma pequena gravadora que se especializou em música exótica e audio books. Eles participaram das reuniões da Associação de Exibidores de Livros e Filmes em Los Angeles, e Jeff percebeu que Max parecia estar terrivelmente desconfortável.

— Não acho que tenha mencionado — Jeff disse durante o jantar —, mas, antes de começar a Relaxation Company, eu era quiroprático. Parece que suas costas estão desalinhadas e, se você quiser, posso recomendar um colega meu em Dana Point, acho que você deveria vê-lo. Ele vai consertá-lo em pouco tempo — Jeff disse a Max. — Eu mando o contato dele para você.

Assim, quando Max voltou ao seu escritório, encontrou um e-mail para ele. Quando abriu, ficou surpreso ao ver que o consultório do amigo de Jeff ficava a apenas dois quarteirões de seu escritório.

Mais incrível ainda era o nome dele.

Dr. Alan Taylor.

Max tinha ficado tão preocupado com o divórcio e a tentativa de se recuperar da falência das empresas pontocom que tinha esquecido todo o resto. Mas parecia que o destino não tinha esquecido dele.

O Dr. Alan Taylor era um dos Doze.

Max marcou uma consulta e decidiu que iria observar o quiroprátipo antes de tocar no assunto dos doze nomes.

Uma semana depois, entrou num consultório pintado de turquesa e conheceu o médico, que tinha 1,82 m, cabelos castanhos enrolados, um sorriso simpático, bom humor e um jeito meigo. O Dr. Taylor era uma pessoa muito paciente, e parecia sempre tranquilo. Exibia um lado intelectual e analítico, e parecia cético em relação à maioria das pessoas e das ideias.

Apesar de trabalhar no sul da Califórnia, ele parecia não acreditar nos jargões e nos modismos da Nova Era, o que surpreendeu e encantou Max.

Alan explicou como trabalhava, fez Max preencher alguns formulários e, em cinco minutos, Max estava na mesa de tratamento, recebendo uma massagem.

— Com algumas sessões, sua dor nas costas vai desaparecer — Alan garantiu.

Para espanto de Max, o quiroprático estava certo. Alan tinha uma técnica única. Depois que Max se deitava na mesa, toda a técnica de realinhamento demorava menos de dois minutos, e ele já se sentia muito melhor.

Depois de algumas semanas de tratamento, Max decidiu contar a história dos Doze.

— Dr. Taylor, o senhor acredita em experiências de quase morte? — perguntou Max um dia, depois de uma sessão de massagem.

— Pode me chamar de Dr. Alan, todo mundo me chama assim — o médico respondeu. — Mas, para responder sua pergunta, não, realmente não. Já tive outros pacientes que me contaram sobre esse tipo de experiência, mas tenho certeza de que existe uma explicação lógica. Ou você está morto ou está vivo. Quase morte não faz sentido. Por que você pergunta?

Max decidiu continuar.

— Porque tive uma experiência assim quando tinha quinze anos e seu nome era um dos doze que vi quando estava nesse estado — ele explicou.

O Dr. Alan pensou sobre isso durante um momento e, quando falou, não havia nenhum sinal de condescendência em sua voz.

— Parece inacreditável para mim — ele falou. — Mas, pelo que conheço de você, acho que é uma pessoa bem prática e com os pés no chão. Então, conte-me mais.

Max fez uma descrição detalhada do que tinha visto e sentido, e o mistério dos Doze se tornou o tópico da conversa nas visitas subsequentes — apesar de nenhum deles conseguir encontrar uma conexão anterior que poderiam ter tido, e Alan não tinha ligação com nenhum dos outros nomes. Mas, por ter ficado animado com essa história dos Doze, ele se ofereceu para ajudar Max a encontrar os outros cinco, se este decidisse levar a busca a sério.

— Obrigado — respondeu Max. — Podemos tentar isso. Vamos ver como as coisas se encaminham.

Isso terminou com a exploração dos Doze, pelo menos naquele momento, e a conversa voltou ao golfe e às mulheres, ao surfe e como manter a coluna de Max alinhada.

Apesar de a dor física de Max ter desaparecido, o caos financeiro não havia diminuído. O acordo de divórcio ao qual chegou baseava-se na alta renda que ele tinha antes de sua crise financeira. Atualmente, no entanto, a pensão que ele dava a Grace era maior do que sua renda, e o acordo abocanhava todos os bens e a poupança de Max, também.

Tudo que sobrou foi sua empresa, a MAXimum Productions.

Ele conseguiu acabar com a hemorragia financeira em sua empresa, mas a altíssima pensão não permitia que mantivesse o estilo de vida descuidado de antes. Estranhamente, no entanto, Max não se preocupava muito com suas perdas financeiras.

Com sua conhecida capacidade de se adaptar, ele já tinha começado a mudar seu foco, passando de filmes técnicos a outros sobre negócios e estilo de vida, e começara a representar oradores motivacionais.

Entre esses luminares estava o Dr. Ivan Varne. Ivan foi o primeiro acadêmico com quem Max pôde discutir os detalhes da filosofia de Whitehead. Ficou encantado ao descobrir que Ivan também apreciava a complexa metafísica de Whitehead.

Com o tempo, eles se tornaram mais do que colegas, eram verdadeiros amigos.

Ivan era quase vinte anos mais velho do que Max, então tinham uma relação no estilo pai e filho. Herbert Doff tinha morrido justamente quando a MAXimum Productions começava a crescer, e Max ficou aliviado por seu pai ter visto seu sucesso e não seu recente reverso financeiro.

Ele sentia muita falta das frequentes ligações telefônicas que compartilhava com seu pai, que estava sempre feliz e encantado com o sucesso dos filmes de treinamento de Max. Com Ivan, ele compartilhou o entusiasmo pela arte, música e filosofia, em vez de questões de negócios, por isso Ivan tornou-se a pessoa para quem Max ligava quando algo maravilhoso acontecia em sua vida.

Ivan Varne era o fundador do Clube dos Milagres, um *think-tank* filantrópico dedicado a unir a humanidade numa única e coesa civilização planetária, e ele convidou Max a participar de várias diretorias como o representante norte-americano do clube. Max concordou e começou a participar de reuniões estimulantes por toda a Europa, juntamente com proeminentes cientistas, assim como primeiros-ministros e presidentes.

E, mesmo assim, apesar das melhores intenções, a organização nunca parecia ter fundos suficientes para iniciar seus planos audaciosos. Mesmo assim, o grupo teria um impacto sério sobre o planeta, mesmo sem saber.

Capítulo Vinte e Um

Istambul, a cidade da esperança

2004

Quando o Clube dos Milagres tentou expandir suas atividades, procurou aliar-se a um homem chamado Erol Resu, que vivia em Istambul.

Erol era o oitavo nome dos Doze, e era um homem incrível. Max o conheceu em Istambul e, na ocasião, experimentou uma mistura de animação e urgência.

Erol usava um terno de azul, era baixo e forte, com olhos escuros e perspicazes, um senso de humor irônico, e uma disposição normalmente feliz. E ele era um homem que não conseguia ficar parado — era viciado em fazer acordos.

Como Erol era bem-sucedido, era admirado como um *workaholic* excêntrico, que tinha uma habilidade quase mágica para ganhar dinheiro. Ele gostava de fazer muitos acordos de uma vez e se recusava a aceitar derrotas. Quanto maior o desafio, mais prazer ele sentia.

Sua mãe era muçulmana e seu pai, judeu. Ele nascera em Istambul, o mais jovem de cinco irmãos. Seu pai trabalhava como vendedor de frutas, comercializando sua produção no mercado, e Erol começou a vender limões quando tinha seis anos.

Imediatamente, ele se destacou como alguém bom em fechar acordos.

Tinha inteligência e determinação, e, entre cinco irmãos, foi o único escolhido para estudar, onde se destacou. Ele ganhou uma bolsa de estudos para ir à universidade e decidiu dedicar-se a uma carreira no governo.

Depois de sua graduação, ele escolheu ser assistente de um membro do Parlamento e, em dois anos, seu empregador foi eleito primeiro-ministro. Erol tinha apenas vinte e três anos e já possuía influência e poder.

Seu superior começou a estimulá-lo a ser um futuro membro do gabinete ou talvez até primeiro-ministro. O treinamento durou seis anos, ao fim dos quais o primeiro-ministro fez uma proposta a Erol.

— Esqueça isso de se tornar primeiro-ministro ou qualquer outra posição — ele disse, franco. — Isso seria um terrível desperdício de seu talento. Não, com sua perspicácia para os negócios, tenho um trabalho ainda mais importante para você. Quero que você dirija o negócio de importação e exportação de petróleo para o governo — ele anunciou.

Erol aceitou e logo provou que o primeiro-ministro tinha feito uma escolha inteligente. Ele prosperou nessa nova posição e gerou tremenda riqueza ao governo. Mas, três anos depois, seu partido político perdeu as eleições e Erol foi removido de sua posição.

Nada poderia ter sido mais fortuito. Com seus contatos e conhecimento, Erol imediatamente recebeu apoio financeiro para criar uma empresa privada de importação e exportação de petróleo, e em três anos ele já era um dos homens mais ricos de toda a Turquia.

Erol trazia um entusiasmo contagioso para tudo que fazia. Tinha um coração generoso e um desejo sincero de ajudar os outros. Ele se tornara um grande filantropo apoiava o Caminho de Abraão, uma organização intercultural que encorajava judeus e muçulmanos a refazer os passos de Abraão em sua jornada através do deserto de Jerusalém.

Abraão era cultuado nas duas religiões como o pai fundador. Tal viagem exigiria cooperação entre Israel e os Estados árabes vizinhos, com a esperança de que esse empreendimento conjunto contribuiria para a melhor compreensão e a cooperação mútua entre povos acostumados ao conflito e à violência.

Durante a reunião em Istambul, os diretores do Clube dos Milagres ficaram encantados com Erol, que adorava viver ao máximo. Ele aproveitava cada minuto livre dos diretores para levá-los a passeios em museus e maravilhas arquitetônicas ou passeios de barco pelo Mar de Mármara, o Corno de Ouro, o Mar Negro e o Bósforo. Ele apresentou a todos a maravilhosa cozinha turca e havia sempre bebida e entretenimento.

Quando viu como Erol era aberto a tudo na vida, Max decidiu confiar nele. Então, no fim da segunda noite, contou a Erol a revelação dos doze nomes.

Para seu encanto, Erol não só aceitou o que ele disse, mas o fez com seu entusiasmo usual.

— Tenho certeza de que isso é importante — ele disse a Max. — No entanto, minha intuição diz que não seremos capazes de resolver esse mistério até que todos os doze nomes tenham sido identificados e todos os doze indivíduos tenham sido encontrados.

— Verdade — concordou Max — e não há nada que eu possa fazer, exceto esperar que apareçam. Até lá, o único nome que tenho é Urso Corredor, e por mais elusivo que possa ser, não quer dizer muita coisa.

— É um quebra-cabeça, e vou fazer tudo que puder para ajudá-lo a montá-lo — Erol acrescentou. — Qualquer coisa que precisar, é só pedir.

— Por que acha que isso é importante? — perguntou Max. — Por que conseguiu aceitar tão facilmente o que eu disse, por mais absurdo que pareça?

Erol foi claro em sua resposta.

— Sei desde o meu nascimento que meu destino exige que eu aja de certa forma. Nunca questionei as oportunidades que chegaram a mim e não vai ser agora que vou começar. Mas posso garantir que nossos destinos estão ligado até o desdobramento final desse mistério.

Capítulo Vinte e Dois

Forças em colisão

MAIO 2012

Crash!

O som do metal contra metal era impossível de confundir.

Max estava falando pelo viva-voz do celular, fechando acordo para um novo filme, e não prestava atenção. Estava, na verdade, parado num semáforo na esquina de La Brea com a Citrus em Los Angeles, esperando para virar à esquerda, então tecnicamente o acidente não foi culpa sua.

O carro na frente dele tinha parado para virar à esquerda e, quando o semáforo fechou, percebendo que tinha ficado no meio do caminho, a motorista deu ré sem perceber que Max estava logo atrás.

Max fechou o acordo por telefone e desceu de sua BMW para olhar os danos. Havia uns poucos riscos no para-lama da frente e uma lanterna quebrada, por isso ficou aliviado por não ter sido nada pior.

Não tinha acontecido nada com a SUV que tinha dado ré. A motorista saiu do veículo para verificar o que acontecera e viu que seu carro estava bem. Ela se virou para Max, que apenas fez um gesto para deixar isso pra lá.

— Não parece nada demais e nem vale a pena avisar a companhia de seguro — ele disse, de forma amigável. — Seu carro parece bem, então, da minha perspectiva, está tudo bem.

Percebendo que era sua chance de se livrar de gastos, a mulher não hesitou, pulou em seu carro e foi embora. Max conseguiu chegar a sua próxima reunião e só quando chegou a Dana Point percebeu um grande amassado na frente do carro que não tinha percebido antes e o impedia de abrir o capô para ver o motor.

Não era a primeira batida de sua vida e ele conhecia uma empresa chamada Dents R Us, que mandava um caminhão todo equipado para arrumar o carro no lugar em que estivesse. Max ligou e eles agendaram o conserto para o dia seguinte, que era um sábado.

Por volta das 11 horas da manhã seguinte, o caminhão da Dents R Us estacionou. O motorista, cujo nome era Juan, analisou os danos, calculou o orçamento de $ 800 para deixar o carro novinho e, assim que Max concordou, começou a trabalhar. Às 2 da tarde, ele tocou a campainha e mostrou a Max uma BMW totalmente nova.

Eles conversaram enquanto Max examinava o trabalho. Juan era do México e, como Max falava espanhol, os dois conseguiam conversar normalmente. Max precisou explicar que não tinha dinheiro vivo e o banco estava fechado, mas ele poderia pagar com um cheque da empresa. Juan disse que teria de pedir permissão para aceitar um cheque, mas só poderia ligar na segunda-feira.

— *No hay problema. Yo vuelvo el lunes por la mañana y podemos arreglar entonces. Aquí tiene mi tarjeta si necesita cambiar la hora el lunes* — disse Juan e entregou a Max seu cartão.

Ali, embaixo do logo da Dents R Us, estava seu nome.

JUAN GONZALO ACOSTA

Max olhou para o homem magro e de cabelos escuros na frente dele e percebeu que Juan usava uma camisa jeans. Essa era a cor que Max tinha visto ao redor do nome de Juan durante sua experiência de quase morte. Passaram-se oito anos desde o último encontro — um tempo que parecia eterno — e Max tinha finalmente encontrado o dono do nono nome na lista.

Ele imediatamente convidou Juan para tomar uma cerveja. Perguntou onde tinha nascido, se era casado, como tinha chegado aos Estados Unidos e dúzias de outras perguntas.

Juan aceitou a cerveja e depois de alguns minutos de receio com tantas perguntas, pareceu se sentir confortável, apesar de curioso, em relação ao súbito interesse de Max.

Juan era de uma pequena cidade chamada Izapa, no sul do México, apenas oitenta quilômetros ao norte da fronteira com a Guatemala, na costa do Golfo. Era o mais jovem dos sete filhos. Seu pai tinha uma pequena fazenda e também era adivinhador — um xamã espiritual sagrado na antiga tradição maia. Era casado e tinha dois filhos pequenos.

Estava nos Estados Unidos havia apenas dois anos, mas tinha conseguido um *green card* e sentia orgulho por ganhar dinheiro suficiente, consertando carros amassados, não só para cuidar de sua família, mas também para mandar dinheiro todo mês para ajudar seu pai e seus irmãos. Sua mãe tinha morrido poucos meses antes de sua mudança para os Estados Unidos e ele sabia como era difícil para seu pai e seus irmãos se sustentarem.

— Meu pai é pobre, mas é um homem importante em Izapa — explicou Juan. — Não é só um adivinho, mas também o guardião do antigo estádio cerimonial em Izapa. Acredita-se que esse estádio é o mais antigo de todo o México. Está bastante malcuidado, mas ainda possui muitas estátuas com mensagens entalhadas, que arqueólogos de todo o mundo viajam para estudar. Muitos acreditam que esse estádio antigo é o lugar onde a contagem do calendário maia foi feita pela primeira vez.

Max tinha ouvido falar no calendário maia, mas nunca o explorara em detalhes.

— É o calendário maia que diz que o fim do mundo será em 2012? — ele perguntou.

— Esse é um erro de interpretação comum — Juan reconheceu. — Acreditamos que o mundo irá mudar quando o calendário terminar, mas ele não vai acabar.

— O dia 21 de dezembro de 2012 vai marcar o fim de um longo ciclo de 26 mil anos. Os antigos não previram que isso seria necessariamente o fim do mundo. Nossas antigas crenças são que seres humanos têm livre-arbítrio, e existe a oportunidade de uma mudança que poderá criar um mundo melhor. Esses são os ensinamentos que aprendi com meu pai.

Max ficou intrigado. Finalmente, um dos Doze estava expressando conhecimentos que poderiam estar relacionados a um conceito maior, que poderia levar a uma explicação do propósito deles.

Do propósito *dele*.

As coisas começaram a se encaixar. Max tinha nascido em 12 de dezembro ou 1212 e seu pai, em 11 de novembro ou 1111.

O objetivo de sua vida estava ligado, de alguma forma, à profecia de 2012?

Baseando-se em parte no que tinha aprendido com o Dr. Cho Sun Pak, ele começou a calcular a numerologia do nascimento de seu pai, pensando em algumas das datas que tinha acabado de aprender com Juan, e que se referiam ao calendário maia. Juan disse que tinha ouvido falar sobre algo chamado "convergência harmônica", que tinha acontecido em 16 e 17 de agosto de 1987, introduzindo os últimos 25 anos do calendário maia e, pela primeira vez, Max começou a ver um padrão surgir.

Reconhecendo que o passado de Juan o levaria a aceitar o que outras pessoas poderiam ver como fantástico, Max descreveu sua experiência e revelou a Juan que ele era um dos doze nomes.

Como era de se esperar, Juan apenas levantou sua garrafa de cerveja e assentiu.

— Isso não me surpreende — ele falou. — Meu pai me contou que nossa família tem um papel importante a desempenhar na realização das profecias antigas. Ele sempre falava: "O mundo é vasto, estranho e está cheio de mistérios. Não duvide, apesar de nossa origem humilde, que você tem um importante papel a desempenhar nesse mistério chamado vida".

Mais uma vez, as palavras de Jane Doff ecoaram na cabeça de Max. Ele ficou intrigado por essa última conexão e quis conhecer o pai de Juan.

— Avise-me quando for de novo a Izapa — ele falou. — Quero conhecer seu pai e descobrir mais coisas sobre as profecias do fim dos tempos.

— Pode contar com isso, meu amigo — respondeu Juan. — Estou feliz por você ter batido seu carro. Foi um encontro bem promissor.

Capítulo Vinte e Três

No pôr do sol

MAIO 2012

Max parou no décimo oitavo buraco em La Costa. O sol estava se pondo quando ele dirigiu todo o seu impulso para o lado esquerdo do *fairway* e, no último momento, percebeu que havia um golfista no lado esquerdo, a uns 200 metros.

O impulso normal de Max não chegava a essa distância, então o golfista não correria perigo. Mas essa foi uma das melhores tacadas da vida de Max — viajou os duzentos metros, bateu no chão e rolou mais uns vinte metros, passando bem perto do golfista.

— Uau — exclamou Kim, seu parceiro de golfe. — Essa passou perto.

— É melhor pedirmos desculpas — disse Max.

Quando ele se aproximou em seu carrinho, com um pedido de desculpas estampado na cara, um afro-americano alto, usando calça verde-esmeralda, e se virou e sorriu.

— Não chegou nem perto — ele falou. — Não se preocupe. Meu lema de vida é "fique frio" e meu nome é Chill Campister.

— Bom, Chill, obrigado pela gentileza — disse Max, grato. — Eu deveria ter sido mais cuidadoso antes de dar minha tacada. E, se não estiver muito ocupado, gostaria de lhe pagar uma bebida no clube depois dessa partida.

— Aceito. Escolha seu par.

Mais tarde, no bar, depois que Max se apresentou, descobriu que Chill Campister era alguém razoavelmente famoso porque junto com sua esposa Rachel, ganhara *The Amazing Race*, um *reality show* popular na TV. Com o prêmio de 1 milhão de dólares, decidira se aposentar e voltar à escola para estudar cinema. Chill contou a Max que ele fora ator na juventude e atuara como o jovem Cassius Clay em *I Am the Greatest*, o documentário sobre Mohammed Ali.

Max ficou espantado, não só com o que Chill estava contando, mas porque percebeu que Chill Campister era o décimo dos doze nomes.

Isso está se acelerando, ele pensou.

Em apenas dois dias Max tinha conhecido os números nove e dez dos Doze, enquanto demorava *anos* para conhecer os outros. Ele não tinha certeza de como reagir, mas como estavam cercados por outros golfistas, não se sentiu confortável para revelar a história dos Doze.

Então ficou na sua.

Ele também descobriu que Chill escrevera o projeto para um filme motivacional, baseado no que ele e sua esposa Rachel tinham experimentado ao ganhar *The Amazing Race*. Quando Max revelou que tinha uma produtora e disse que estava disposto a analisar o projeto, Chill ficou encantado.

Max, no entanto, tinha segundas intenções. Depois de ler o projeto, sentiu que poderia continuar a conversar com Chill em particular e contar sobre os segredos dos Doze.

Max gostou do projeto e sentiu que poderia vendê-lo com base no reconhecimento que Rachel e Chill tinham recebido como ganhadores de um popular programa de televisão. Tinham sido os primeiros afro-americanos a ganhar a disputa e, na época em que competiram, eram os mais velhos.

Uma das qualidades que aparecia no projeto de Chill era a forte fé em Jesus. Mesmo diante das câmeras, eles nunca brigaram como as outras duplas faziam, por causa o estresse da competição e, no filme motivacional, o casal queria enfatizar que a fé era sua arma secreta.

Desde o fim do programa, tinham participado de turnês de palestras e haviam se tornado oradores motivacionais populares, recomendandoo uso da fé e do trabalho em equipe para realizar milagres.

Tudo que estavam fazendo, Max sabia, seria uma sólida base para um vídeo, um livro e muitos outros materiais que eles quisessem desenvolver. Então, ele marcou uma reunião com Chill e Rachel em seu escritório e ficou impressionado com a postura positiva e otimista do casal. Os dois realmente exalavam amor e gentileza. Contaram mais coisas de sua história e Max descobriu que, na época em que ganharam *The Amazing Race*, estavam à beira da bancarrota. O casal perdera dinheiro numa empresa de software que Chill havia criado alguns anos antes e, se eles não tivessem ganhado a disputa, teriam perdido a casa e tudo que possuíam.

Max sentiu como se nunca tivesse conhecido um casal mais amoroso e convidou-os para jantar. Eles comeram no Chart House Restaurant, admirando o mar durante o pôr do sol e com o cair da noite, Max revelou a história dos doze nomes e contou a Chill que ele era o décimo nome da lista.

— Ainda não tenho ideia do que os nomes significam, mas algo está acontecendo — ele falou. — Sei que isso deve parecer estranho a vocês, mas acreditem, não estou louco. Existe uma razão para tudo isso. Só gostaria de saber qual é.

Chill sorria quando respondeu ao que Max havia contado.

— O Senhor trabalha de forma misteriosa — ele respondeu. — Como um cristão renascido, tenho certeza de que Jesus nos uniu. Vejo o trabalho Dele nisso. Por qual outro motivo você daria uma das tacadas mais longas de sua vida justamente em minha direção? — Todos riram disso.

— Mas eu nasci judeu — retrucou Max. — Nem tenho certeza se *acredito* em Jesus. — Ele contou sobre todas as pessoas superficiais que tinha conhecido quando trabalhou no filme *Em Busca do Jesus Histórico* e tanto Chill quanto Rachel concordaram.

— Jesus é o salvador de todas as pessoas — disse Rachel — não só das que acreditam Nele.

— Exatamente — concordou Chill, levando a conversa para uma direção mais analítica. — Mas vamos focar no que *você* experimentou e de que forma esses nomes poderiam estar conectados. Talvez Jesus tenha algo a ver com isso e pode ser que não, mas a questão é que as coincidências não existem, é tudo parte de um plano. Então, se existe uma lista de doze nomes, como você diz — e eu não tenho motivos para duvidar —, quero saber por que estou nela.

Chill contou que, além de vencer o *reality show*, ele e Rachel tinham ganhado o julgamento contra o ex-sócio deles que havia roubado os fundos da empresa de software.

— Como resultado disso — ele disse —, tenho tempo e meios para ajudá-lo a resolver o mistério. Só me diga como posso ajudar.

Max ficou aliviado ao ouvir que Chill estava aberto a uma explicação que poderia não incluir Jesus. Também agradeceu a oferta de ajuda.

— Preciso ir a Nova York para uma feira de documentários e filmes de treinamento na semana que vem — ele contou. — Mas, quando voltar, vamos nos encontrar e nos concentrar na solução do quebra-cabeça dos Doze. Talvez possamos organizar uma viagem com Juan para Izapa, no México. Não sei por que, mas acho que Izapa pode ser uma das chaves desse mistério.

Capítulo Vinte e Quatro

Melodia vietnamita

MAIO DE 2012

O voo até Nova York foi rápido e sem incidentes. A mente de Max ficou a mil durante as cinco horas de viagem. Todos os pensamentos sobre os negócios cotidianos tinham desaparecido.

Ele tinha agora encontrado dez pessoas de sua lista de doze. Cada uma delas parecia representar uma área geográfica diferente, uma religião diferente.

Chill e Rachel lembraram que Jesus tinha doze apóstolos e sugeriram que talvez houvesse uma razão por que Max via doze nomes. Talvez fossem os doze *novos* apóstolos, esperando pelo retorno de Jesus.

Max sentiu que essa ideia era um pouco exagerada, mas agora sabia que tinha de dedicar toda a sua energia, e todo o seu foco, na resolução desse mistério.

Max sempre se hospedava no Yale Club quando visitava Nova York. Estava convenientemente localizado perto da Grand Central Station e era relativamente barato, em comparação com o Grand Hyatt e outros hotéis do centro. A empresa de Max estava comemorando seu décimo terceiro aniversário e ele tinha alugado a Yale Library, no quarto andar, para comemorar servindo champanhe francês e sobremesas.

Não havia muitas produtoras independentes que tinham conseguido sobreviver tantos anos e era bom celebrar a ocasião. O gerente de direitos estrangeiros da MAXimum quis muito convidar os agentes estrangeiros, que eram muito importantes para a distribuição internacional.

O agente vietnamita tinha pedido para levar um convidado e Max assumiu que seria uma namorada ou a esposa. Então deu permissão.

A festa foi um tremendo sucesso, com mais de duzentos convidados. No fim do evento, um homem asiático baixinho acompanhado por uma garota alta e magra se apresentou.

— Sou Do Van do Vietnã — ele falou. — Esta é minha sobrinha, Melody Jones. Melody vive aqui em Nova York e está estudando para ser bailarina. Muito obrigado por ter nos convidado para esse evento maravilhoso.

Mas Max não conseguiu se concentrar no que o homem estava falando, já que uma sensação agora familiar assaltou seus sentidos.

Melody era o décimo primeiro nome da lista de Doze.

No intervalo de menos de uma semana, ele tinha conhecido três dos últimos quatro nomes. Com a festa terminando, ele não quis se mostrar muito animado, então respondeu calmamente.

— Não, eu é que agradeço a sua presença — disse, apertando a mão de Do Van. — Estou muito feliz com o maravilhoso trabalho que você tem feito conosco no Vietnã.

Virando-se para Melody, continuou.

— Você é muito bonita — ele disse. — Obrigado por acompanhar seu tio e nos honrar com sua presença. — Ele queria falar muito mais, porém não se arriscou.

Melody usava um vestido laranja e se movia com a graça de uma bailarina. Era confiante, segura e sentia-se claramente confortável em situações sociais como aquela.

Ele não tinha certeza de como revelar a Melody que ela era uma dos Doze. Mas sabia que precisava encontrar uma forma.

— Gostariam de me acompanhar em um jantar amanhã à noite? — ele perguntou, dirigindo-se aos dois.

— Obrigado, mas isso não é necessário — respondeu Do Van.

— Seria um prazer — insistiu Max. — Você faz um excelente trabalho em nome da empresa, não aceito uma negativa como resposta.

Do Van aceitou, mas Melody explicou que tinha um encontro com seu namorado e não poderia ir.

— Besteira — Max disse rapidamente. — Seria ótimo se ele viesse também.

Ela concordou e eles combinaram o jantar.

No dia seguinte, Max estava estranhamente ansioso, incerto se Melody apareceria como tinha prometido. Depois de anos de inícios e fins, com revelações seguidas por longos períodos de calmaria, o mistério dos Doze estava avançando a passos largos.

E Melody era uma parte importante desse enigma que o perseguia havia anos — desde o momento, anos antes, em que os nomes escaparam de seus dedos. Ele não podia permitir que isso acontecesse de novo.

Quando chegou ao restaurante, ficou feliz ao ver que Melody estava ali com seu tio e seu namorado, Matthew Jordan. Matthew tinha sido surfista, ganhara várias competições e tomara muitas drogas alucinógenas no passado.

Durante o jantar, Max conversou com Do Van e descobriu que era um homem refinado e inteligente. Mas ele lutava para prestar atenção na conversa.

Então Max virou-se para Melody e perguntou sobre sua vida. Ela contou que sua avó e sua mãe — que só tinha dezessete anos na época — tinham fugido de barco do Vietnã em 1971, quando a guerra estava chegando ao fim. Tinham sido atacadas e violentadas por piratas.

Depois de um grande sofrimento, desembarcaram em Nova York e conseguiram reconstruir suas vidas, embora a mãe de Melody tenha levado muitos anos para superar o trauma pelo qual tinha passado. Ela trabalhou em muitos empregos e finalmente descobriu o que gostava de fazer: construir cenários para vários teatros da cidade.

Conheceu um coreógrafo, Anton Jones, e, depois de um ano de namoro, os dois se casaram. Melody era a filha mais nova e a única que se dedicara à dança e ao teatro.

— Minha avó acha que foi um verdadeiro milagre que não tivessem sido assassinadas no mar — continuou Melody. — Ela me contou muitas vezes a história de que nossa família está destinada a "criar o Céu na Terra" e diz que por isso estamos todos espalhados. Sempre que eu a desobedecia, ela me dizia que eu tinha nascido para cumprir um grande destino e que deveria me comportar melhor, ou o milagre de sua fuga teria sido em vão. — Ela sorriu com a lembrança.

Do Van permaneceu em silêncio e ouviu a história. Simplesmente assentiu, com um pouco de tristeza.

Ele pediu licença para fazer uma ligação e Max — profundamente tocado pela história de Melody e pela profecia da família — decidiu revelar a história dos Doze.

Depois de contar os detalhes de sua experiência de quase morte, ele deu os doze nomes, terminando com "Urso Corredor". Esperava que Melody fosse cética, mas, para seu alívio, ela ouviu atentamente e ficou muito curiosa.

Todo o tempo, Matthew permaneceu sentado a seu lado, olhando de Melody para Max e vice-versa, ouvindo intensamente.

— Por favor, escreva todos os doze nomes — ela pediu a Max. — Deixe-me ver se consigo encontrar uma conexão.

Apesar de ter ficado surpreso com o pedido, Max escreveu os nomes num guardanapo e Melody o estudou por um longo tempo. Finalmente, depois de vários minutos, ela olhou para ele.

— Infelizmente não reconheço nenhum desses nomes — ela disse. — Não consigo ver nenhuma conexão, não posso ajudá-lo.

Então Matthew pediu para olhar a lista.

— Esse último nome, "Urso Corredor" — disse, depois de um momento. — Já o encontrou?

— Não — admitiu Max. — Agora é o último nome na lista. Por que pergunta? Conhece essa pessoa?

— Não — respondeu Matthew, para desapontamento de Max. — Mas meu pai, Toby, é descendente de indígenas. Esse deve ser um nome indígena. Se alguém conhece algum "Urso Corredor" esse alguém é meu pai. Ele vive em San Clemente, perto de onde você mora. Empreste-me seu celular por um minuto e verifico isso.

Max entregou o telefone e, em poucos minutos, Toby estava do outro lado da linha.

Ele confirmou que conhecia um guia turístico em Sedona, Arizona, que se chamava Urso Corredor.

Max não conseguia acreditar no que ouvia. Ele e Toby conversaram e marcaram um encontro no fim de semana seguinte em Sedona, onde tentariam encontrar Urso Corredor.

As mãos de Max tremiam de animação quando desligou e a realidade bateu forte. Ele percebeu que, em poucos dias, poderia finalmente conhecer o último dos Doze.

Mas e aí?

Capítulo Vinte e Cinco

Pedras vermelhas

JUNHO DE 2012

Toby Jordan era uma lenda do surfe.

Tinha ganhado muitos torneios em sua juventude, mas era ainda mais conhecido como fotógrafo de surfe. Isso o levou a trabalhar em filmes e, mais tarde, a uma carreira como artista, criando colagens que usavam pranchas de surfe, bem como pinturas e outros materiais na criação de esculturas únicas.

Além disso, Toby tinha montado uma empresa para criar pranchas e vender acessórios. Por causa de seu temperamento, ele era amigo de muitos artistas, cujos trabalhos mostrava em suas pranchas.

Os dois filhos de Toby também eram campeões de surfe e o mais velho, Matthew, era conhecido por suas manobras acrobáticas e inovações que outros surfistas nem imaginavam fazer.

Toby tinha lutado contra o alcoolismo na juventude. Ele sempre culpava sua herança indígena por não ter resistência ao álcool e assim, quando era jovem, decidiu nunca mais beber. Combinado com seu compromisso com o surfe, isso contribuiu para um estilo de vida saudável ao qual ele acrescentou muitas caminhadas, abrindo assim todo um novo horizonte para suas fotografias.

Um dos lugares favoritos para caminhada e fotografia era Sedona, Arizona, uma pequena cidade no deserto, famosa por suas incríveis formações de pedras vermelhas. Ele fazia uma peregrinação ao lugar pelo menos uma vez por ano, então não foi preciso muita conversa para convencê-lo a acompanhar Max.

Eles dirigiram durante todo o dia e, no caminho, Max contou a história dos Doze. Toby, por sua vez, contou tudo que sabia sobre o Urso Corredor, que ele disse ser o melhor guia turístico em Sedona. Urso Corredor conhecia todas as cavernas secretas e lugares sagrados indígenas.

— Foi batizado como Joel Sheets — explicou Toby. — Eu o conheço há mais de vinte anos, desde que comecei a fotografar as belezas de Sedona.

Quando contei sobre meus antepassados a ele, descobri seu nome indígena. Não são muitas pessoas que o conhecem como Urso Corredor, então fiquei surpreso quando Matthew me ligou. Não tenho certeza se você teria sido capaz de encontrá-lo de outra forma, nem mesmo no Google.

— Claro, quando tudo isso começou, o Google nem existia — Max disse. — Na verdade, a própria internet não existia. Foi uma viagem incrível — ele continuou —, embora as pessoas cujos nomes eu vi parecem sempre me encontrar. Alguns dos Doze acreditam que estamos todos conectados por algum profundo destino e eu tendo a concordar. Só espero que Urso Corredor tenha alguma ideia, seria terrível descobrir que tudo isso foi só uma colossal coincidência, sem nenhum objetivo ou significado real.

Toby assentiu.

— Se alguém tem a resposta para seu mistério, é Urso Corredor — ele disse confiante. — Ele é meio xamã, bem como guia, e conhece muito sobre as antigas crenças e costumes Hopi.

Fez uma pausa, antes de continuar.

— Urso Corredor usa alucinógenos em seus rituais e é especialista em rituais de purificação também.

Toby e Max chegaram tarde e foram direto para um hotel. Apesar de toda a sua animação, Max dormiu rapidamente e, quando acordou, ficou surpreso ao perceber que tinha dormido bem.

Urso Corredor encontrou-os para o café da manhã. Tinha uns setenta anos, era alto, de cabelos compridos grisalhos e, com tranças, e usava uma roupa vermelha com lindas joias de cor turquesa.

Sua aparência era magnífica.

Max descobriu que ele era descendente direto de uma linhagem de poderosos xamãs Lakota e Hopi e, como guia turístico dos sítios sagrados de Sedona, recebera o amor à Terra como herança de seus antepassados.

Sem hesitar, Max contou a Urso Corredor todos os detalhes dos doze nomes. Urso Corredor ouviu atentamente e apenas sorriu. Quando Max terminou, ele falou e sua voz era profunda.

— Estivemos esperando por você.

— Como isso é possível? — perguntou Max, incrédulo. — Já se passaram quarenta e sete anos desde que vi seu nome pela primeira vez e o tempo todo não sabia onde estava indo, nem por quê. Como você poderia saber?

— Não é especificamente sobre você — explicou Urso Corredor —, mas os indígenas sabem dos doze nomes há séculos, explicando a grande transformação está sobre nós e o conhecimento foi passado de geração para geração que, nessa época, os verdadeiros humanos — aqueles com espírito forte e integrado — reapareceriam e os antigos guias espirituais de nosso povo os levariam a um mundo de paz e harmonia. — Apesar do peso de suas palavras, Urso Corredor falava com tranquilidade.

Quando respondeu, Max não estava nada calmo.

— Mas o que eu tenho a ver com essa lenda? — ele perguntou, demonstrando confusão. — Não tenho sangue indígena. Meus avôs são húngaros do lado do meu pai e russos do lado de minha mãe.

— Não sei qual é o seu papel específico, mas você serviu para unir os Doze. Cada nome representa uma das modernas tribos de cor, reencarnadas agora para o fim dos tempos da Terra como a conhecemos.

Ao ver a preocupação no rosto de Max, ele continuou.

— Nossos povos antigos perceberam que, no fim dos tempos, seria necessário que os indígenas voltassem como povo de *todas* as cores. Não poderia existir um mundo de vermelhos contra brancos, negros contra amarelos. Nos tempos novos, só poderia haver um mundo e somente aqueles que são éticos e estão alinhados com o verdadeiro espírito deveriam aparecer na Terra para curar as feridas causadas há tanto tempo pela ganância e a violência de tantos. Meus irmãos sabiam então que nossas derrotas durariam um tempo e não seriam permanentes. É por isso que criamos as danças e outros rituais, sempre soubemos que as verdadeiras pessoas nunca poderiam morrer e voltariam em outros corpos, representando as doze cores e as doze tribos da humanidade.

Ouvindo essas palavras, Max percebeu que aceitava o que o Urso Corredor estava falando... mas ainda havia tantas questões a serem respondidas.

— Com base na minha experiência, acho que você pode estar certo — ele disse, olhando através da janela, para o deserto. — Acho que de alguma forma sua lenda é verdadeira.

Ele voltou a olhar para seu anfitrião.

— Mesmo assim, o que significa tudo isso?

— A resposta só pode vir do Grande Espírito — respondeu Urso Corredor. — Devemos organizar um ritual de purificação no nascer do sol amanhã. Ele se levantou da mesa e apontou para as montanhas à sua esquerda.

— Está vendo aquelas pedras vermelhas, lá no fim da estrada?

Max viu e assentiu.

— Há um caminho que leva a uns cinco quilômetros dentro de uma fissura nas rochas vermelhas. Poucas pessoas conhecem esse lugar. Há uma antiga caverna perto da fissura. Nesse lugar vou preparar o ritual. Toby já foi a esse lugar sagrado comigo antes. Ele pode guiá-lo pela manhã e já vou deixar tudo preparado.

— Irei esta noite e farei oferendas ao Grande Espírito e a meus ancestrais, enquanto preparo o fogo e as pedras.

O sol nem tinha nascido e Toby, com Max, chegou à fissura e à caverna. Urso Corredor já estava lá quando entraram na clareira, vestida com roupas cerimoniais magníficas, que incluíam uma pena de águia sagrada. Estava recitando antigos cânticos Hopi e se encontrava num estado meditativo que não se rompeu com a chegada deles.

O fogo esquentava bastante a caverna e Max e Toby começaram a suar assim que se sentaram. Ficaram em silêncio e observaram Urso Corredor. Depois de dez minutos de cânticos, ele parou e virou para eles.

— Foi uma boa noite. Os espíritos estão alegres. Querem nos guiar. Venha — ele continuou. — Você deve fumar desse tabaco e depois vamos para a caverna, onde começaremos nossas orações. — Ele entregou um cachimbo e Max suspeitou que houvesse algum tipo de alucinógeno misturado com o tabaco, mas não perguntou nada.

Urso Corredor repetiu uma série de cantos, tanto em Hopi como em inglês. Virou-se para os quatro cantos da caverna e pediu uma bênção a cada direção. Pediu para que Toby e Max repetissem as frases em inglês e eles obedeceram. Por favor, purifique nossos pedidos, nossos corpos e revele nossos destinos — ele disse, invocando o Grande Espírito. Depois pediu orientação tanto ao Espírito Mãe quanto ao Espírito Pai.

O calor era intenso. Às vezes Max sentia que ia desmaiar, e estava transpirando como nunca. Mas o desejo de descobrir seu destino superava tudo e ele permaneceu parado, transfixado, acompanhando cada palavra e gesto de Urso Corredor.

Finalmente, o cântico e as súplicas pararam, e tudo ficou em silêncio. Nada sobrenatural ocorreu e Max se perguntou se o ritual de Urso Corredor tinha funcionado.

O xamã tinha um olhar confuso no rosto, como se estivesse possuído. Não se moveu. Parecia que não estava respirando e Max não ousava se mover.

Toby, já tendo passado por outros rituais com Urso Corredor, assentiu para garantir que não havia nada com que se preocupar.

Depois do que pareceram uns vinte minutos ou mais de silêncio e imobilidade, Urso Corredor começou a falar numa voz baixa e calma. Suas palavras eram pronunciadas em Hopi antigo e Max não conseguia entender.

Ele se levantou e saiu do lugar. Toby e Max o seguiram.

Do lado de fora, o sol estava brilhando. Era o meio da manhã e as rochas vermelhas refletiam a luz numa tapeçaria brilhante de vermelho e amarelo, laranja e verde. Havia garrafas de água, que Urso Corredor tinha colocado ali, e todos beberam grandes goles, enquanto apreciavam o ar parado e frio da manhã.

Urso Corredor bebeu uma garrafa de água toda, aproximou-se de Max e olhou bem nos olhos dele quando falou:

— Sua busca começa hoje. O Grande Espírito me contou o que você deve fazer, o que você se voluntariou a fazer séculos atrás, quando concordou em reencarnar nesta Terra.

Apesar de não entender, Max foi tomado por uma forte animação. Finalmente, ele tinha certeza, ia descobrir o propósito de sua experiência de quase morte e compreender sua conexão com os Doze.

— E qual é essa busca? — ele perguntou, tentando — e não conseguindo — ficar calmo. — O que eu concordei em fazer?

— Você é o humano cujo dever é juntar os Doze — revelou Urso Corredor. — Eles devem se unir em Izapa, no México, e devem se juntar ali no dia 11 de agosto, ao nascer do sol desse dia, desse ano da profecia.

— Isso significa que só tem dois meses para juntar os Doze — ele avisou. — O Grande Espírito me revelou que, nesse dia sagrado, a missão dos Doze será revelada, mas *somente* se os doze estiverem presentes.

Max começou a ser tomado pela dúvida.

— Mas eu não falo com alguns dos Doze há mais de vinte anos — disse. — E se nem todos vierem?

Urso Corredor balançou a cabeça.

— Só sei o que o Grande Espírito me contou. Não sei como você vai conseguir cumprir seu objetivo. Como um dos Doze, eu estarei na montanha em Izapa e vou fazer tudo que puder para ajudá-lo a nos reunir, mas o Grande Espírito me contou que essa missão é sua e somente sua.

Max engoliu em seco, e as dúvidas tomaram conta de sua mente.

E se tudo isso fosse uma ilusão? Ele tinha contado a Urso Corredor sobre Juan e suas conexões com Izapa através do pai. Talvez Urso Corredor tivesse simplesmente criado uma história que sabia que Max queria ouvir.

Afinal, ainda não havia detalhes concretos explicando por que os Doze eram os Doze ou por que Izapa era o lugar onde precisavam estar. Ele precisava de mais informações.

— Como você pode ter certeza de que devemos nos encontrar em Izapa, naquela hora e naquele dia?

— Foi o que o Grande Espírito revelou.

— E você sabe o que vamos realizar? — pressionou Max.

Urso Corredor balançou a cabeça pacientemente.

— O Grande Espírito não me revelou nada mais — disse. Mas Max achou difícil aceitar isso.

— Mas você, como xamã, não tem nenhuma ideia sobre o motivo de ser essa hora e esse lugar — insistiu Max — e o que pode ocorrer?

— Como indivíduo, tenho minhas próprias ideias, mas elas não são importantes — Urso Corredor disse calmamente, como se fosse uma criança. — Só o que o Grande Espírito revela vale ser discutido. — Com isso, ele desceu pelas pedras vermelhas a caminho da estrada.

Com Toby atrás dele, Max o seguiu e, com evidente desespero em sua voz, continuou a implorar.

— Mas você deve ter alguma dica — ele disse. — Por favor, dê-me *algo* que seja lógico ou pelo menos ajude a explicar esse pedido do Grande Espírito.

Enquanto caminhavam, Urso Corredor falou:

— Onze de agosto é um dia sagrado na longa contagem do calendário maia. Tenho certeza de que o pai de Juan, o adivinho, será capaz de dar mais detalhes do que eu, mas com base em tudo que sei, só posso contar que isso será uma reunião sagrada e que, se você fracassar em juntar os Doze nesse momento, haverá muito sofrimento.

Ele ficou em silêncio e continuou caminhando, suas longas pernas ganhando velocidade, deixando Max e Toby refletirem sobre que tinham ouvido.

E Max ficou pensando em como e por que tinha sido escolhido — se realmente poderia acreditar em tudo aquilo.

Capítulo Vinte e Seis

Até os mortos estão esperando

JUNHO DE 2012

Uma das primeiras ligações que Max fez ao voltar para a Califórnia foi para Erol, em Istambul. Ele usou seu computador para fazer uma teleconferência.

— Está acontecendo, Erol — ele disse.

Mas, mesmo quando falou isso, achou difícil acreditar nas próprias palavras.

— Encontrei todos os Doze. Urso Corredor, o único nome que eu guardei em todos esses anos, é um xamã Lakota e, de acordo com ele, você está certo. Ele afirma que é meu destino reunir os Doze e levá-los a Izapa, o lar do antigo calendário maia.

— Isso é incrível, meu amigo — disse Erol. — Sempre soube que nossos destinos permaneceriam interligados e essa é a prova. Quando viajamos para Izapa?

— Todos devem estar lá em 11 de agosto — revelou Max. — Você conseguirá?

— Ninguém seria capaz de me impedir — respondeu Erol. — E se alguém não tiver dinheiro para viajar, eu pago as despesas. O dinheiro não deve atrapalhar nosso destino. Sempre acreditei que sua história possuía um propósito mais profundo — ele continuou — e acredito que meu próprio destino estava ligado a algo maior do que meu amor por Istambul e minha Turquia.

Max ficou encantado, mas disse a Erol que ele também poderia ter de viajar a vários países para se encontrar com alguns dos Doze.

— Isso não será nenhum problema — insistiu Erol. — É só me falar quanto precisará para suas viagens.

— É bom saber que posso contar com você, se precisar — respondeu Max, bastante aliviado.

As três ligações seguintes foram fáceis. O Dr. Alan Taylor e Chill Campister também se comprometeram e para Juan era uma chance de ver seu pai, então não foi nenhum problema.

Melody Jones foi a primeira a precisar de ajuda financeira, mas depois que isso foi resolvido, ela disse que estaria com os Doze em Izapa, no dia 11 de agosto.

Ele encontrou Yoko pela internet e ela respondeu que seria um prazer. Agosto era seu mês de férias e ainda não tinha planejado nada.

Sun Pak precisou reorganizar uma viagem de negócios, mas conseguiu. Com isso, só faltava Yutsky, Maria, o *rinpoche* e B.N. Mahars.

Max não falava com o *rinpoche* havia dez anos e com os outros havia mais de vinte. Mesmo assim, foi capaz de encontrar o mestre budista, que vivia em Toronto, Canadá, nos últimos oito anos. Agora ele falava um inglês ainda com forte sotaque, mas bastante bom, se casara com a filha de um de seus estudantes e tinha dois filhos pequenos.

Quando Max explicou a situação, o *rinpoche* disse que ficaria encantado em participar da importante reunião.

A ligação para Maria foi surpreendentemente difícil, descobriu. Apesar dos anos, ele nunca tinha esquecido o remorso que sentiu quando ela foi embora daquele parque. Nem tinha esquecido a intensidade do amor que tinham expressado.

Ele se forçou a ligar e descobriu que ela ainda morava em Trujillo, Peru. Ela pareceu feliz por ouvi-lo e eles passaram a primeira parte da ligação contando o que acontecera em suas vidas. Maria era a mãe de quatro filhos crescidos e já tinha sete netos. Ela nunca contou que se arrependeu de ter se casado com seu marido engenheiro, que tinha falecido no ano anterior.

Com sensações estranhas, Max disse que sentia muito, mas ela contou que era feliz, vivia de forma tranquila em Trujillo. Ela aceitou a oferta de Max — seria sua primeira viagem depois do tradicional ano de luto. Tinha poucos recursos, no entanto, e apreciou a oferta de Max para cobrir as despesas.

Iria começar a organizar a viagem imediatamente.

Eles desligaram e Max percebeu que estava exausto. Um pouco do que tinha sentido quando conheceu Maria ainda estava com ele. Precisava de um descanso antes de continuar com suas ligações.

Yutsky foi mais difícil de encontrar, porque tinha se aposentado da indústria cinematográfica.

No entanto, Max usou seu conhecimento de que Yutsky tinha servido o exército para encontrá-lo. Estava vivendo na velha Jerusalém e trabalhava como estrategista de segurança para dignitários de alto nível que visitavam Israel. Quando Max finalmente conseguiu falar com ele ao telefone, foi como se os anos desaparecessem.

— É tão bom ouvir sua voz, meu garoto — gritou Yutsky. — Como você está?

— Estou feliz por tê-lo encontrado — respondeu Max. — Preciso da sua ajuda.

— O que precisar, meu rapaz — o israelense disse, entusiasmado, e Max se perguntou se ele ia ficar muito inquieto. — Não há nada muito excitante hoje em dia para mim... Então do que você precisa? Alguma equipe de filmagem vem para cá? Permissões para filmar? É só pedir — ofereceu Yutsky — e tudo que você precisar será realizado.

— Não é nada disso — explicou Max. — Preciso que você venha se encontrar comigo e onze outras pessoas em Izapa, no México, no dia 11 de agosto. Vamos pagar suas despesas. Eu explico os detalhes quando nos encontrarmos, mas é essencial que venha.

Houve um longo silêncio e Max podia imaginar o rosto do homem enquanto pensava nesse estranho pedido, vindo do nada depois de tantos anos.

Então ouviu um longo suspiro e Yutsky falou.

— Quem sou eu para recusar uma viagem grátis para a América nesse ponto da minha vida — ele disse, alegre. — Pode contar comigo. É só mandar a passagem e os detalhes, estarei à sua disposição.

Com isso só restava B.N. Mahars para contatar.

Max marcou os números no telefone, e logo estava falando com o Museu Nacional em Delhi.

— Posso falar com B.N. Mahars, por favor? — ele pediu à telefonista do museu.

— B.N. Mahars não trabalha mais no museu — ela disse —, mas vou tranferi-lo para o atual guardião do Século xv, que talvez possa lhe informar onde encontrá-lo.

Max ficou espantado por B.N. ter se aposentado tão jovem.

Depois de alguns minutos, ouviu uma voz masculina.

— Sinto muito em informar que B.N. faleceu há dezoito anos. Era um bom amigo; fui seu assistente durante quase vinte anos. Ainda sinto saudades.

— Você é um amigo americano da família? — ele perguntou.

No começo, Max não tinha palavras, e pediu um momento para se recuperar.

Como pode ser?, ele pensou. *E o que acontece quando os doze não estão reunidos?*

Quando conseguiu voltar a falar, explicou que conhecera B.N. em 1972, quando tinha feito um filme no museu.

— Ele me ajudou muito a conseguir a permissão para a filmagem — disse Max — e passei um dia maravilhoso com B.N. e sua família.

Sua família, pensou Max e surgiu um brilho de esperança.

— Você sabe como posso entrar em contato com a família? — perguntou. — É muito importante que eu fale com seu irmão ou outro parente.

O guardião ficou em silêncio por um momento, depois falou.

— Não sei quais irmãos ou outros membros da família ainda estão vivos, mas B.N. tinha duas filhas e vários netos; acho que todos ainda moram na mesma vila. Posso dar o telefone delas, se quiser.

Max anotou o número e imediatamente ligou. Ele não se lembrava do nome da filha de B.N., mas assim que ela falou, recordou-se da voz gentil e risonha de Shilpa.

— Oh, ainda falamos de você — ela disse, alegre. — Eu tinha apenas seis anos na noite em que você jantou conosco, mas foi a primeira pessoa branca que vi em minha vida. Meu pai costumava falar sempre de você — ela continuou. — Na verdade, em seu leito de morte, ele me deu algo e disse que algum dia você procuraria aquilo.

Isso surpreendeu Max.

— O que ele me deixou? — perguntou curioso.

— É um caderno, mas ele disse que você viria buscá-lo pessoalmente — ela explicou. — Disse que se você ligasse algum dia, eu deveria dizer que ele sentia muito por não poder esperar mais em sua forma humana. Contou-me outras coisas também e que há algumas complicações inesperadas para lhe entregar o caderno. Mas, como ele pediu, explicarei tudo para você quando vier, se decidir vir, claro.

Mistério em cima de mistério, ele pensou. Mas, enquanto houvesse esperança, ele precisava continuar.

— Claro que irei o mais rápido possível — ele falou. — Será maravilhoso me encontrar com você e o resto da sua família. Seu tio que ensinava na universidade ainda está vivo? — ele perguntou.

— Tio Gupta está vivo e bem — ela respondeu. — Tem quase noventa anos, mas sua mente ainda está perfeita. Estava comigo quando meu pai morreu e pode ter outras informações para lhe dar.

— Voarei em uma semana e irei me encontrar com você — ele disse. — Podemos discutir os detalhes da mensagem de seu pai. — Com isso, despediu-se e desligou.

Quando colocou o telefone no gancho, no entanto, Max tentou imaginar como iria reunir os doze, quando somente onze estavam vivos.

Capítulo Vinte e Sete

C.D. Mahars

JUNHO DE 2012

Max chegou a Delhi quatro dias depois.

O aeroporto era duas vezes maior do que em sua visita quarenta anos antes, e, apesar de as ruas ainda estarem tomadas por bicicletas, jinriquixás, burros, vacas e pedestres com grandes pacotes na cabeça, havia mais carros, caminhões e ônibus pelas modernas e largas rodovias que ligavam o aeroporto a Delhi.

Ele passou sua primeira noite no Taj Mahal Hotel, que era tão moderno e luxuoso como qualquer hotel ocidental. Conseguiu um carro para levá-lo à vila de B.N., distante apenas 30 quilômetros da cidade, onde se encontraria com a filha dele e o resto da família.

Max não se lembrava da estrada, pois passara por ela somente uma noite, muitos anos atrás, mas ficou espantado ao ver como parecia estar voltando ao passado a cada quilômetro. Quando chegou à cidade, conseguiu reconhecer as ruas, que ainda estavam cheias de vendedores e pequenas lojas onde tudo, de água a frutas e velas, velhas peças de metal e modernos brinquedos eletrônicos estavam à venda.

Crianças pequenas brincavam e garotas carregavam grandes jarros de água na cabeça, enchidos no poço da cidade, exatamente como Max se lembrava.

Muita coisa continuava igual.

Quando Max entrou na casa dos Mahars, ele percebeu que as paredes tinham recebido novas camadas de tinta e algumas das cadeiras e bancos que se espalhavam do lado de fora da sala de jantar tinham sido trocados.

Dentro da casa, no entanto, os móveis eram os mesmos — a cozinha não tinha mudado, e os muitos livros na prateleira do que tinha sido o escritório de B.N. estavam exatamente no mesmo lugar.

Quando parou para olhar o título dos livros, Shilpa — a filha de B.N. — entrou no quarto e o cumprimentou.

— Organizamos um almoço para você — ela anunciou. — Todos os parentes chegarão em breve. É muito bom que tenha vindo hoje, porque é feriado e um dia de grande significado espiritual. Meu tio tem certeza de que isso não foi uma coincidência.

Logo todo o clã tinha chegado, e eles passaram para a sala de jantar.

Durante o almoço, Max ficou cativado pelo filho de Shilpa, C.D. Ele tinha dezessete anos e nascera com um problema mental raro, parecido com a síndrome de Down, sua capacidade intelectual era equivalente à de uma criança de três anos e nunca melhoraria. Ele era capaz de entender instruções e fazer ruídos, mas não conseguia completar sentenças ou frases.

Quando fazia sons, eles normalmente eram altos — o garoto parecia não ter muito controle sobre o volume ou ser capaz de julgar o impacto do que poderia estar tentando comunicar. C.D. era muito forte, então tinha tarefas nos campos, como recolher vegetais. Como resultado disso, seu tórax e braços eram bastante desenvolvidos para o corpo de 1,67 m, dando-lhe a força de um homem muito mais alto.

Ele tinha enormes olhos castanhos, quase negros, que brilhavam com inteligência e uma luz que era cativante. Estava sempre sorrindo e, ao cumprimentá-lo, C.D. o abraçou tão forte que Max achou que suas costelas iriam quebrar.

Shilpa gentilmente afastou o filho.

— C.D. é muito forte — ela disse para tranquilizá-lo —, mas também é muito gentil. Não vai machucá-lo. Adora as pessoas e ama ainda mais os animais. Abraça toda criatura que encontra. É mais uma alegria do que um fardo para nós, mas claro que devemos vigiá-lo o tempo todo, já que ele realmente não consegue cuidar de si mesmo.

Quando ela falou, Max esperava ver tristeza em seus olhos, mas tudo que viu foi amor.

Da mesma forma que Max gostou de C.D. o jovem parecia igualmente fascinado. Ficava oferecendo comida a Max e olhando direto em seus olhos, aproximando-se a poucos centímetros de seu rosto. Sua intensidade e atenção eram desconcertantes, mas, ao mesmo tempo, Max sentia uma conexão quase irresistível.

Ele fitava os olhos grandes e escuros de C.D. e conseguia ver refletidos amor e confiança incondicionais. Não conseguia deixar de olhar, maravilhado.

Depois do almoço, Shilpa e o tio Gupta levaram Max ao escritório de B.N., que este sempre tinha dividido com os outros acadêmicos da família. As prateleiras estavam cheias de livros e mapas, além de desenhos em cima das mesas. Alguns dos manuscritos eram muito velhos, e muitos continham lindos desenhos feitos à mão. Eram o orgulho da família Mahars, uma família reconhecida por seus acadêmicos.

Gupta, que tinha completado oitenta e nove anos, foi o primeiro a falar.

— Estamos esperando por você há muitos anos — ele revelou. — Faz quase dezoito anos que meu sobrinho B.N. morreu de câncer e ele não tinha nem cinquenta anos. Passou os últimos meses de sua vida deitado numa cama que colocamos para ele nesta sala. Como você sabe, ele amava os livros e passou os últimos anos de sua vida estudando os antigos textos dos Upanishades, que contêm as tradições e as crenças sagradas de nossa religião hindu.

Gupta entregou a Max um caderno, pequeno e fino. Sua capa tinha uma linda foto de montanhas, árvores e um riacho.

— Esse é o caderno que B.N. usou durante aquela época e onde registrou seus últimos pensamentos. No dia em que morreu, ele nos reuniu, eu e Shilpa, e nos entregou o caderno. Disse que deveríamos guardá-lo, que um dia alguém viria e o pediria, e instruiu que, se fizessem isso, deveríamos entregá-lo. Só posso acreditar que essa pessoa é você. B.N. nunca disse isso, mas ninguém mais procurou o caderno nos últimos dezessete anos e não tenho motivos para pensar que aparecerá outra pessoa.

Max segurou o caderno, mas não sabia se devia abri-lo.

Como hesitou, Shilpa falou.

— Eu fiquei com meu pai todos os dias e o ajudei o tempo todo durante sua doença. Ficamos mais próximos do que nunca, já que minha mãe também havia falecido e eu era a parente mulher mais próxima. Estava grávida de meu primeiro filho e isso nos trouxe muita alegria. No último dia de sua vida, quando ele deu o caderno a Gupta, nos contou que quem viesse procurar o caderno não deveria levá-lo a menos que meu filho ainda não nascido acompanhasse o receptor. O caderno poderia viajar para qualquer lugar do mundo, ele falou, mas um dia deveria voltar a este quarto e deveria sempre ficar perto de seu neto.

Gupta se aproximou.

— Isso parecia um pedido excêntrico, mas como você sabe, de nossa conversa há quarenta anos, os Mahars são cheios de surpresas e conhecimentos estranhos.

Com isso, Max lembrou-se do iogue e de sua viagem à Lua. A voz de Gupta fez com que voltasse à realidade.

— Não questionamos o pedido de B.N. naquele momento e não o questionamos agora. Você pode ler esse caderno, e pode levá-lo com você, se precisar, mas se quiser fazer isso, C.D. deve acompanhá-lo, porque ele era a criança no útero de Shilpa.

Max estava animado e confuso, B.N. tinha sido muitas coisas, mas não parecia dado a truques ou fantasias enigmáticas. Por que colocaria estranhas condições a esse "presente"?

O que havia no caderno?

— Nem Shilpa nem eu, nem mais ninguém, abrimos esse caderno — explicou Gupta. — B.N. nos contou que o conteúdo era para quem viesse procurá-lo, mas não faria sentido para mais ninguém.

Max pensou sobre isso — e não importava como olhasse, o que Gupta tinha dito parecia não fazer sentido.

— Vamos deixá-lo a sós para ler o caderno, e depois você nos avisa se vai precisar que preparemos C.D. para viajar com você ou não — continuou o velho. — Se for assim, Shilpa irá, claro, acompanhá-lo. C.D. já viajou antes e tem até passaporte. Ele obedece a Shilpa e dá para ver que gostou muito de você.

Gupta e Shilpa viraram-se para sair e, pouco antes de cruzar a porta, o velho falou:

— Quando voltarmos, você nos conta sua decisão.

Depois que saíram, Max abriu o caderno.

Estava cheio de números.

Havia quase quarenta páginas de cálculos e, no fim da página, Max encontrou uma fórmula e uma anotação final.

21122012

Esse número aparecia doze vezes em vários lugares no caderno, como a resposta para doze diferentes cálculos baseados em doze diferentes conjuntos de axiomas iniciais que B.N. formulou.

Havia pouco texto no livro, explicando que cada cálculo baseava-se em um conjunto diferente de crenças relacionadas ao começo de diferentes eras do calendário hindu e de outros sistemas antigos também. B.N. tinha passado os últimos meses de sua vida — até o fim, parece — analisando e comparando calendários de culturas de todo o mundo.

Na última página, B.N. escreveu uma nota:

A energia da minha alma e minha essência está contida nestas páginas. Quando faço a transição e deixo esse corpo, devo dirigir minha essência ao corpo do feto em Shilpa. Minha essência deve sobreviver dentro do meu neto e deve estar disponível na forma daquela criança que, quando estiver na presença desse caderno, deverá encarnar as vibrações e os conhecimentos antigos que o mundo deveria buscar.

Ao fazer isso, eu cumpri meu destino e o objetivo de minha vida, e agora passo a tarefa de transformação planetária para aquele que lê estas palavras.

— B.N. Mahars

Max soube instantaneamente que o caderno e C.D. teriam de acompanhá-lo a Izapa. De alguma forma, B.N. percebeu que sua essência seria necessária em algum evento no futuro, ao mesmo tempo que soube que estava morrendo.

Max estudaria os números mais tarde, numa tentativa de discernir o que poderiam significar, mas estava claro que, através do caderno e do neto, B.N. estaria presente — e que Max conseguiria, assim, cumprir o objetivo de reunir os Doze, como o Grande Espírito tinha pedido.

Ele demorou um momento para recuperar o fôlego e depois saiu sob a luz da varanda, onde Gupta dormia e Shilpa fazia faxina.

— Vou aceitar sua oferta — ele anunciou. — Conseguem se organizar para viajar até a Cidade do México no dia 9 ou 10 de agosto? Vou organizar para que sejam apanhados e levados até Izapa, a cidade dos antigos maias que criaram um calendário.

Ele parou de falar, sentou-se numa cadeira e fez um gesto para que Shilpa também se sentasse. Quando a mulher obedeceu, ele continuou.

— Mandaram que eu levasse doze pessoas especiais para esse lugar, no dia 11 de agosto, e B.N. era uma delas. Depois de ler seu caderno, está claro que C.D. agora é um dos Doze, porque a energia de seu avô reside nele. — Ele fez uma pausa para ver como ela reagia a essa revelação.

Shilpa apenas sorriu.

— Meu pai nunca me contou em palavras que eu iria participar de uma viagem assim, mas naqueles dias finais ele citou muito o fato de que algum dia eu poderia ser chamada para ajudar num grande evento e que deveria estar preparada, se fosse chamada. — Vou preparar C.D. para a viagem e sinto-me honrada por participar da sua reunião — ela disse. — Tenho certeza de que muitas coisas boas virão dessa viagem.

Max passou o resto da tarde brincando com C.D. e sua irmã mais nova. C.D. tinha um excelente controle motor e ganhava sempre. Ele ria quando Max movia o bastão, e então apertava com força o dedo contra o estômago do norte-americano, mostrando que ele tinha perdido.

Depois de cada jogo, ele entregava os bastões para Max contar e, apesar de não saber, conseguia entender, só por comparar os dois montes, que tinha mais bastões e era o vencedor.

Isso também fazia o garoto sorrir.

Quando chegou a hora de dormir, ele deu a Max um abraço e um beijo que foi um dos mais intensos que este já tinha recebido. A energia desse amor incondicional lembrava Max dos sentimentos que tinha experimentado em sua experiência de quase morte no consultório do Dr. Gray em Tarrytown, Nova York, quase cinquenta anos antes.

Quando caiu num sono prazeroso e satisfatório, Max não pôde deixar de pensar: *Finalmente, vou descobrir o propósito da minha vida. C.D. é o elo perdido dos Doze.*

E, de alguma forma, acho que ele é quem mais tem a nos ensinar.

Capítulo Vinte e Oito

Izapa

JULHO DE 2012

A antiga cidade de Izapa estava localizada a apenas 9 quilômetros da moderna cidade de Tapachula, um centro comercial do estado de Chiapas, ao sul do México e norte da Guatemala.

O pai de Juan Acosta, Manuel, na verdade vivia na periferia de Tapachula, a 3 quilômetros do antigo estádio, que era a ruína arqueológica mais conhecida de Izapa. O café era o principal produto da região, mas em Izapa mesmo, o cacau era a mais importante fonte de renda.

Max conseguia sentir seu aroma quando chegou.

Decidiu ir sozinho se encontrar com Manuel e prepará-lo para a reunião dos Doze. Tinha confirmado com Urso Corredor que o Grande Espírito queria que a reunião começasse no dia 11, ao nascer do sol.

Max precisava, então, encontrar um hotel em Tapachula, onde todos pudessem passar a noite antes da reunião.

O único hotel bom em Tapachula era relativamente moderno. Max fez reservas assim que chegaram e depois conseguiu alugar duas vans com motoristas locais.

No dia seguinte, ele procurou Manuel, que tinha quase oitenta anos e a energia de um homem bem mais jovem. Ele ainda cultivava cacau no seu pequeno lote de terra e caminhava todo dia até Izapa — como seus pais e avós tinham feito antes dele — para abrir e fechar a entrada do antigo estádio, dos monumentos sagrados e de outros lugares que os turistas visitavam.

Manuel aceitava pequenas gorjetas de turistas, mas não tinha nenhum salário, seguindo as tradições de seus ancestrais. Ele orava a seus antigos deuses maias, mas somente quando estava em Izapa e abria e fechava os monumentos sagrados. No dia a dia, ia à missa católica e explicava que não via nenhum conflito em acreditar tanto nos seus deuses antigos como Jesus Cristo.

Manuel falava pouco inglês, por isso Max conversava com ele em espanhol, explicando a natureza de sua visita e sua intenção de voltar em 11 de agosto, para uma cerimônia especial com os Doze.

— *Está bien* — Manuel respondeu. — *Yo arreglo todo. Sé que es una reunión muy importante.*

Manuel explicou a Max que 11 de agosto era uma data sagrada naquele ano e significava o começo da parte final dos 113 dias de "energia-amor" que terminaria em 21 de dezembro de 2012 — o mesmo dia em que todo o calendário da Contagem Longa terminaria.

Esse não era um fim comum, mas o de um conjunto de calendários que tinha coberto um período de 26 mil anos, Max tomou consciência disso pela primeira vez.

Quando Manuel o levou a um passeio pelo antigo local, revelou que arqueólogos tinham confirmado recentemente que Izapa tinha sido uma cidade incrível há milhares de anos, com uma população de quase 10 mil pessoas. Os monumentos mostravam evidências de que havia sido nesse lugar que o calendário da Contagem Longa fora criado, depois compartilhado com outras cidades por toda Chiapas — e, posteriormente, por toda a América.

Enquanto Max ouvia em silêncio, Manuel explicou que os rituais dos jogos de bola que eram realizados no estádio estavam profundamente ligados ao próprio calendário. De acordo com a crença maia, na data de 21 de dezembro, uma mudança de consciência teria de acontecer se o homem quisesse sobreviver além do "fim dos tempos".

Apesar da enormidade do que estava falando, suas palavras saíam muito calmas, como se estivesse se dirigindo a um grupo de turistas. E nesse momento, Max subtamente percebeu algo que não notara quando estivera na Índia.

Viu em sua mente a linha de números que tinha aparecido repetidamente no caderno de B.N. Mahars — 21122012. Como era norte-americano, não tinha feito a conexão imediata, pois escrevia o mês antes do dia. Mas, no resto do mundo, aqueles números indicavam uma data específica — 21122012.

21 de dezembro de 2012.

Isso não podia ser uma coincidência.

De alguma forma, a reunião tinha de ocorrer no décimo primeiro dia de agosto, para começar uma sequência que terminaria com 21122012. E todos os Doze deveriam estar presente.

Max olhou para o lugar sagrado querendo encontrar um bom lugar para que todos se encontrassem. Pensou no estádio em si, mas sabia que não poderiam evitar os turistas que talvez aparecessem, e ele não tinha nenhuma ideia de quanto tempo a reunião dos Doze duraria. Mas sabia que seria melhor contar com algum grau de privacidade.

Ele viu a distância os vulcões no leste — o vulcão Tacaná e o Tajumulco, ainda mais alto — e perguntou a Manuel se havia alguma chance de fazer a reunião na base de algum deles.

Manuel sorriu.

— Claro que sim — ele respondeu, ainda em espanhol. — Siga-me. Existe até uma caverna onde meus antepassados costumavam realizar cerimônias poderosas. Não nos lembramos mais dos rituais, nem mesmo a que eram dedicados, mas nossas lendas dizem que o estádio em si foi construído para que a luz do sol caia diretamente sobre o vulcão Tajumulco no momento do solstício de inverno.

Depois de uma viagem de vinte minutos no jipe alugado e outros vinte minutos de caminhada, Max e Manuel chegaram a uma clareira na colina. Era próxima a uma caverna e, de lá, conseguiam ver não só o estádio e as estátuas, mas até o oceano Pacífico no oeste, a 25 quilômetros de distância.

— Sim, aqui é perfeito — confirmou Max, com a paisagem enchendo seus olhos. — Podemos ter certeza de que ninguém vai nos importunar quando nos encontrarmos em agosto?

— Não se preocupe — respondeu Manuel. — Vou ficar na base da trilha e não deixarei ninguém passar. Ninguém vive no alto do vulcão, então não é preciso se preocupar em ser atrapalhado.

Max ofereceu uma compensação a Manuel por seu tempo e esforço, mas o velho apenas sorriu e balançou a cabeça.

— É suficiente que eu veja meu filho Juan — ele disse. — Além disso, sinto no fundo do coração que sua cerimônia está ligada a meus próprios objetivos. Nós dois estamos servindo a nossos destinos e não é preciso dinheiro para compensar o que estou fazendo com amor e gratidão ao meu Criador.

Max sorriu para o homem parado à sua frente.

— Sou muito grato a você — ele disse. — Não tenho a mesma certeza que você de que essa cerimônia irá realmente revelar nossos destinos, mas ela certamente significará algum tipo de marco em minha odisseia pessoal e explicará as sincronicidades e as coincidências que dirigiram minha vida. — Depois de falar isso, ele deu um abraço em Manuel.

Naquela noite, Max estava muito agitado para conseguir dormir.

Não podia acreditar que o mundo terminaria no dia 21 de dezembro, mas não conseguia negar a certeza de que algo importante aconteceria naquela data. Muitas coisas inexplicáveis tinham ocorrido e quanto mais a data se aproximava, mais rapidamente os eventos se repetiam.

E se tudo continuar a acelerar?, ele pensou enquanto deitava na cama e olhava para o teto. *O que mais poderá acontecer?*

Uma sincronicidade atrás da outra. De seu tumultuado encontro com Maria até o mistério do cálculo final de B.N. Mahars, as muitas coincidências aparentemente impossíveis que trouxeram Max até Izapa, tão inexoráveis quanto as marés.

O começo da contagem final, levando ao encerramento do calendário maia, tinha deixado Max com muitos números na cabeça.

Ele havia trocado e-mails com Sun, um especialista em numerologia, desde que o último dos doze nomes tinha sido revelado. Os cálculos iniciais de Sun tinham sido incríveis. Não só todos os primeiros nove números centrais estavam representados, mas, de alguma forma, a harmonia continuou mesmo com a ausência de B.N.

Havia somente três números duplicados. Um era compartilhado entre Chill Campister e B.N., os dois representados pelo número quatro. Claro, com a morte de B.N., não havia mais duplicação.

Tanto Maria quanto Sun somavam noves, mas eram noves *diferentes*, com o nome de Maria totalizando 189 e o de Sun, o número sagrado hindu de 108. A única outra duplicação envolvia o Dr. Alan e Melody, que eram dois. Melody era um dois triplo e representava "o dobro de energia", mais alinhada e integrada com o grupo do que o Dr. Alan, o único não crente entre os Doze.

Era aparente que esse grupo de números, de acordo com a numerologia, tinha de alguma forma sido cuidadosamente montado, para não dizer predestinado.

E Max continuava voltando ao 21122012 e à progressão impossível de ocultar, de 21 / 20, ainda conectada com o misterioso número 12. De alguma forma, os Doze, o calendário maia e os cálculos de B.N. estavam todos relacionados.

Sem conseguir dormir, Max sabia que nunca descansaria enquanto não conseguisse explicar as conexões — energéticas e numéricas — entre as pessoas, as datas e sua missão de juntar os Doze em Izapa.

Capítulo Vinte e Nove

O décimo terceiro apóstolo

AGOSTO DE 2012

Max estava à beira de uma crise nervosa.

Ele voou para a Cidade do México na noite de 9 de agosto, para receber C.D. e Shilpa, e depois voou com eles até Tapachula num pequeno avião que chacoalhava tanto que os dois adultos não conseguiam nem conversar.

C.D. achou toda a aventura muito divertida. Estava bastante animado, pulando para cima e para baixo e gritando bem alto, apontando pela janela do avião. Max nunca havia lidado com tanta energia e acabou exausto.

Ficou muito grato por Shilpa ter acompanhado o filho na viagem.

Quando chegaram ao hotel em Tapachula, todos os outros já estavam hospedados. Erol tinha decidido que não havia sentido em fazer uma viagem tão longa sem incluir um ou dois dias para visitar outros locais sagrados na terra das antigas pirâmides maias. Então chegou no dia 7 e já estava completamente ambientado, com seus novos amigos Juan e Manuel.

Ele também fizera amizade com Sun Pak, com quem discutia negócios. E apesar de ter o dobro de sua idade, Erol não conseguia tirar os olhos de Melody.

— Ela se move como a água e brilha como uma pedra preciosa — ele confessou a Max.

Yoko e Maria tinha viajado juntas até San Lorenzo de Chiapas. Juan e Manuel se aproximaram de Urso Corredor e Yutsky, compartilhando fotos e histórias de suas famílias. Manuel levou Urso Corredor ao local da reunião, para mostrar a caverna e perguntar se ela servia.

Urso Corredor falava espanhol suficientemente bem para se comunicar e Juan os acompanhou para servir de intérprete ocasional. Urso Corredor aprovou o local, comprou vários galões de água e pediu a Juan para comprar sanduíches, que levariam com eles na manhã do dia 11.

— Devemos nos encontrar ao nascer do sol, mas não tenho ideia de quanto tempo ficaremos lá ou o que vai acontecer. É melhor estarmos preparados — ele disse.

Cada vez mais, Chill Campister expressava sua certeza de que a reunião dos Doze resultaria num retorno de Cristo e era só disso que falava. Com Juan como intérprete, o *rinpoche* tinha longas conversas com Manuel e Urso Corredor sobre a natureza de suas práticas e de seus rituais xamanísticos.

Alan Taylor continuava o cético de todo o grupo, já que não acreditava em Deus e admitia duvidar que Urso Corredor soubesse do que estava falando. Confessou a Max que relutava em participar do evento até descobrir que Izapa ficava perto de algumas praias excelentes para surfar e que Erol pagaria as despesas de viagem. Por isso tinha conseguido arranjar um tempo para surfar.

— Além disso — ele falou, de maneira amigável —, gosto de você, Max, e não há nada de errado com uma aventura. No mínimo, vai ser interessante!

Na noite do dia 10, Max foi o anfitrião do jantar no hotel. Ele repetiu toda a história de sua experiência de quase morte e contou os novos detalhes que tinha descoberto na Índia e no caderno de B.N. Mahars. Shilpa estava ali, cuidando de seu filho, e ela sorriu quando Max falou do brilhantismo de seu pai.

Foi também durante esse jantar que Max se reconectou com Maria. Foi apenas um olhar, mas, por um momento, Max voltou a se perder nas profundezas de sua beleza ainda incrível. Ficou mais uma vez cativado pela melodia em sua voz e por sua atitude calma.

Maria também olhou para Max, mas ele lutou contra a vontade de estabelecer uma conexão mais pessoal e continuou a explicar as circunstâncias que trouxeram C.D. para representar B.N., já que Urso Corredor tinha deixado bem claro que todos os doze deveriam estar presentes para que o Grande Espírito abençoasse a cerimônia. Apesar de não ser um dos Doze, Max participaria da cerimônia como o guardião do caderno de B.N.

— Pelo menos no começo, você deve estar conosco — confirmou Urso Corredor. — Parece evidente que B.N. Mahars acha que C.D. irá representá-lo, mas o caderno também é importante, e quando não está na Índia, ele parece pertencer a você. Se a energia não fluir, você poderá ir embora — concluiu o xamã.

Ninguém mais poderia participar, pois, de acordo com Urso Corredor, a energia dos Doze — e *somente* dos Doze — era necessária para o que iria acontecer.

Max percebeu com algum receio que ele teria de ajudar C.D.

O grupo estava na base do vulcão Tajamulco às 4h55 da manhã seguinte. Manuel os encontrou com uma lanterna na mão e, com passos seguros, os guiou pela colina até a clareira perto da caverna.

Depois, voltou para guardar a base da trilha, como tinha prometido.

Urso Corredor também tinha chegado mais cedo e chamou todos para ficarem ao redor de uma fogueira que ele tinha preparado.

— Devemos nos sentar num círculo ao redor do fogo. Faltam trinta minutos até o nascer do sol e durante esse tempo eu gostaria que cada um orasse em silêncio da forma que quiser. Se o seu costume é cantar, pode fazer isso, mas o mais baixo possível. Acredito que cada um de nós representa uma das doze tribos e que estamos aqui para receber instruções. Não sei em que forma essas instruções virão e não sei quanto tempo devemos permanecer aqui. Podemos não ficar mais do que uma ou duas horas, mas podemos ficar aqui o dia todo. Independentemente do tempo que for, seria besteira, depois de viajar tanto, irmos embora sem que nossas preces tenham sido respondidas.

Ele fez uma pausa e olhou para todos os membros do grupo, até ter completado o círculo.

— Somos de tradições diversas, viemos de terras diferentes, e acreditamos em coisas diferentes, mas no pouco tempo que passei com vocês, ficou claro que todos são almas com destinos. Estamos vivendo uma época de grandes promessas e grandes sofrimentos, então sugiro que oremos, não para nós ou nossa própria individualidade, mas por todas as pessoas e criaturas. Não acredito que fomos escolhidos aleatoriamente, mas que estamos aqui por um objetivo específico... então vamos orar ao nosso Criador.

Max nunca tinha rezado em sua vida, e ele sabia que o Dr. Alan também não era fã disso, nem Erol, então os três simplesmente ficaram olhando para o vazio.

C.D. não tinha ideia do que Urso Corredor estava falando, mas entendeu, por observar Max, que deveria ficar quieto e encontrou uns raminhos com os quais podia escrever no chão. Então, o jovem passou o tempo desenhando em silêncio, depois apagando e voltando a desenhar.

Depois do que pareceu um longo tempo, o sol apareceu e brilhou em seus rostos.

Max olhou ao redor e nada de extraordinário havia acontecido. *Rinpoche* estava cantando baixinho, assim como Urso Corredor. Sun Pak tinha um olhar entediado, mas Maria e Yoko pareciam perdidas em algum transe meditativo. Juan, Melody, Yutsky e Chill pareciam perfeitamente satisfeitos em se sentar e não fazer nada. Max invejou a calma deles.

Depois do que pareceu pelo menos uma hora, Urso Corredor se levantou e perguntou se alguém estava com fome ou com sede. Como ninguém teve tempo de tomar o café da manhã, todos aceitaram os sanduíches e tamales que saíram da mochila de Urso Corredor.

Eles permaneceram em círculo enquanto comiam.

Outra hora se passou e ainda não surgira nenhum sinal. Max percebeu que o Dr. Alan olhava ansioso para o Pacífico, sem dúvida pensando nas boas ondas que estava perdendo. Depois de um tempo, ele se virou para Urso Corredor:

— Quanto tempo precisamos ficar aqui sentados? — ele perguntou. — Não sinto que algo vá acontecer.

O rosto do indígena permaneceu impassível enquanto respondia.

— Não sei quanto tempo, mas é evidente que precisamos esperar mais. Você pode não sentir nenhuma alteração, mas garanto que as energias deste lugar estão mudando. Nós doze devemos simplesmente sentar, para que nossas energias se estabilizem.

— Todos viemos de uma única fonte e fomos reunidos para trazer de volta essas forças que nos criaram. Por favor, seja paciente, só estamos aqui há duas horas. Na busca de uma visão, às vezes é necessário esperar todo um dia.

Quando viu os olhares alarmados que surgiram em alguns rostos, ele acrescentou:

— Talvez não tenhamos de esperar todo um dia, só mais algumas horas.

Dito isso, voltou para sua meditação.

C.D. tinha permanecido bastante quieto, mas agora estava provocando Max para que brincasse com ele. Longe de ser uma irritação, era um alívio para Max, já que ele não conseguia ficar sentado por muito tempo sem fazer nada. C.D. era uma ótima distração.

Depois de um tempo, Erol, Sun Pak e o Dr. Alan, seguidos pelos outros caminharam para esticar as pernas e olhar ao redor. Ninguém saiu por mais de vinte minutos e nunca havia menos do que nove presentes.

Max esperava que isso fosse suficiente.

Pouco antes do meio-dia, ele percebeu um vento estranho.

Primeiro viu os galhos da árvores se movendo, depois, de repente, havia um minifuracão girando ao redor das brasas do fogo, que brilhou e depois se extinguiu.

Urso Corredor ficou paralisado.

Depois olhou para o *rinpoche* e para Juan, e por fim, para Erol. Sun Pak, Maria, Yoko, Melody, Yutsky e Chill, finalmente Alan e C.D. — cada um deles estava paralisado.

Estavam todos quietos, até C.D. e seus olhos estavam grudados no lugar onde antes estava a fogueira. Uma calma adentrou a clareira e o tempo pareceu parar.

Max piscou, mas não viu nada. O vento tinha desaparecido novamente, e o silêncio era completo. Ele pensou que deveria sentir algum tipo de ansiedade com o que estava acontecendo — essa culminação de tudo que ele tinha feito — mas a calma o conquistou, também dotando-o de uma sensação de curiosidade e admiração.

Depois, ele olhou novamente para os Doze e viu lágrimas deslizando por seus rostos. O silêncio foi quebrado e suspiros baixos saíam de cada um deles.

Pareciam ser lágrimas de alegria.

Finalmente, depois do que pareceu ser horas, Max sentiu uma presença entrar na clareira.

Poderia ser aquele que estávamos esperando?, ele pensou. *Está acontecendo, finalmente?*

— Sim, sou eu — disse uma voz profunda e calma que ecoou ao redor deles. — As lendas se referem a mim como o Décimo Terceiro Apóstolo, mas vocês me verão como seu Deus — como Jesus, Maomé, Krishna e Padmasambhava, e até como Buda. Posso aparecer também como energia pura ou talvez até como um extraterrestre. Cada um de vocês me vê como a realização do seu destino... como o salvador ou o messias, e, na verdade, sou realmente a realização de todas essas crenças. Vocês doze, com sua presença, criaram o vértice de energia que me permite entrar em seu mundo, e vim contar a cada um de vocês o que devem fazer para salvar o mundo. Vocês são parte de um pacto antigo feito há dezenas de milhares de anos para garantir a sobrevivência deste planeta e da espécie humana. Cada um de vocês vai entrar na caverna que está perto dessa clareira e aprender o que deve fazer para cumprir as profecias antigas e garantir que esse fim dos tempos não seja o fim do seu mundo.

Então tudo ficou em silêncio.

O primeiro a entrar na caverna foi Erol. Minutos depois, ele saiu com uma expressão transcendente — mas também séria — de determinação no rosto.

Em seguida foi Yutsky, depois Sun Pak, seguido pelo Dr. Alan, Chill, Maria, Yoko e Melody, cada um permanecendo apenas poucos minutos lá dentro.

Rinpoche permaneceu na caverna por quase uma hora, e estava já escurecendo quando Juan saiu, e noite fechada quando Urso Corredor voltou.

Só faltava C.D.

Max o acompanhou até a entrada e aguardar do lado de fora, mas o jovem indiano o puxou para dentro.

Ele entrou e sentiu um brilho e uma sensação de paz. C.D. começou a rir quando a voz falou com ele e com Max.

— Você é filho do amor — ela disse. — Tem muito a ensinar a este mundo. Seu avô calculou com seus números que o fim do universo ocorreria daqui a cento e trinta dias. Isso, na verdade, está correto, mas o que o seu avô *não* poderia saber é que o fim de um universo pode marcar o começo de outro. Os seres humanos desperdiçaram seus presentes preciosos, e o mundo realmente terminará se não mudarem a forma de viver e sua consciência. Você me vê como Krishna e não entende a importância das minhas palavras. Mas é por isso que tem um guia. E mesmo se não tivesse, eu posso chegar ao seu coração. Há uma entidade que reencarnou no seu planeta nesses tempos, uma entidade que é até maior do que eu, uma entidade que na verdade me criou e criou tudo que existe. Essa entidade é o Um. Esse Um fez o supremo sacrifício de encarnar como ser humano e, ao fazer isso, arriscou muito ao se esquecer de tudo, tornando-se verdadeira e completamente humano. Sua tarefa, como a de todos os outros onze, é voltar para seu lar e procurar esse Um. Repassar seus passos nos lugares mais sagrados que já viajou ou viveu nessa vida humana. Max irá com você, apesar de não ser um dos Doze, foi através dele que você se juntou ao resto. Seria mais fácil convencer o Um da importância de sua missão se Max estiver com você. Então procure com afinco. Depois vocês podem se reunir, pouco antes do pôr do sol em 21 de dezembro. Os Doze e o Um devem estar presente, e isso é tudo que precisamos para garantir que a humanidade consiga realmente cumprir seu destino prometido de Céu na Terra. Juntos, vamos receber o Um e aprender então o que precisamos fazer para garantir a era prometida. Agora vão e alegrem-se por saberem que completaram a primeira parte da sua promessa. Você é um servo especial da bondade, C.D., e eu o abençoo por toda a eternidade.

Depois veio o silêncio e Max soube que estavam novamente sozinhos. O Décimo Terceiro Apóstolo já não estava mais presente.

Max pegou C.D. pela mão e o levou até a clareira onde os outros estavam sentados em silêncio, ainda absorvendo o que, para cada um deles, havia sido um encontro milagroso.

Eles compararam suas impressões e cada um tinha visto o ser espiritual de sua crença. Tinham recebido a mesma mensagem de C.D., e cada um se sentiu abençoado por ser parte da jornada.

Todos esperavam ser aquele que encontraria e traria o Um. Tinham entrado naquela clareira pela manhã como doze indivíduos ligados apenas pela amizade com Max. Agora estavam unidos, compartilhando um propósito e uma missão comuns.

Juntos, eles desceram caminhando a montanha no escuro até verem a luz de uma tocha. Manuel os cumprimentou sem perguntas e foi um grupo silencioso que voltou a Tapachula.

No jantar, Max contou a Shilpa sobre a experiência de C.D. e o que tinha ouvido na caverna. Também explicou que seria necessário que voltassem a Izapa em dezembro.

Onde antes havia dúvidas, agora existia o interesse na viagem de volta àquele lugar — até a Dra. Alan. Shilpa ficou preocupada por C.D. não ser realmente capaz de procurar o Um, mas Max a tranquilizou.

— Vou ajudar, mas duvido que qualquer busca real seja necessária. Acho que o Um já decidiu quem irá encontrá-lo — ou encontrá-la — e se C.D. está destinado a ser bem-sucedido, o Um virá até ele.

Capítulo Trinta

Refazendo os passos

AGOSTO DE **2012**

Depois de um dia de contemplação do que tinha ocorrido, mais uma vez eles se juntaram para o jantar — agora para comparar impressões e planejar o futuro.

Havia um elemento comum às instruções dadas pelo Décimo Terceiro Apóstolo a cada um dos Doze.

— Refaça seus passos nos lugares mais sagrados para os quais você já viajou ou onde viveu nessa vida humana. Max irá com você, apesar de não ser um dos Doze, foi através de sua conexão que você se juntou ao resto.

Assim que terminaram de comer, Erol se sentou com Max e trabalhou em uma agenda, para que ele passasse pelo menos dez dias com cada um dos Doze.

— Temos exatamente cento e trinta dias, incluindo hoje — notou Erol. — Se você passar dez ou onze dias com cada um de nós, vai ter tempo suficiente. Devemos organizar suas viagens imediatamente e precisamos compartilhar o itinerário que cada um vai seguir para refazer seus passos nos lugares onde há maiores chances de encontrar o Um. — Ele terminou se oferecendo para pagar as despesas de viagem.

— Você é muito generoso, Erol — disse Max, aliviado por não ter de arcar sozinho com os custos. — Não sei como teríamos conseguido sem você.

— Não existe um preço para a nossa missão — disse Erol, e sua voz parecia sombria. — A mensagem que o Décimo Terceiro Apóstolo me entregou foi talvez a mais terrível. Ele disse que se fracassássemos em voltar com o Um, o mundo não realizaria a mudança à qual estava predestinado. Não iremos sucumbir imediatamente se fracassarmos, mas o caos — a degradação ambiental, a violência e as guerras, a pobreza, a ganância e o medo que dominaram a maior parte dos séculos XX e XXI — continuará até que o planeta em si entre num período dormente, durante o qual os humanos acabarão se autodestruindo. Isso vai criar um período de 26 mil anos de escuridão antes de os humanos voltarem para reparar o dano que terá sido feito.

— O Apóstolo não contou essas consequências terríveis do fracasso para C.D. — espantou-se Max.

— Por que faria isso? — perguntou Erol. — Entre todos nós, C.D. é o único verdadeiro inocente. Se ele está destinado a encontrar o Um, será pela pura magia de sua personalidade. O mais provável é que o Um o encontre. Por isso, C.D. não precisa de nenhuma motivação adicional. Assim, sugiro que organizemos sua viagem de forma que C.D. esteja na parada final. Você deveria começar com Juan, acho, cujos lugares sagrados devem estar aqui perto em Chiapas e talvez em outros lugares no México e na Guatemala. Depois faça planos para viajar com Alan e Chill, na Califórnia. Deixe-me conversar com os outros para ver quais lugares eles vão escolher, então poderei fazer os arranjos necessários com você.

No final, Max não precisou de onze dias para viajar com Juan.

Este esteve em Chichen Itza, na maioria das pirâmides sagradas em Chiapas e Yucatán, e alguns oásis mágicos escondidos nos vulcões que cercavam Izapa. Geralmente, viajavam a pé, na companhia do pai de Juan, Manuel, que esteve presente durante toda a viagem.

Como não sabiam exatamente o que estavam procurando, o tempo todo eles permaneciam alertas para qualquer sinal — uma energia inexplicável, ou um indivíduo que falasse ou fizesse algo fora do comum.

Eles não encontraram o Um. Max experimentou a magia dos vulcões e sentiu a presença de antigos espíritos nas pirâmides, mas não apareceu ninguém que parecesse um candidato provável.

Max voltou a Dana Point e descobriu que o Dr. Alan tinha passado sua juventude em Ohio, perto de muitas colinas funerárias indígenas. O Dr. Alan também tinha sido alpinista e, junto com Max, visitou vários picos nos arredores de Aspen, Colorado, onde tinha passado invernos e alguns verões quando era garoto. Apesar de permanecer onze dias no Colorado, em Ohio e em outras partes do Meio-Oeste americano, não encontraram nenhum traço do Um.

Como o Dr. Alan confidenciou a Max que tinha visto um OVNI havia muitos anos em Ohio, ele até pensou que o Um poderia ser um alienígena. Mas isso não ajudou — eles ainda não sabiam realmente o que estavam procurando.

Max se organizou para se encontrar com Chill no Grand Canyon, no Arizona. Chill tinha sentido uma imensa alegria quando visitara parques naturais como esse na juventude, e por isso achou que o Um poderia aparecer em lugares de beleza natural.

Do Grand Canyon, ele seguiu para Yellowstone e depois de volta às remotas costas do Big Sur, na Califórnia — entre as sequoias — e finalmente seguiu para Yosemite.

Era o último dia dos dois juntos e estavam caminhando pelo acampamento, quando Chill viu um homem estranho, preparando salsichas longe das outras pessoas no acampamento. Estava despenteado, tinha cabelos grisalhos, tinha uma barba bem comprida, também grisalha, e usava jeans e camisa de flanela. Falava sozinho em voz alta.

A primeira impressão foi que o homem deveria estar mais louco do que iluminado. No entanto, como já tinham passado onze dias procurando o Um sem nenhum vislumbre de esperança e levados pela forte crença de Chill de que o Um era, na verdade, Jesus, eles se aproximaram do homem.

Quando fizeram isso, algo pareceu familiar no homem e, com o choque do reconhecimento, Max quase não conseguia acreditar em seus olhos.

Era Louis.

Max não se encontrava com seu irmão havia mais de vinte anos e não tinha nem ideia se ele estava vivo.

Louis olhou para cima e falou.

— Bem, estava na hora de aparecer mesmo.

Por um segundo Max achou que — apesar de todo o absurdo — talvez Louis fosse realmente o Um. Mas depois lembrou-se de como ele tinha sido violento na maior parte da vida e acreditou que o Um nunca teria assumido essa forma.

Chill, no entanto, não tinha esse conhecimento e mesmo depois que Max lhe apresentou o irmão, ele insistiu. O fato de ser Louis irmão de Max na verdade fez com que Chill pensasse que as probabilidades de ele ser o Um seriam maiores. Então se sentou à mesa de piquenique perto da grelha e se serviu dos cachorros-quentes, batatas e cervejas que Louis tinha trazido.

Durante o jantar, enquanto Max se sentava em silêncio e assistia a tudo, Chill descreveu a aventura em Izapa e a missão de encontrar o Um. Louis não se surpreendeu com a história, mas olhava para Max com um tipo de inveja e ódio interior que sempre mostrou quando confrontado com qualquer uma das realizações do irmão.

Max foi se sentindo cada vez mais desconfortável e sugeriu a Chill que fossem embora, pois ele precisava se encontrar com Urso Corredor mais tard,e para continuar a busca.

Ao ouvir isso, Louis olhou para Max e falou.

— Você nunca vai encontrar o Um se não me levar com você — ele disse. — Vou juntar minhas coisas e logo estarei pronto.

Max ficou completamente perdido.

— Mas não há tempo para organizar nada — disse rapidamente. — E não temos dinheiro para isso.

— *Dinheiro!* — gritou Louis. — É só com isso que você se preocupa e a única preocupação de nosso pai também. — De repente foi como se cinquenta anos tivessem desaparecido.

Louis se jogou contra Max e começou a apertar seu pescoço com toda a insana força que possuía em sua juventude. Mas ele estava a três semanas de cumprir sessenta e cinco anos, e, apesar da repentina explosão de adrenalina que o tomara, sua energia não durou mais de um minuto.

Chill, com seu 1,88 m e sua excelente forma física, conseguiu separá-los e segurar Louis. Outras pessoas ouviram a briga e correram para ajudar.

Um guarda do parque foi chamado e Louis foi levado pela polícia local. Apesar do pescoço dolorido, Max estava bem. Ele agradeceu Chill por salvá-lo e os dois foram embora.

Depois, os dois se separaram e Max continuou com seu plano de se encontrar com Urso Corredor naquela noite.

Urso Corredor se juntou a Max numa pousada em Yosemite e os dois começaram uma viagem que levou Max a antigos sítios indígenas espalhados por Montana e pelo Canadá. Apesar da habilidade de Urso Corredor de entrar em comunhão com o Grande Espírito, não encontraram nenhum sinal do Um.

Sun Pak era a pessoa seguinte com quem Max ia viajar e os dois se encontraram em Vancouver. Viajando pela costa norte da Columbia Britânica, eles visitaram lugares lindos, mas Sun Pak confessou que, se fossem encontrar o Um, o mais provável seria achá-lo na China, porque lá era seu verdadeiro lar — e o verdadeiro lar de suas lembranças mais sagradas.

Então, eles cruzaram o Pacífico e aterrissaram em Pequin. Mas, apesar das visitas à Grande Muralha e à pequena vila remota onde Sun Pak tinha nascido, não encontraram nenhum sinal de quem estavam buscando.

Da China, Max voou direto para o Japão, para se encontrar com Yoko.

Juntos, eles viajaram até Hokkaido, Niko e muitos outros lugares sagrados onde Max já estivera durante a filmagem de *Em Busca dos Antigos Mistérios* e tampouco encontraram algo.

Depois, Max foi ao Vietnã. Melody tinha trazido sua avó junto, caso localizassem o Um na terra sagrada de seus ancestrais. A avó de Melody sabia da história dos Doze e parecia perplexa, apesar de orgulhosa, por sua neta fazer parte de algo tão importante.

Ela chorou enquanto visitava as lindas paisagens de sua juventude. Apesar de ter visitado mais de vinte lugares sagrados e vilas por todo o país, a viagem provou ser infrutífera.

Melody ficou muito desapontada, mas sua avó estava calma.

— Para mim foi muito bom procurar o Um em nossa terra sagrada — ela disse. — Muitas vezes, a intenção é tão importante quanto os resultados. Nossa tentativa foi pura e não tenho dúvidas de que ela vai ajudar os outros na busca pelo Um.

Max percebeu que essa mulher acreditava completamente na missão deles, e isso fez com que sentisse novas esperanças também.

— Estou confiante — ela continuou — de que o Um vai aparecer como profetizado. A existência dele é semelhante a uma crença que existe em nossa família há séculos, juntamente com previsões da chegada do fim dos tempos. Nosso papel de trazer o Céu à Terra logo será cumprido — ela garantiu a Melody e a Max, com uma sabedoria e certeza que confortou ambos.

Capítulo Trinta e Um

Amor terreno

NOVEMBRO DE 2012

Do Vietnã, Max viajou para Lima, Peru, e depois até Trujillo, onde se encontrou com Maria e seus dois filhos mais velhos no aeroporto da cidade.

Maria deu um forte abraço em Max e este se lembrou de como ela era intoxicantemente linda, quando se encontraram pela primeira vez havia quarenta anos.

Dando um passo para trás e olhando para ela enquanto era apresentado a seus filhos Andreas e Sebastian, Max viu novamente uma mulher ainda linda, com uma delicadeza e sabedoria que só aumentavam seu encanto.

— Você chegou num dia muito especial — ela explicou com um brilho de orgulho. — A filha mais velha de Sebastian, Renata, está fazendo quinze anos hoje. Toda a família vem para uma festa na minha casa, então você poderá conhecer todos os Tucanos ao mesmo tempo. Sei que deve estar cansado do voo — ela acrescentou. — Andreas irá levá-lo a seu hotel, enquanto Sebastian e eu preparamos a festa. Andreas vai voltar para pegá-lo às seis da tarde. Sem dúvida, a festa vai durar a noite toda, então descanse um pouco. — Ela riu ao dar um beijo no rosto de Max e outro rápido abraço.

No carro, Max foi conversando com Andreas, que estava curioso por ouvir como os dois tinham se conhecido, muito tempo antes de seu nascimento. Sua mãe nunca falara disso, e até Max ligar e convidá-la a ir com ele a Izapa, Andreas não tinha nem ideia de que ele existia.

Simpatizando com o jeito tranquilo do rapaz, Max decidiu abrir-se com ele e contou toda a história.

Por que não, ele pensou. *O pior que pode acontecer é ele pensar que sou o amigo norte-americano e louco da mãe.*

Mas Andreas não se surpreendeu quando ouviu o que tinha acontecido em Izapa, nem mesmo quando soube da aparição do Décimo Terceiro Apóstolo.

— Minha mãe descreveu seu encontro e explicou que você viria ajudar a procurar o Um. Ela é uma mãe maravilhosa e acredito em tudo que diz. Não sei se ela encontrará o Um — ele acrescentou, olhando para Max e sorrindo —, mas estou feliz que você tenha vindo e trazido essa aventura à sua vida. Ela era muito apaixonada por meu pai e quando ele morreu de forma tão repentina, minha mãe sofreu muito. Só agora ela está começando a sorrir de novo. Será maravilhoso para ela viajar com você e revisitar lugares de sua juventude.

Max ficou curioso após a menção do marido de Maria.

— Bem, sua mãe é uma mulher muito especial — ele disse — e tenho certeza de que seu pai era um homem muito especial. Sinto por ter morrido tão jovem.

— Sim, papai era maravilhoso — confirmou Andreas. — Era muito responsável com a família e adorava se divertir. Ele fazia minha mãe muito feliz e estava sempre brincando comigo e meus irmãos. Os netos sentem muita saudades dele também, mas somos muito felizes por ele ter feito parte de nossas vidas. — Você vai ver na festa desta noite como o clã Tucano é alegre — ele explicou. — Meu pai era de uma família grande e seus irmãos e meus primos virão essa noite. Juntos, acho que deveremos ser mais de cem pessoas e quase todos são da família.

Naquele momento, ele entrou no estacionamento do mesmo Sheraton Hotel onde Max tinha conhecido Maria, tantos anos antes. Ele não pôde evitar olhar para o parque.

— Venho pegá-lo às 18 horas. Aqui está meu número — disse, entregando a Max um cartão. — Se precisar de algo, é só chamar. Sebastian e minha mãe estão cuidando de todos os detalhes da festa, então eu estarei disponível para ajudá-lo se precisar de algo.

Max saiu do carro e um funcionário do hotel veio pegar sua mala.

— Não, está tudo bem — insistiu Max. — Temos quatro horas até você voltar para me pegar e seria ótimo dormir um pouco. — Ele deu a volta no carro, abraçou Andreas e agradeceu por sua hospitalidade.

Max dormiu poucos minutos depois de deitar.

Seu último pensamento antes de dormir foi de Maria quando era jovem, ao se conhecerem muitos anos antes, o beijo no parque em frente à janela de seu quarto de hotel e a forma como ela falou que sempre o amaria — assim como ele —, mas que seus destinos não permitiriam que ficassem juntos nessa vida.

Max percebeu, no entanto, só por vê-la no aeroporto, que parte dele ainda a amava e ansiava por uma vida doméstica pacífica como a que ela teve com seu marido.

E não com ele.

Max tinha participado de muitas festas em sua vida, mas o amor, a alegria, a música e as festividades para a *quinceañera* Renata realmente o impressionaram.

Havia netos que iam dos três anos para cima e até um recém-nascido, filho de um dos primos. Havia as amigas de Renata, com vestidos coloridos e rapazes com seus melhores ternos. Havia tias e tios, tias-avós e tios-avôs, flores e decoração, luzes coloridas e, acima de tudo, amor.

Todos dançavam e todos cantavam — era como se metade da família fosse formada por músicos profissionais. Eles cantaram canções folclóricas, cantaram clássicas músicas de amor, tocaram canções especiais que eles mesmos tinham escrito, algumas delas românticas e algumas cheias de piadas sobre Renata e suas amigas.

Como Maria tinha previsto, a festa realmente durou a noite toda. Eles assaram um carneiro inteiro e serviram todo tipo de doce imaginável, incluindo um lindo bolo de quase 1,30 m de altura.

Max foi apresentado a todo mundo e todos o abraçaram e o fizeram se sentir parte da família. Foi a primeira vez, desde Izapa, que Max esqueceu a busca do Um e simplesmente se divertiu. Ele dançou, comeu e bebeu. Flertou com as mulheres jovens e velhas, brincou com os netos e acabou jogando com as crianças.

Encantou-os com histórias da Índia e de terras distantes, mas não importava o que estivesse fazendo, Max não conseguia tirar os olhos de Maria.

Ela estava vestida de forma modesta, com um vestido negro, e passou a maior parte do tempo brincando com as crianças. Um sorriso permaneceu em seu rosto quase toda a noite, e estava tão animada durante os jogos com seus netos mais novos que parecia mais uma criança e não a avó deles.

No fim da noite — ou começo da manhã — depois que Max ajudou Maria a colocar vários dos netos na cama, ela se virou e agradeceu.

— Amanhã, bem, na verdade hoje, pois já é tão tarde, vamos dormir até tarde e depois eu vou buscá-lo no hotel, e vamos voar para Arequipa — ela disse. — De lá, vamos até Cuzco, Machu Picchu, Puno, Copacabana e o Lago Titicaca. Essas foram as viagens mais sagradas da minha juventude e os lugares mais prováveis para encontrar o que estamos buscando.

— Eu já estive nesses lugares também, graças ao trabalho que fiz nos filmes — ele disse. — Agora, no entanto, quero agradecê-la novamente por esta noite. Foi uma excelente distração da minha busca. Nunca senti tanto amor na mesma casa. Vê-la com seus netos e toda a família foi muito especial.

— Não, eu é que devo agradecer — insistiu Maria. — Sua ligação não poderia ter vindo em um momento melhor na minha vida. Em Izapa, eu me reconectei com meu sentido de um propósito superior. Tive uma vida maravilhosa, e, ainda assim, de alguma forma, sinto que ela está apenas recomeçando.

Então, ela o acompanhou até a porta da casa.

— Há um táxi esperando para levá-lo de volta ao hotel. Pegaremos um voo às 13 horas e teremos muitas chances de conversar durante a viagem. Em Izapa, com tanta gente, não pude perguntar nada sobre sua família e vida. Quero saber mais sobre você durante essa viagem.

Max e Maria procuraram o Um nos dez dias seguintes, mas sem sucesso.

Max tinha reservado quartos separados em cada hotel, como era apropriado, mas eles descobriram que o amor profundo que os unira tantos anos antes nunca tinha morrido. Sozinhos e sem ninguém para distraí-los, não puderam evitar que a paixão os tomasse.

Havia um ritmo natural quando estavam juntos que fez com que a viagem fosse tranquila e divertida. Eles riam das histórias que contavam, das observações que faziam e das pessoas que conheciam. Na viagem de trem de Arequipa para Puno, jogaram cartas e Max ficou chocado ao ver como Maria era competitiva e como, apesar de parecer nunca estar prestando atenção, sempre ganhava dele.

Na caminhada a Machu Picchu, Max gentilmente pegou na mão de Maria para ajudá-la a cruzar uma das partes mais difíceis da trilha. Ele não conseguia acreditar na eletricidade que sentiu num toque tão casual e mais uma vez o desejo estava vivo e pulsando por todo o seu corpo e mente.

Quando estavam em Copacabana, Max segurava a mão de Maria sempre que havia uma desculpa. Ele literalmente não conseguia afastar suas mãos e seus olhos dela.

Mas Maria os mantinha focados... e concentrados na busca. Finalmente, no último dia de viagem, numa pequena ilha no Lago Titicaca, Maria admitiu que ela também tinha se apaixonado novamente por Max.

— Estou desapontada por não termos encontrado o Um — ela confessou. — Eu realmente achava que hoje, nesta ilha, conseguiríamos encontrá-lo. Uma de nossas lendas diz que a era da espiritualidade feminina está começando, bem aqui no Lago Titicaca, nesta época. Meus ancestrais incas acreditavam que Viracocha viera deste lago e voltara a ele.

— Tenho certeza de que, para a maioria dos meus ancestrais, o próprio Viracocha seria considerado o Um — ela explicou — e tinha a esperança de que ele apareceria para nós hoje.

Ela sorriu, olhou nos olhos de Max e depois continuou.

— Mas, na verdade, não estou nem um pouco desapontada. Quando eu o conheci pela primeira vez, sabia que em algum nível místico você seria o amor da minha vida. Aquele momento mágico que compartilhamos no parque em Trujillo nunca terminou para mim. Eu amei meu marido e adoro a maravilhosa família que criamos juntos, mas parte de mim nunca deixou de amar você. Eu amo você agora e, apesar das circunstâncias em que nos encontramos, não vejo motivos para não seguirmos nossos corações.

Maria segurou as mãos de Max e o beijou, um beijo que ele respondeu com uma paixão e uma gentileza que os transportaram de volta no tempo, para lugares aos quais já tinham viajado ou ainda estavam destinados a conhecer, em suas atuais e futuras encarnações. O beijo parecia não terminar nunca, até que delicadamente Maria se afastou quando as lágrimas dos olhos de Max tocaram seu rosto.

— São lágrimas de alegria, meu amor — ele disse. — Eu sonhei com esse momento por toda minha vida. Não consigo acreditar que depois de todos esses anos, eu finalmente tenha encontrado o verdadeiro amor terreno. De alguma forma, sempre me senti atraído por você e sempre senti segurança, sabendo que poderia ser minha companheira. Vê-la com seus filhos e netos, e como você é generosa e cuida deles só confirmou minha certeza de que estar com você por toda a eternidade seria a maior recompensa de minha vida.

Ela sorriu para ele.

— Max, só é preciso conhecê-lo para amá-lo. Não consigo resistir, e acredito que vamos ficar juntos pelo resto de nossas vidas. Mas, nesse momento, você deve se preparar para embarcar no navio que irá levá-lo a Puno, e depois para as viagens de trem e avião que irão levá-lo aos outros membros dos Doze, com quem você deve retomar a busca do Um.

Max começou a rir, com uma combinação de alívio e prazer.

— Sim, mas agora eu tenho uma razão até maior para encontrar o Um e garantir que esse planeta não se autodestrua em caos e anarquia. Voltaremos a nos encontrar em Izapa, em menos de um mês — ele acrescentou — e, no dia 22 de dezembro, depois que o Um tiver sido encontrado, podemos fazer planos sobre como queremos viver o resto de nossas vidas com alegria e amor.

Max sorriu quando beijou Maria uma última vez e se preparou para continuar sua busca.

Capítulo Trinta e Dois

Obstáculos

NOVEMBRO-DEZEMBRO DE 2012

Seu futuro com Maria deu a Max um novo ímpeto. Eles *tinham* de conseguir ou todos seus os sonhos não se realizariam.

Assim estimulado, ele aterrissou em Londres, onde se encontrou com Yutsky.

O israelense passou alguns dos melhores anos de sua juventude na Inglaterra, fazendo filmes em Stonehenge, Glastonbury, Ilha de Iona, Glendalough na Wicklow Hills, ao sul de Dublin, e muitos dos mesmos lugares sagrados que Max tinha visitado enquanto procurava locações para *Em Busca dos Mistérios Antigos*. A viagem deles por esses locais, coordenada pelo *concierge* no Claridges Hotel, envolveu um turbilhão de atividades, mas não levou a nada.

Como não encontraram vestígios do Um nas Ilhas Britânicas, Yutsky e Max foram para a Alemanha, onde exploraram a Floresta Negra e vários castelos antigos.

Ainda nada e Max começava a se preocupar. O que parecia uma coisa certa agora estava começando a se assemelhar a uma busca inútil.

Não posso pensar assim, ele refletiu com tristeza. *Vamos conseguir.*

Da Alemanha, eles viajaram por toda a França, parando em Lourdes, em lugares antigos na Provença e depois no norte da Espanha, onde ambos tinham passado por experiências poderosas na juventude, filmando as cavernas pré-históricas em Santillana del Mar, perto de Santander.

Em pouco mais de uma semana de viagem, visitaram mais de vinte locais sagrados, mas ainda não havia nenhum sinal do Um.

Assim Yutsky voltou com Max a sua terra natal de Jerusalém, onde exploraram a cidade velha, Jericó, Massada, Belém, o Mar Morto e a Galileia.

Nada ainda. Quase cem dias tinham se passado quando ele chegou a Istambul, para se encontrar com Erol.

— Max, você precisa ficar calmo. É sempre possível que o Um esteja guardando o melhor para o final — Erol garantiu. — Mas devemos continuar como se ele fosse aparecer a qualquer momento. Primeiro, vamos fazer uma rápida visita à Grécia, onde eu estive quando era garoto, e depois vou mostrar a verdadeira beleza do mundo, que é minha terra natal, a Turquia. A Turquia é o mais sagrado de todos os países. Se o Um escolheu aproveitar a vida, vai voltar como turco. Vou mostrar lugares com os quais você nunca sonhou e belezas além da imaginação — incluindo o lugar onde a Arca de Noé foi encontrada. Conheço cada milímetro dessa terra e organizei para que conseguíssemos visitar todos os lugares dentro do tempo de que dispomos.

Apesar do entusiasmo infinito de seu amigo e da beleza da Turquia, a busca deles provou ser infrutífera.

De Istambul, Max voou para o Nepal, e, se encontrou com o *rinpoche* e refez a visita aos monastérios onde o budista foi visto como uma reencarnação sagrada de seus mestres antigos.

Eles continuaram até as florestas nas quais o *rinpoche* tinha trabalhado enquanto estava preso no campo de trabalhos forçados, mas, apesar de todo o misticismo e a tranquilidade dos lugares onde caminharam por muitos dias, não encontraram nenhum sinal do Um.

Quando Max se despediu do *rinpoche*, os dois sabiam que iriam se reencontrar em apenas doze dias, em Izapa. A ansiedade de Max estava começando a transparecer e o *rinpoche* tentou tranquilizá-lo.

— Não se preocupe — ele falou. — Tenho certeza de que a energia do Um está conosco agora, posso senti-la. Sei que ainda não o encontramos, não de forma encarnada, mas claro que o Um está esperando por você na Índia, com C.D.

— Viaje em segurança e logo nos reuniremos.

Max voou direto do Tibete para Delhi, onde descobriu que Shilpa e C.D. tinham planejado suas viagens internas pela Índia começando por Leh, no alto do Himalaia, e voltando na direção do Tibete.

De Leh, eles visitaram um antigo monastério, onde Shilpa tinha estudado quando era criança e onde passara férias de verão quando C.D. era recém-nascido. Esse monastério era o mais sagrado em toda a Índia e havia rumores de que fora visitado pelo próprio Jesus Cristo.

Shilpa pensou que seria o lugar mais provável de morada do Um. Mas estava errada.

De Leh eles foram de carro para Srinagar. Agora era quase meio de dezembro e eles evitaram por pouco a neve nas passagens, algo que dificultava muito a viagem. De qualquer forma, eles não encontraram o Um em Srinagar, então voaram até Rishikesh, sobre o Ganges, onde C.D. tinha passado verões com um dos seus tios quando era garoto.

Rishikeh também não resultou em nada, como todo o resto e já era 18 de dezembro — hora de embarcar para a Cidade do México e depois para Izapa.

Tendo começado a busca com tanto otimismo e entusiasmo, Max ficou surpreso por seu aparente fracasso. C.D. tinha sido sua maior esperança, mas o Um não havia se revelado para o jovem indiano, nem para mais ninguém.

Mas ele se recusava a desistir. Ainda tinha dois dias, e até o dia 21 chegar, havia esperança.

É preciso ter!, ele pensava.

Com isso, ele procurou um computador. Durante sua viagem no Tibete e no Himalaia, ele não tinha acessado a internet e seu celular deixara de funcionar.

Talvez o Um tivesse aparecido a outro membro dos Doze.

Não era o caso.

Era hora de voltar a Izapa — com ou sem o Um — e voltar a se encontrar com o Décimo Terceiro Apóstolo.

Então eles descobririam o que estava destinado a acontecer naquele dia fatal, quando o calendário maia — e tantos outros calendários antigos — acabaria.

Com a busca chegando ao fim, Max passou incontáveis horas olhando os números no caderno de B.N., começando durante sua estada na Índia e continuando durante o voo de Nova Delhi à Cidade do México.

Estava claro para ele que 21122012 era a resposta. Era um 11 e um 2 e representava tanto um começo quanto um fim. O valor flutuava, baseado no sistema numérico considerado. O número indicava tanto a luz quanto a escuridão e tinha variações quase infinitas de números primos e não primos dentro de si.

Os talentos matemáticos extraordinários de Max foram testados como nunca. O número 21122012 parecia implorar por uma interpretação humana, que poderia variar, de acordo com o humano que fizesse os cálculos.

Por mais que tentasse, ele não conseguia encontrar essa interpretação.

Quando Max, Shilpa e C.D. chegaram ao hotel em Tapachula, era tarde da noite do dia 20 e todos os outros membros dos Doze tinham se juntado, cheios de expectativas, esperando saudar o Um. Maria foi a primeira a cumprimentar Max, mas assim que viu sua expressão, ela se afastou para que ele falasse.

Quando contou que ele e C.D. tinham chegado sozinhos, todos ficaram desanimados.

— Como pode ser? — disse Melody desanimada. — Tínhamos certeza de que você e C.D. o encontrariam — ou a encontrariam. O que vai acontecer conosco e com o mundo quando o calendário terminar ao pôr do sol amanhã?

Max conseguia ver que muitos dos outros sentiam o mesmo desespero. Essa misteriosa missão tinha exigido fé e confiança completa no processo de descoberta.

Cada um dos Doze tinha embarcado no que poderia ser sua aventura final na Terra com entusiasmo e uma certeza de que iriam conseguir.

Agora que o tempo estava terminando e o Um não tinha aparecido, o medo começava a crescer.

— Não devemos duvidar de nossos destinos — Erol falou para ela e para todo o grupo. — Procuramos com os corações abertos e fizemos tudo que era possível para completar a tarefa que nos foi passada pelo Décimo-Terceiro Apóstolo. Claro que merecemos uma recompensa.

— Amanhã será um dia cheio, talvez o último dia do planeta como o conhecemos — ele continuou. — Vamos descansar bem para os desafios. Urso Corredor, Juan e Manuel organizaram o nosso lugar de reunião perto da caverna. Vamos nos encontrar ali às 16 horas e o sol vai se pôr exatamente às 17h02. Esse é o momento em que o solstício ocorrerá e o calendário maia vai terminar. Então, durmam bem esta noite e não se preocupem. Devemos confiar na sabedoria de um universo que nos juntou para esse momento especial nesse lugar especial.

Exausto de suas viagens e de suas tentativas infrutíferas de decifrar as equações no caderno de B.N., Max dormiu até quase o meio-dia.

Quando acordou, viu que o dia estava ensolarado e decidiu — caso fosse mesmo o último dia da Terra — nadar no oceano Pacífico. Encontrou o Dr. Alan terminando o café da manhã e sugeriu que pegassem uma das vans para ir até a praia.

Alan tinha trazido sua prancha e uma extra, para que Max a usasse.

— Nunca surfei antes — confessou Max. — Parece estranho ter minha primeira lição no dia que pode ser o último aqui na Terra.

— Bom, quando surfo, sinto-me como se estivesse em contato com o que o resto de vocês pensa ser Deus — respondeu o Dr. Alan. — Se hoje é o fim dos tempos, algo de que eu duvido muito, então isso é o que eu mais gostaria de fazer.

— Então vamos! — Max disse.

Colocaram as pranchas na van. A caminho da praia, Alan confessou que ainda tinha dúvidas sobre a profecia, apesar de seu encontro com o Décimo Terceiro Apóstolo e de nunca ter acreditado completamente que o Um seria encontrado.

Mas a experiência tinha sido muito profunda para ignorá-la completamente.

Durante a viagem, Max percebeu que uma Chevy velha e marrom parecia segui-los, mas depois de um tempo, ele a perdeu de vista e esqueceu-se de tudo. Quando chegaram à praia, só havia o céu azul e o sol brilhante.

O Dr. Alan entregou uma prancha a Max e ele logo tentou ficar de joelhos sobre ela mas caiu, levantou e caiu de novo.

Finalmente, conseguiu chegar a uma posição agachada na prancha e, para seu espanto, até pegou uma onda pequena. Foi uma vitória eufórica e ele conseguiu se manter assim por um ou dois metros, até perder o equilíbrio e cair.

O Dr. Alan estava entusiasmado.

— Você tem um talento natural, Max — ele disse. — Não acredito que tenha perdido tantos anos sem surfar.

— Também não acredito — concordou Max. — Meu primeiro compromisso, se o mundo ainda estiver aqui amanhã, é passar mais tempo aprendendo a surfar.

— É a melhor ideia que teve nos últimos tempos — gritou o Dr. Alan por cima do ombro enquanto voltava para o fundo. Enquanto Max o seguia, o médico pegou uma onda e foi até a beira da praia.

Max ficou deitado sobre a prancha, admirando a habilidade do Dr. Alan para surfar, chegar até a praia e manter o equilíbrio durante todo o tempo. Ao chegar à praia, o Dr. Alan apontou para o sol e depois para a van, afastando-se da água.

O sol estava alto no céu e Max percebeu que era hora de ir. Mas ele queria pegar uma onda grande, então fez sinais para Alan começar a juntar as coisas e indicou que voltaria em cinco ou dez minutos. Depois, ficou de joelhos na prancha, olhando para trás, para ver quando a próxima onda de bom tamanho poderia começar a se formar.

De repente e sem aviso, Max sentiu uma mão agarrar seu tornozelo e puxá-lo da prancha. Depois uma segunda mão envolveu seu pescoço e começou a puxá-lo para o fundo do oceano. A água só tinha uns 2,5 metros de profundidade, mas Max ficou instantaneamente desorientado e não tinha ideia de onde estava o fundo ou em qual direção ficava a praia.

Ele tentou lutar contra quem o atacava, mas tinha sido pego desprevenido e já estava se afogando, totalmente incapaz de respirar. Ele lutou desesperadamente e conseguiu chegar à superfície por um rápido segundo — tempo suficiente para tomar fôlego, mas foi forçado a voltar para baixo.

Começou a perder a consciência.

Sentiu-se fraco e incapaz de resistir.

Antes de desmaiar, Max se lembrou de todas as vezes que Louis tentou estrangulá-lo e, num borrão, achou ter visto o rosto de seu atacante. Era um homem com cabelos compridos grisalhos e olhos cruéis que o tinha perseguido durante sua infância.

Mas não importava. Max já estava deixando seu corpo.

Voltava para a paz e a alegria de outra dimensão, de luz branca, amor e contentamento. Ele olhou para baixo e viu seu corpo lutando e sendo mantido embaixo da água.

Experimentou novamente os doze nomes e as doze cores, e dessa vez recebeu uma mensagem de perdão.

Está tudo bem... você deu o melhor de si.

O fim do mundo não é culpa sua.

Louis tinha sido colocado numa instituição mental por trinta dias depois do incidente no Parque Nacional Yosemite. Quando Max não apareceu para a audiência legal, ele foi solto.

Lembrava-se do que Chill tinha dito sobre a reunião em Izapa, no dia 21 de dezembro e, assim que foi solto, foi até o México e passou a vigiar o único hotel moderno de Tapachula.

Finalmente, sua paciência foi recompensada. Tinha seguido Max e outro homem até a praia e, quando o outro saiu, ele atacou.

Louis queria garantir que, não importava o que acontecesse com sua própria vida, Max nunca conseguisse realizar seu objetivo final. Ele exultava enquanto afogava Max. Também estava quase se afogando, mas não importava. Estava disposto a morrer, se isso impedisse o triunfo de Max.

Max se resignou ao fato de que tinha fracassado em sua missão, e estava pronto para entrar no túnel branco. De repente, viu o que parecia ser o Dr. Alan nadando até as duas pessoas que lutavam. Ele se afastou da luz.

Como nadava muito bem, o Dr. Alan demorou poucos minutos para chegar ao local e afastar o homem que atacava Max que, fraco por segurar a respiração por tanto tempo, não conseguiu se defender.

Alan libertou Max e começou a levá-lo de volta à praia, chutando seu perseguidor sempre que este tentava se aproximar.

O homem deve ter percebido que seria derrotado, por isso nadou para longe dos dois. Imediatamente ao chegar à praia, o médico começou a fazer respiração boca a boca e, depois de alguns minutos, Max tossiu e vomitou a grande quantidade de água salgada que tinha engolido enquanto se afogava nas ondas.

Depois de mais alguns minutos, ele se sentou, tonto, mas vivo.

— Quem era aquele louco e por que estava tentando afogá-lo? — perguntou Alan. — Já encontrei alguns surfistas nazistas, mas nunca presenciei algo assim. Talvez eu consiga encontrar um policial para prendê-lo. Ele quase matou você.

Max fez um gesto para que esquecesse e explicou.

— Aquele homem que tentou me afogar é meu irmão — contou e Alan não conseguiu acreditar. — Ele estava fazendo o que sempre faz, não é importante. O importante é voltar para o hotel. Os outros devem estar esperando e se perguntando onde estamos. Ainda temos tempo para chegar a Izapa antes do pôr do sol.

Ele se levantou e pareceu grato ao seu salvador.

— Você salvou minha vida. Espero que os Doze ainda possam salvar o mundo. Precisamos ir.

O Dr. Alan concordou e dirigiu o mais rápido que pôde de volta até o hotel em Tapachula. Durante a viagem olhava para seu amigo, a fim de ter certeza de que ele estava bem e sentia-se feliz por ver a cor voltar ao rosto de Max. Finalmente, depois de mais alguns minutos tossindo, Max falou.

— Não tenho certeza por que meu irmão nos seguiu e tentou me matar, mas sei que sua intervenção evitou uma catástrofe. Apesar de não termos encontrado o Um, devemos assumir que ele acabará aparecendo.Por favor, não conte aos outros sobre o ataque. Eles já estão preocupados e não quero que vejam isso como um mau presságio ou que fiquem preocupados comigo em vez de se concentrarem nas orações para que o Um apareça.

O Dr. Alan concordou.

— O que você achar melhor — ele disse. — Francamente, eu ainda acho isso tudo absurdo. O calendário maia é somente outro mito, nem maior e nem menor do que qualquer outro. Nunca acreditei na história da Bíblia de que o mundo foi criado em sete dias e também não estou inclinado a acreditar nessa história de fim dos tempos. Não me entenda mal, eu *espero* que algo milagroso aconteça hoje. Mas pode contar que vou surfar amanhã — e se aquele lunático do seu irmão aparecer, ele é que vai se afogar, não você.

Capítulo Trinta e Três

O fim dos tempos

21 DE DEZEMBRO DE 2012

O ar estava mais pesado e frio quando as vans se dirigiam a Izapa.

Quando Manuel encontrou os Doze na base da montanha para começar a caminhada até a clareira, perto da caverna, já tinha começado a chover, uma chuva fria e forte. Antes de chegarem à clareira, a chuva tinha se transformado em granizo.

Isso nunca tinha acontecido em Izapa, afirmou Juan. Realmente parecia como se fosse o fim do mundo.

O clima era de apreensão. Até C.D. estava retraído, com o granizo batendo em seus cabelos e em sua pele. Quando chegaram ao lugar de reunião, era perto das 16h30 — apenas trinta minutos para o solstício.

E ainda não havia nenhum sinal do Um.

Todos tinham frio, então entraram na caverna para fugir da mistura dolorosa de chuva e gelo. Urso Corredor, novamente vestido com seu traje cerimonial, incluindo a solitária pena de águia em sua cabeça, acendeu uma fogueira. Eles se juntaram perto do fogo e conseguiram se secar. Mas a calma e a euforia que sentiram quandoestiveram na caverna pela primeira vez eram apenas lembranças distantes.

De repente, a chuva e o granizo pararam, os últimos raios de sol tocaram as árvores e havia uma calma no ar.

Como um, o grupo deixou a caverna e voltou à clareira. O Décimo Terceiro Apóstolo reapareceu.

O Décimo Terceiro falou com calma e clareza.

— Vocês voltaram à hora designada, mas não há nenhum novo rosto entre vocês — o rosto do Um. O que aconteceu com sua busca?

Ninguém falou e apesar de ser apenas um minuto de silêncio, pareceu ser eterno.

O sol agora morria rapidamente.

O fim dos tempos estava começando e o grupo fracassara.

Alto no céu, um condor apareceu e mergulhou, quase aterrissando no ombro de Urso Corredor, que ficou espantado, mas logo retomou a calma e falou.

— Há muito foi dito nas cerimônias secretas Lakota e Hopi que o sinal para o começo da era de paz e harmonia aconteceria quando o condor e a águia se juntassem. — Ele fez um gesto apontando para a pena que estava usando. — Claro que esse é um sinal de que não fracassamos e que, de alguma forma, o Um está realmente conosco agora.

Depois de um momento, a voz do Décimo Terceiro Apóstolo foi ouvida novamente.

— Urso Corredor está correto. A aparição desse condor é um sinal de que, neste exato momento, o Um deve estar presente. Um de vocês deve ser, na verdade, a pessoa que estavam procurando.

A notícia surpreendeu a todos e eles se entreolharam rapidamente. Antes que alguém pudesse falar, a voz recomeçou.

— Seja quem for, deve dar um passo agora. O sol vai se pôr, e, a menos que o Um seja identificado e redima o mundo e sua criação, as profecias indesejadas serão cumpridas. Uma era de escuridão, em vez de luz, será o destino da humanidade.

Todos os olhos se voltaram para C.D. Entre os Doze, somente ele parecia não ter ego. Somente ele parecia ser, sem saber, o Um.

Mas C.D. simplesmente virou-se para Max e olhou para ele com adoração e amor.

Max olhou para C.D. e, naquele momento, lembrou-se de seu próprio nascimento e do amor que tinha recebido de sua mãe.

Percebeu que, apesar de todos os números que tinha calculado, nunca tinha feito os cálculos da numerologia exata de seu *próprio* nascimento.

Naquele instante, ele percebeu que seu nascimento — 12 de dezembro de 1949 — possuía o exato valor numérico e vibracional de 21122012.

Repassou as experiências de seu nascimento e do nascimento de toda a humanidade e, pela primeira vez, lembrou-se de quem era realmente.

Lembrou-se de ter nascido como Max. Lembrou-se de como concordou em esquecer tudo que sabia, para poder experimentar a vida humana.

E, quando caminhou até o centro da clareira, sentiu-se parte de tudo e sentiu sua consciência restabelecer conexões com tudo que já vivera.

Pela primeira vez, viu o Décimo Terceiro Apóstolo em sua forma física — a forma do mensageiro fiel e cúmplice no grande esquema que tinham iniciado para redimir a humanidade, muitos eons atrás, quando observaram pela primeira vez as infelizes escolhas que os humanos tinham feito ao criarem civilizações de violência.

Houve um silêncio absoluto quando Max e o Décimo Terceiro Apóstolo se entreolharam calmamente. Enquanto compartilhavam um olhar infinito de gratidão e reconhecimento, pareciam se espelhar e se transformar um no outro.

Depois eles se transformaram em milhares de humanos diferentes — homens e mulheres, jovens e velhos de todas as raças que já tinham vivido no planeta Terra.

A é e não é igual a A.

Max era e não era Max. Max era e não era o Décimo Terceiro Apóstolo. Max era e não era todo ser humano que já tinha vivido.

Os Doze — Melody, Maria, Yutsky, Chill, Dr. Alan, o *rinpoche*, Erol, Sun Pak, Juan, Yoko, Urso Corredor e C.D. — estavam paralisados quando sol se pôs e a era que a humanidade havia experimentado anteriormente terminou.

Os pássaros pararam de cantar.

Não havia vento.

Somente calma e silêncio absoluto.

O momento pode ter durado para sempre.

Pode ter durado menos de um segundo.

Ninguém vai saber.

A profecia maia estava completa. Tudo tinha acontecido como fora previsto havia muitas eras.

Para Max, era um *déjà vu* de sua experiência com a morte. Novamente, havia luz e amor, e somente o calor das formas humanas que o sustentavam e as incontáveis almas que cercavam os Doze e se alegravam com o começo de uma nova era para o homem e talvez para o universo.

Quando o tempo voltou a andar, Max falou, mas não era o Max puramente humano. Era o Max imbuído com a consciência de que ele era o Um e de que ele tinha plantado a consciência em cada um dos Doze, milênios antes. Falou com uma gentileza e uma calma que eram reconfortantes para todos que ouviam.

— O tempo terminou e uma nova era vai começar agora — disse o Um. — A grande mudança ocorreu. Nada vai mudar e, mesmo assim, tudo vai mudar. A Terra permanece com todas as suas criaturas e, mesmo assim, a consciência de tudo mudou e vai continuar a mudar no futuro. Como humanos, vocês entrarão numa era de amor, harmonia e liberdade mais apropriada para seus destinos. As guerras vão acabar quando descobrirem a generosidade infinita de tudo que foi criado. Não falta nada nesse planeta e não há necessidade de brigas. A energia que vocês gastam para sobreviver e competir deve ser direcionada à criatividade e à diversão. Esse sempre foi o objetivo, desde o começo, e todos devem conseguir alcançá-lo agora.

Ele fez uma pausa e voltou a falar.

— Essa nova era vai durar por 144 mil anos, mas pode se estender de forma permanente, dependendo das escolhas feitas por vocês e por seus descendentes. Sempre haverá livre-arbítrio, e é o livre-arbítrio que trouxe vocês até este lugar, nesta época. Cada um de vocês cumpriu sua parte, assim como todos com quem viveram e interagiram. Apesar de esse momento estar predestinado, não ter sido predeterminado que vocês chegariam.Foram seus atos de coragem, amor e escolha que trouxeram essa era de alegria para a Terra.

O brilho do sol se pondo encheu a clareira com uma luz rosa-alaranjada. Cada membro da reunião estava brilhando com a alegria refletida do despertar de Max, e essa energia positiva se espalhou para todas as criaturas do planeta Terra. Instantaneamente havia uma nova *vida* que podia ser sentida em cada árvore e planta, até nas pedras, e o solo sobre o qual eles pisavam tornou-se vibrante com o compartilhamento do amor e da consciência.

O Décimo Terceiro Apóstolo se afastou de Max e falou novamente com os Doze.

— Deixo-os agora e vou para lugares além do seu conhecimento atual, mas deleitem-se com tudo que fizeram e farão — ele disse. — Saibam que em outras dimensões, nós já nos reunimos, compartilhando o mistério da vida e o grande despertar que nunca termina. Max deve ficar com vocês, e, apesar de ser o Um, ele também é — como humano — simplesmente o Max. Não chamem atenção sobre ele, porque apesar de poder partir a qualquer momento, seu desejo foi de caminhar neste mundo entre vocês, como um igual, e não ser diferente. Mesmo como deuses, nossa alegria maior é experimentar toda a expansão da experiência humana, incluindo fracasso, desapontamento e brigas. Os humanos geralmente procuram esconder o lado sombrio da vida, mas, como deuses, nós nos regozijamos com tudo que pode ser experimentado. Como seres iluminados, vocês terão seus desafios, mas tenham certeza que mesmo nas derrotas e fracassos, estarão experimentando uma existência humana ainda maior e mais complexa. Protejam Max e protejam a si mesmos, aproveitem a vida que estavam destinados a criar e viver. — Finalmente, ele disse: — Que a alegria do universo esteja sempre com vocês.

Com essas palavras finais, o Décimo Terceiro Apóstolo desapareceu.

Apesar de já ser noite, havia um brilho no rosto dos Doze e de Max quando eles desceram o caminho ainda molhado e chegaram ao ponto onde Manuel os esperava.

Havia um sorriso no rosto de Manuel quando cumprimentou todos. Até os motoristas que tinham esperado nas vans estavam sorrindo. Ninguém falou nada, e mesmo assim havia uma comunicação silenciosa entre todos durante a viagem de volta a Tapachula.

O fim dos tempos tinha passado. A apreensão que todos compartilhavam tinha desaparecido.

Uma nova era tinha começado.

Capítulo Trinta e Quatro

O despertar

21 DE DEZEMBRO DE 2012

Quando os Doze desciam das vans no hotel em Tapachula, até nessa remota cidade mexicana em Chiapas já chegavam notícias de que algo extraordinário tinha acontecido.

Cientistas tinham registrado uma súbita mudança no eixo da Terra. Os campos magnéticos tinham mudado. A própria órbita da Terra tinha mudado.

As consequências ainda eram desconhecidas, mas redes de TV e rádio, além de sites da internet divulgavam constantemente novas especulações e novas descobertas.

O resultado poderia ter sido o pânico completo, mas mesmo com alguma apreensão entre os jornalistas, a maioria das pessoas parecia calma, quase serena. Cientistas expressaram espanto diante do fato de que uma mudança dessas pudesse ter ocorrido sem aviso e sem nenhum impacto catastrófico perceptível.

Não ocorreram tsunamis.

Não ocorreram terremotos.

No Extremo Oriente, onde já era manhã de 22 de dezembro de 2012, o sol tinha nascido num céu claro, com uma delicadeza que era incomum.

Em todos os cantos da Terra, parecia que seria um lindo dia.

Quando Max adentrou no hotel, todos os funcionários estavam relaxados e sorridentes. Era quase como se todos tivessem o mesmo conhecimento interior, a mesma piada interna — seguros no conhecimento de que o mundo todo estava interconectado no nível mais profundo.

Era como se fossem células diferentes no mesmo corpo vivo. E para Max, isso não era uma metáfora, mas um fato real.

No jantar — o último que compartilhariam como grupo —, Max revelou que a mudança aconteceu de verdade somente quando ele compreendeu ser o Um. — Nunca ficou garantido que iríamos fazer a mudança — ele explicou. — Durante essa vida como Max, eu estive mais adormecido do que acordado. Tinha de ser assim, para que a experiência funcionasse. Todos os humanos são colocados para dormir quando encarnam — ele explicou —, para que possam realmente acordar. No entanto, não é suficiente que um ou dois acordem, no entanto, para que a consciência se desenvolva e cresça em escala planetária. Por isso foi necessário que *todos* vocês participassem. Era um processo em grupo — e um grupo desperto — que levaria à minha própria percepção. Cada um de vocês possui a energia do Um. Como a Cabala e outras ciências antigas ensinaram, o momento da Criação foi uma fragmentação das consciências do Um em infinitas entidades individuais. Cada um de vocês — e todo ser humano do planeta — cocriou a consciência expandida de que dependia a mudança. Nesse nível, cada um de vocês e todos que existem são igualmente o Um.

O sempre prático Erol quis saber mais.

— Mas se esse é o caso, por que você não percebeu quem era em agosto passado, quando nos encontramos pela primeira vez como grupo e as energias foram ativadas? — ele perguntou. — Havia algum propósito em fazer essa busca nos últimos quatro meses ou era somente um teste de nossa crença e compromisso com a missão?

Vários outros concordaram, como se Erol tivesse expressado o que todos também estavam pensando.

— Nada foi arbitrário — respondeu Max. — Eu não sabia, mas o plano exigia que Max como ser humano ativasse todos os vértices de energia da Terra, porque era o planeta em si que estava sofrendo. A hipótese Gaia é realmente verdadeira.

Isso provocou alguns olhares confusos no grupo e Max explicou.

— Gaia é uma deusa grega, e a hipótese é que a Terra possui uma consciência singular e tudo que acontece nela a afeta. Durante séculos, todo ato violento teve seu impacto na Terra e, acima de tudo, nos lugares sagrados do planeta. Os lugares sagrados em si foram escolhidos há muitas eras — às vezes conscientemente, às vezes não — por xamãs, com base nas poderosas energias que apareceram. Cada lugar é um vértice de energia e era necessário que eu viajasse a esses lugares, para curá-los. Foi um longo processo, que começou quando Max era jovem.

— Mas como você sabia que visitaria muitos desses lugares, espalhados por todos os cantos do mundo? — perguntou Melody.

— Como Max, não tinha ideia — ele respondeu. — A jornada realmente começou com minha primeira viagem como estudante — ao Peru e à Bolívia, quando visitei o Lago Titicaca —, e depois quando trabalhei no documentário *Em Busca dos Mistérios Antigos*. Mas eu não tinha consciência de que algo extraordinário estava acontecendo. Foi só quando eu fiz minhas viagens individuais que todos os Doze entraram na minha vida — explicou Max. — É por isso que eu não sabia seus nomes até tê-los encontrado, um por um, e só foi depois que conheci Urso Corredor que consegui ver a importância da reunião.

— Mas por que refazer seus passos com cada um de nós nesses últimos meses? — perguntou Sun Pak.

— Primeiro porque, havia lugares onde nunca tinha ido, e que cada um de vocês identificou como locais com poder — como os monastérios no Tibete, a ilha sagrada de Iona, os castelos na Alemanha e os campos do Vietnã e da China — disse Max. — E mesmo nos lugares que já tinha visitado antes, fazia muito tempo que não voltava lá. Quando retornei a eles com cada um de vocês, estava carregando a energia de todos os lugares que tinha visitado anteriormente e estava reforçado por suas energias individuais — ele continuou. — Foi como se tivéssemos colocado fogo em cada lugar. Mas só minha presença não causaria a mudança. Isso não poderia ocorrer até que cada um dos lugares sagrados tivesse recebido sua carga. Quando isso acontecesse, tudo que faltava era a própria chave de ignição.

— O que você quer dizer com chave de ignição? — perguntou Chill.

— Como Max, eu era a chave de ignição. Mas exigia um tipo especial de corrente, uma baseada na integração do mais alto nível de consciência no ser de Max. Esse nível de consciência só aconteceu quando eu finalmente entendi que meu nascimento estava ligado à data 21 de dezembro de 2012 e que meu único propósito na encarnação era libertar a humanidade de um materialismo que estava desumanizando cada indivíduo e degradando a natureza, o coração da criação sobre o planeta Terra.

Ele olhou para toda a mesa, para cada uma das pessoas com quem compartilhou a aventura.

— Todos vocês contribuíram para aquele despertar final. Pude sentir o desejo e a intenção do coração de cada um, começando com Maria, e vi isso mais claramente no amor puro e incondicional que sempre brilha nos olhos de C.D.... de todo seu ser — ele falou, com carinho. — Mas foi mais poderoso na energia coletiva do grupo, a pureza coletiva de cada um como membro dos Doze, procurando ajudar não só suas famílias e nações, mas toda a humanidade. Isso me trouxe de volta — no momento da conexão numérica e vibracional — a pura base do amor, que é, na verdade, o elemento essencial de toda a vida. É a base de cada concepção e nascimento, tanto físico quanto metafísico. Se eu, Max, não tivesse entrado nesse estado mais alto de consciência, teria sido uma chave de ignição sem o poder de curar o planeta e a grande mudança poderia não estar acontecendo.

Max fez outra pausa, permitindo que digerissem o que ele tinha dito, então falou.

— Há mais coisas envolvidas no destino da humanidade do que os cientistas podem compreender. — Ele levantou o objeto que tinha sido a chave de sua descoberta. — Aqui no caderno de B.N., há equações que explicam algumas dessas conexões, mas nem eu como Max tive a capacidade de entendê-las. Os calendários das antigas civilizações, as lendas das doze tribos, as doze cores associadas com cada um de vocês e com a energia cósmica dos universos superiores, tudo está conectado. É verdade que tudo e nada são a mesma coisa, desde a mudança. Não há tempo. Não há espaço. E, mesmo assim, as ilusões da vida e da morte são reais dentro dos limites nos quais eles foram criados. —

Ele abaixou o caderno e olhou para eles, um de cada vez. — Com o progresso de vocês, quando se transformem em seres multidimensionais, verão que até essas ideias são apenas o começo de uma jornada maior de iluminação... uma jornada que será mais bem explorada no futuro.

Maria olhou para ele, uma mistura de amor e reverência em seu rosto.

— Sim — ela falou. — Por ora parece suficiente ficar feliz, porque a humanidade está salva. Mas em pouco tempo as perguntas irão recomeçar. Para onde vamos daqui? O que devemos fazer com a lembrança de nossas vidas sagradas? — ela perguntou.

Antes de responder, ele sorriu para ela, e em seu sorriso estava a promessa de que viveriam juntos e se amariam, assim como tinham prom tido. E o humano que era Max ficou contente.

— Por ora e, na verdade, em todos os momentos, é suficiente que vocês experimentem a alegria de quem são realmente. Na superfície, suas vidas podem não mudar em nada, mas enquanto se movem por esse vasto e estranho mundo, tenham consciência de que todo ser que conhecerem — todo animal, toda planta e até mesmo todo objeto que a maioria pensa ser inanimado — está vibrando com vida. Os desafios permanecem para todos vocês e até para mim. Porque eu só desejo continuar na jornada de Max e descobrir quais tarefas humanas esperam por mim e como, sendo um homem com necessidades e fraquezas humanas, vou integrar o conhecimento de quem realmente sou com tudo que ainda tenho por encontrar.

Quando concluiu, Max levantou seu copo num brinde a todos ali reunidos, desejando que continuassem na estranha jornada que tanto homem quanto Deus chamam "vida".

[illegible] de vozes, quando se [illegible] em [illegible] que [illegible] [illegible] pessoa que [illegible]

[illegible]

[illegible]

[illegible]

[illegible] pergunta [illegible]

[illegible]

[illegible] quando [illegible]

Epílogo

Nenhum dos Doze revelou o papel que cumpriu na realização da grande mudança e nenhum deles expôs a verdadeira identidade de Max como o Um.

Enquanto isso, a Terra floresceu e o aquecimento global diminuiu até se extinguir. Talvez o mais espetacular tenha sido que o homem encontrar o equilíbrio com a natureza.

Novas tecnologias foram inventadas, novas formas de energia foram encontradas. A abundância tornou-se um lugar comum para todos. Em poucas décadas, o conceito de guerra deixou de existir, e a educação e a criatividade se tornaram os campos de batalha escolhidos. Não havia nenhuma razão para cometer crimes.

Os cientistas continuaram a explorar a dramática mudança que aconteceu em 21 de dezembro de 2012, mas nunca alcançaram um consenso. Alguns chegaram a estudar as antigas crenças maias, e foi proposto que a Terra — e Izapa em particular — estava localizada no centro do alinhamento da grande Via Láctea e no centro de infinitos universos ainda sem nome.

Como isso er possível era o tópico discutido e nunca decidido, porque, na verdade, estava além da compreensão humana.

Post-Scriptum

Apesar de *Os Doze* ser essencialmente uma obra de ficção, ela contém mais elementos de realidade do que vocês poderiam suspeitar. A crença na grande mudança está refletida em aspectos de várias culturas do mundo, não só entre os maias.

E, certamente, o atual estado em que encontramos nosso planeta e suas culturas prova que algo precisa ser feito. Independentemente de sua crença num poder superior — se pensa ser um Urso Corredor ou um Dr. Alan —, você pode ser parte da solução.

Verdade, integridade e amor são valores que sempre importarão mais na vida. A mudança que se aproxima irá sublinhar esses valores simples, os quais são conhecidos há muito tempo.

Como espécie e planeta, estamos enfrentando grandes desafios, mas os primeiros passos são despertar quem você realmente é e despertar o maior número de pessoas. Ler e discutir *Os Doze* é um passo nessa direção, mas somente um passo.

Se você se identificou com a crença de Max de que coincidências, casualidades e sincronicidades existem em todas as vidas e que podem guiá-lo a seu propósito maior de servir aos outros, então acesse o site http://www.planetchange2012.com, onde poderá se conectar com indivíduos com ideias parecidas.

Agradecimentos

Gostaria de agradecer aos leitores das primeiras versões deste manuscrito: Catherine Chiesa, David Wilk, Gayle Newhouse, Bob Holt, Linda McNabb, Cathy Montesi, Conrad Zensho, Thom Hartmann, Constance Kellough, Jose Arguelles, Cyrus Gladstone, Santos Rodriguez e o Dr. Ervin Laszlo. Meu agradecimento aos meus editores, Marie Rowe, Georgina Levitt, Kim McArthur, Amanda Ferber e Stephen Saffel; cada um deles acrescentou valiosas sugestões ao manuscrito, assim como o produtor cinematográfico Ian Jessel, minha prima Rhianne, e meu agente, Barry Krost. Quero demonstrar minha apreciação a Ming Russel, Nathalie McKnight e Carlene Hermanson da Waterside, que passaram muitas horas digitando correções e adições aos primeiros e últimos manuscritos, e à revisora Claire Wyckoff. Tenho um editor realmente maravilhoso em Roger Cooper, que montou uma grande equipe para editar e produzir o lindo livro que você tem em mãos. Para todos eles, minha enorme gratidão, bem como a todos cuja vida se conectou com a minha, de professores e colegas a clientes e companheiros de golfe, dando-me o privilégio de ter uma vida que estimulasse a escrita deste livro. Acima de tudo, devo reconhecer meus falecidos pais, Selma e Milton Gladstone, que me deram a fundação intelectual e a inspiração para compartilhar minha alma com os outros através da mágica da escrita.

Sou profundamente grato ao trabalho que a Dra. Jane Goodall e o

Instituto Jane Goodall fizeram e continuam a fazer para educar jovens sobre a importância e o caráter sagrado de sua conexão com a Terra e todas as coisas vivas. Uma porcentagem de meus direitos autorais será doada para Jane Goodall's Roots & Shoots. Encorajo todos a visitarem o site www.rootsandshoots.org e contribuírem.

Leituras recomendadas

ARGUELLES, José. *O fator maia*. São Paulo: Cultrix, 2009.

AUDLIN, James David (Distant Eagle). *Circle of Life: Traditional Teachings of Native American Elders.* Santa Fe, NM: Clear Light Publishing, 2006.

BRADEN, Gregg, Peter Russell, Daneil Pinchbeck et all. *The Mystery of 2012: Predictions, Prophecies, and Possibilities.* Louisville, CO: Sounds True Publishing, 2007. (Áudio também disponível.)

CLOW, Barbara Hand. *O código maia.* São Paulo: Madras, 2009.

GLADSTONE, William. *Legends of the Twelve.* Nova York, NY: Vanguard Press, 2010.

JENKINS, John Major e Terence McKenna. *Maya Cosmogenisis 2012: The True Meaning of the Maya Calendar End-Date.* Rochester, VT: Bear & Company, 1998.

LASZLO, Ervin. *Worldshift 2012: Making Green Business, New Politics, and Higher Consciousness Work Together.* Rochester, VT: Inner Traditions, 2009.

LOYE, David. *An Arrow Through Chaos: How We See into the Future.* Rochester, VT: Inner Traditions, 2000.

MÁRQUEZ, Gabriel García. *Cem anos de solidão.* Rio de Janeiro: Record, 2009.

MELCHIZEDEK, Drunvalo. *Serpente de luz: uma aurora espiritual após 2012.* São Paulo: Pensamento, 2010.

MICHELL, John e Christine Rhone. *Twelve-Tribe Nations: Sacred Number and the Golden Age.* Rochester, VT: Inner Traditions, 2008.

PAGE, Christine R. *2012 and the Galactic Center: The Return of the Great Mother.* Rochester, VT: Bear & Company, 2008.

SOUTH, Stephanie. *2012: Biography of a Time Traveler: The Journey of José Argüelles.* Franklin Lakes, NJ: Career Press, 2009.

WHITEHEAD, Alfred North. *Modes of Thought.* Nova York, NY: Fireside, 1970.

Este livro foi composto em Dante
para a Editora Planeta do Brasil
em fevereiro de 2012.